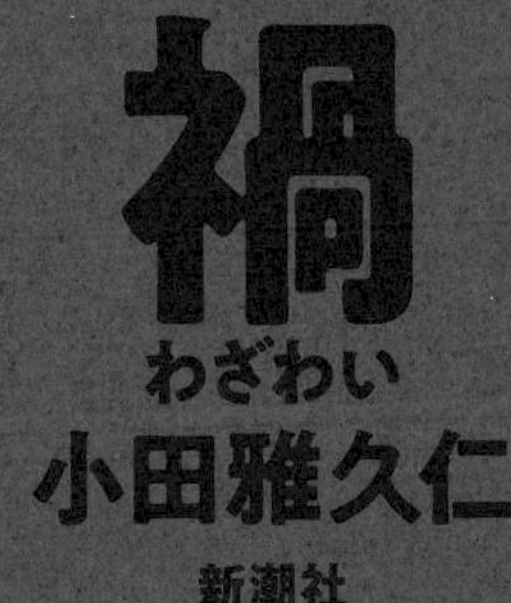
禍
わざわい
小田雅久仁
新潮社

目次

禍

食書

一

子供の時分から腹が弱くて苦労したせいか、便所を探しまわる夢をやたらと見る。しかも、探しに探してようやく見つけたと思ったら、汚穢が足の踏み場もないほどに溢れ出していたり、便器が湯呑みのように小さかったり、間仕切りが全然なくて赤の他人と面を突きあわせながら気張らざるを得なかったりする。今度まともな便所を見つけたらそこにがっちりと住みついて一歩も動くものかと思うほどだ。

そう言えば、大学のころにつきあっていた女が、公衆便所に入って洋式便器の蓋が閉まっているのを見るといつも嫌ァな感じがすると言っていた。白じらと企み深げに押し黙っているような便器のたたずまい、開けるのが怖いらしい。何が入っているのだろう。何が出てくるのだろう。わからないではない。確かに便所は、姿を晒してはならない醜悪な排泄物たちが送りこまれる、つまり人間の暗部恥部を引き受ける、涯の知れない地下世界への入口であるとも言える。うっかりして便器に尻がすっぽりとはまり、じたばたするうちに水洗レバーに手が当たってざばんと流され、おどろおどろしい暗黒の異界へと漂着する、そんな夢想に耽ったことのない子供はいまい。

しかし雪のちらつく二月某日、私はとある便所で、地下に流されるまでもなく、それを言うなら便器の蓋を開けるまでもなく、夢にも見なかったような道理の通らない事態に出くわし、後戻りの利かない世界に足を踏み入れることになった。

おととしに離婚してからH市のアパートで一人暮らしをしている。そのアパートから歩いて十分ほどのところに〝スカイゲート〟という小綺麗なショッピングモールがある。そこに広からず狭からずといった規模の〝永文堂書店〟という本屋が入っていて、小説家という職業柄、買うわけでもないのにしょっちゅう足を運んでいた。家にいても書物の隙間で息も絶えだえといった明け暮れだから、好い加減、本には飽き飽きしているのだが、それでも不意に琴線に触れてくるタイトルや装幀や帯の惹句に行き会うのではあるまいかと一縷の希望を胸に足繁く通うわけである。

　ところで、本屋に長居すると決まって便意を催す人種がいるらしい。不思議と女に多いと聞いたが、男の私もときおり永文堂のすぐ横の便所に駆けこむところを見ると、まんざら他人事とも言えないようだ。自宅の便所よりも手入れが行き届いていてウォシュレットも備えているというところが、またぐいと腹を押して便意に拍車をかけるのかもしれない。その上、近ごろ妙な癖がついた。多目的トイレとでも言うのだろうか、車椅子のマークがついた個室に入りたがるのだ。広びろとしているのがいい。空室と見ると、ささやかな贅沢を味わわんがためについ扉に手をかけてしまう。それが悪かった。

　がちゃりと重い引き戸をすべらせると、なかは六畳間ほどもあって、左手に洗面台、右手におむつ交換用のシート、正面が便器になっている。ドアが開いたからには、当然、空室と思うだろう。が、人がいた。女が便器に座っていた。蛹のようなベージュのダウンコートをぎしぎしと膝まで着こんだ、四十がらみの小肥りの女。否応なく正面から向きあう格好になった。四、五歩分ほど距離があったはずだが、気持ちとしては出会い頭にがつんと鼻っ柱からぶつかったような具合だ。

　あっと思って即座にドアを閉めなかったのはなぜだろう。単純に驚きのあまり体が固まったというのも当然あるに違いない。が、それだけではない。不幸中の幸いとでも言おうか、便器に腰をおろしてはいても、女は用を足していたわけではなく、見てはならないものを見たという緊急性が乏しかったのだ。

　女は便器の蓋をおろし、その上に腰かけていた。膝の上にはなぜか本がひらかれている。なんの本かはわからないが、とにかくハードカバーの単行本だ。咄嗟に、本を読んでいたのか、と早合点した。女が下穿きをさげていて、つい秘所の翳りを拝んでしまったということであれば、私もそれこそバネのようにどこぞへ跳んでいったはずだが、まさか読書中とは……。瞬間、安堵した。しかしそれも妙な話だ。朝の便所で新聞を読む迷惑親父でもあるまいに、ショッピングモールの冷えきったトイレでわざわざ本をひらくだろうか。

　不可解な点はほかにもあった。女はやや俯き加減で本に目を落としたまま、こちらを見ようともしない。ドアがひらかれた音を聞いたはずだ、それほどまでに読書に没頭しているのだろうか、などと訝しく思った途端、女がそのページをびしっと鋭い音を立てて破りとった。それがまた流麗極まりない閃くような仕草で、一枚の紙がぱらっと綺麗に本から離れた。ぎょっとした。腐っても物書きの端くれだからだろうか、私の頭のなかには本を破るなどという粗暴な発想がまるでなかったのだ。誰かの爪を剝ぎとってやろうなどという発想がないように。

　女はそのページを右手一つでわしゃわしゃと捏ねまわすように丸めはじめた。そこらにぽいと捨てるのかと思いきや、今度は丸まった紙をやにわに口に押しこんだ。そのまま山羊のようにもしゃもしゃと咀嚼する様子だ。人間が紙を喰っている。啞然とした。いくつもあった一瞬一瞬に悉く声をかけ損ねた気がしたが、この状況で話しかけるのはいかにもまずい。このままそっと立ち去るのが得策だ。

　と思った刹那、女がはっと顔をあげた。ようやく目が合った。女の顎が止まった。半びらきの口からまだ紙が白く覗いていた。化粧っ気がまるでなく、泥田のようにぬめっとくすんだ肌をしている。短い茶髪はまとまりがなく、とっ散らかった分け目は墨汁でも吸いあげたように真っ黒。くたびれた薄いグレーのスウェットを穿き、靴は薄汚れた白いスニーカーだ。つまり、真夜中にタバコを切らして渋々買いに出たような、いささか品のない、生活ずれした格好である。しかし求めたのはタバコではない。本だ。女の足下に永文堂の青いビニール袋が落ちていた。

とにかく何かを言わねばなるまい。すっとドアを閉めて、ここからすんなり立ち去れるような何かを。しかし口を突いて出たのは、これ以上ないほど間抜けな台詞だった。

「いや……その……鍵が開いてたもんで……」

女はかっと目を見ひらき、驚いたように右手で口を隠した。奇行を恥じて紙を吐き出すかと思ったが、横皺が幾すじも入った短い首が蛇腹のようにごくりと波打った。何かが胸のほうへぐぐっと落ちてゆくのが傍目にもわかる。いや、何かではない。紙だ。女は紙を呑みこんだ。ようやく気づいたが、膝の上にひらかれた本は、冒頭から何ページもすでに喰われたあとのようだ。

女は私の言葉をも呑みくだしたみたいに無言だった。腰をおろしたまま、視線で総身をまさぐるように訝しげにこちらを見まわしてくる。寝不足なのか、白目は血走り、黒目は脂っこいねっとりとした光を帯びていた。眉間の皺が深まりつつきりきりと伸びあがってゆき、いまにも女の額が縦に割れそうだ。目元も険しくなってきた。いまさらながら嚙みついてきそうな気配だ。

「空いてると思ったもんで……すいません……」などとしどろもどろになりながら一歩さがった。

慌てて扉を閉めようとすると、女が永文堂の袋をがさっと拾いあげ、意外に素早く立ちあがった。袋と本とをまとめて小わきに抱え、眦を決し、ためらうことなくこちらに歩いてくる。閉まりかけるドアにがっと手をかけた。私は気圧されて、おろおろとさらに二、三歩さがった。ドアをがんと荒っぽく開けて女が飛び出してきた。ずんずんと胸元に詰めよってくる。こちらの鼻先に人さし指

を振り立て、
「なんのつもりか知らないけど……」とがさついた怒声を張りあげたが、そこで羽虫でも呑みこんだように突然、言葉を詰まらせると、横を向いてがらがらと汚らしく咳きこみはじめた。切るつもりだった啖呵もその咳と一緒にそこらに散らばったのか、勢いも体もみるみる萎んでゆくようだ。それにしても、この女のほうこそなんのつもりなのか。鍵を閉めなかったお前が悪いんじゃないか。いや、きっと閉めたつもりでいるのだろう。目の前の男がちょちょいとおかしな手業でも使って鍵を開けたに違いないと独り決めしているのだ。

まわりの目が気になってきた。恋人の用足しを待つらしい若い男がちらちらと興味深げな視線を寄こしてくる。向こうのショッピングカートを押す老婆も立ち止まって物見高げに首を伸ばしている。私は運悪くおかしな女に捕まってしまったという素振りでただ眉をひそめ、便所の前からそそくさと立ち去ろうとした。が、後ろから肩をつかまれ、ぐいと振りむかされた。

「絶対に食べちゃ駄目よ！」と女が耳たぶに嚙みつかんばかりに言った。

驚きより怒りが先に立ち、「はァ？」と思いきり脳天から声を跳ねあげつつ、手を振りはらった。

「一枚食べたら……」と女が勿体らしく声を低めた。「もう引きかえせないからね」

それだけ言い捨てると、女はほとんど小走りになって傍らをすり抜けてゆき、永文堂とは逆へ行く角を曲がって姿を消した。まるで轢き逃げのように。

ぽかんと途方に暮れた。これ見よがしにもっと激しくぽかんとしてやろうというぐらいに。一枚食べたら引きかえせない？ 本のことか。本のことだろう。さっきまでの状況から考えれば。なんだったんだいまのは、と首を捻りつつ、もう一度便所のなかを覗いた。見まわすが、やはり紙をそこらに吐き出した様子はない。本当に喰ったのか。単行本を何ページも。便器の蓋を開けてみても、澄んだ水がかすかに震えているだけだ。便器の蓋が仄かに温かかった。

そこでふと、そもそも便意を感じてここへ来たのだということを思い出した。鍵を閉め、下着をおろし、便座に腰かけてみた。が、腹が凝って何も出てこなかった。自分の腹中に、丸めた紙がぎっしり詰まっている様を思い浮かべた。意外に的を射た想像であるような気がしてくる。生まれてこの方、私は本を読みすぎた。あまりにも多くの文章が腹に溜まっていまや喉元にまで迫りあがり、紙に溺れかけている。おかげで何を読んでも既視感を覚えるほどだ。新たに得たはずの知識に百年前から辟易し、初めて読むはずの物語に千年前から倦んでいるのだ。

二

もはや嬉しくも可笑しくもない三十八歳の誕生日、恭子から電話があった。三十七のときにもあったから、ひょっとしたらと考えていたら案の定だ。しかし女というものは別れた夫の誕生日にいちいち連絡を寄こすものだろうか。そうではあるまい。それが恭子という女だ。どんと突きはなし、ちょいと引きもどす。私とのことを完全に失敗だったとは思いたくない。あれはあれで、かけがえのないとまでは言えなくとも、已むに已まれぬ人生のひと幕だったという位置づけで胸に収めたいのだろう。まあ、それはこちらも同様と言えるのだが。それにしても開口一番、

〝おめでとう。太宰に追いついたね〟と来たのにはちょっと驚いた。

元とは言え、小説家の妻ならではだ。太宰治、三十八にもなって女と心中、天才とはこうもみっともないものなのか。言われてみれば確かにそんな歳だ。いつだったか、二人でそんな話をした。三十五で芥川に追いつき、四十五で三島に追いつき、七十二で川端に追いつく。羨ましくもないが、

物書きが死んで様になる時代があった。芥川の背中はもう三年前に踏みつけたから、今度は太宰というわけだ。しかしどうも太宰だけは小っ恥ずかしい。追いつかずにいるのも、追いついてしまうのも、追い抜くのも。背中を踏んづければ変な悲鳴をあげそうだ。

「いや、追いついてないね。太宰は永遠に恥ずかしい」と答えると、

〝はは〟と恭子は乾いた笑いを漏らす。そう言うお前が恥ずかしい、と言わんばかりに。

それからはしばしとりとめのないやりとりをした。が、どうも妙だ。暑いとも寒いともさだまらぬ乱脈な春先への愚痴やもうじき小学三年になる娘の近況などをそわそわと喋りながらも、恭子はどうやら肝腎の言葉を後ろ手に握りしめているらしい。そしてやはりと言おうか、なかなかのタイミングで痛い言葉をひょいと耳に投げこんできた。

〝最近、本出てないみたいね〟

そんなようなことをいまに言い出すぞと胸の奥で構えていたら、やっぱり来た。とは言え、予想的中とばかりに、すかあんと気持ちよく打ちかえせる言葉でもないのだ。

「ああ、よく知ってるね」と空とぼける。

恭子がいまかいまかと調べぬはずがない。私の新作を小槌のように振ると、ざくざくとは言わぬまでも一応は養育費が零れ出てくるという寸法なのだ。娘が二十歳になるまであと十二年、血涙に筆を浸してでも書きつづけねばならないことになっている。

にもかかわらず、一年半、新作が出ていない。三人で暮らしたS市のマンションを出る直前に『ひきずり人間』という短編集が出たきりだ。初めて出した怪奇小説集だったが、悪魔がずらりと雁首を並べたような、相当に出来のいい本だったと内心、自負している。玄人すじの評判も悪くなく、まあこんなもんだろうとおのれを宥められる程度には売れた。が、それが逆に悪かったかもし

れない。いいものが書けるたびに次が苦しくなる。段を昇るたびに足場が危うくなり、空気も薄くなり、同じことはやれないという矜持はさらなる重荷となって肩に喰いこんでくる。つまり、私が書けなくなった原因はきのうきょうにわかに根を張りはじめたわけではないということだ。いまや書けども書けども、書いた先から文章が死んでゆく。いや、そもそも文章などというものはおしなべて死んでいるのだ。ひょっとしたら私は覚めてはならない夢から覚め、癒えてはならない病から癒えてしまったのかもしれない。

近ごろはもうパソコンを立ちあげるのもひと苦労だ。原稿のファイルをひらくとなると苦労どころではすまず、はっきりと苦痛を感じる。自分の柩でも開けるかのように恐ろしい。そこは砂漠だ。真っ白な呆然色の砂漠。行き倒れとなった最後の文章が、涯のない空白を前に絶句している。次の文章を吐き出せずに事切れている。それが私だ。その最後に死んだ文章が私だ。書けなくなった私は、いまや書かれたもののように薄っぺらい。文章のように干からび、文字のように痩せている。

〝ちょっと聞いてる？〟と恭子が言った。

「え？」と我に返る。「何？」

〝次のはいつ出るのって聞いたの〟

「次ねえ……」と姑息な笑いを交え、時間を稼ぐ。

元妻を相手に乾坤一擲の大作を物している最中だと強がってみてもよかった。まんざら嘘でもない。私を呑みこんでいるこの巨大な灰色の波が引いてゆけば、ふたたび身を起こし、その大作とやらに生きた文章を書き継いでゆけるかもしれないからだ。しかし、

「ま、カネなら、まだしばらく大丈夫だから……」とあえて生っ白い腹を晒すように話を逸らした。

〝そんなこと聞いてないでしょう〟

「そんなこと聞いてないんだ」

〝まだそれやるの？〟

話を逸らすのは私の趣味であり、話を戻すのは恭子の趣味だ。しかし問題は、私が逸らすのは話だけにとどまらないということだろう。まっとうな生業の道から逸れたからこそ作り話なんぞで糊口を凌いできたのであり、ひいてはまっとうな家庭人の道からも逸れたからこそじめじめと日当たりの悪い２ＤＫのアパートで中年男が一人、塩をかぶった蛞蝓のようにのたくっているのだ。

「ま、あれだよ。ただ話の行き着く先を読んだだけ……」

〝普通に会話しようよ〟

「へえ、それどうやるの？」

〝簡単でしょ。訊かれたことに答えるの〟

「いや、案外難しいね。ほら、ここんとこ、どうも調子よく書けてないから……」

〝ふうん。……そうなんだ〟とくぐもった相槌。

それ以上の追及はない。恭子にも当然わかっているのだ。餓鬼の宿題とは違うということが。

「ま、そのうちどうにかなるでしょ。尻に火が着けば……」

〝尻に火が着いたって傑作は書けないって言ってなかった？〟

「そんな名言を吐いたかねえ。昔の俺は」

〝いろいろ言ってましたよ。昔の俺は〟

「昔のあたしも」

〝かもね。……ところで、ちゃんと食べてるの？〟と不意に恭子が言った。

ほんの一瞬、とんでもなく妙なことを訊かれた気がした。いかにも恭子が口にしそうな何気ない労りの言葉だったが、最後の最後まで温存していたひどく企み深い一撃のように私の耳を打った。どうしてお前がそんなことを訊くんだ。食べてるかって？　何を？　もちろんそんなにおかしな問いであるはずはない。恭子はただ私を気遣っただけだ。あるいは元夫を気遣う優しい女を演じただけだ。

「ああ、食べてるよ。喰ってばっかりだ」と答える自分の声に、居心地の悪い自嘲の響きがあった。

三

便器の蓋に腰かけ、こそこそと本を貪り喰っていた、例の女。どんよりと濁った双眸、牛馬のごとくだらしなく蠢く顎、ごくりと波打つたるんだ喉首……。あれ以来、あの光景が頭から離れなくなった。ふと気づくと何をする手も止まっていて、一分とも一時間ともわからぬほどにあの女の姿を延々と反芻している自分がいる。つまり、書けない小説家の無為徒食の日々が、あの異様な出来事に首根っこをつかまれ、杭につながれた駄犬のようにぐるぐるとさらに不毛な軌道を描きはじめたのである。

一枚食べたらもう引きかえせないからね。

どういう意味だ。どこから引きかえせないと言うんだ。あまりに美味で喰うのをやめられなくなるとでも言うのか。紙の成分をちょっと調べてみたが、セルロース、ヘミセルロース、紙力増強剤、サイズ剤、填料、染料……どこの国の食材だ。一つとして食欲をそそられない。江戸時代、飢饉の折に、紙を水でほぐして喰ったという話を聞いたことがあるが、それとはわけが違う。山羊じゃあるまいし、ただ丸めて口に放りこむなんてことが人間にできるものか。いや、できるのだ。その気にさえなれば可能なのだ。あの女は現にそうしていた。当たり前のように口に放りこんでいた。あの女にできて自分にできないはずがない。なぜかそんな気がしてきた。きっとちょっとしたことなのだ。虚心になって一歩足を踏み出せば容易に越えられてしまうような一線なのだ。そういう線は至るところに存在する。

　たとえば向こうからやってくる見知らぬ美しい女の手を出し抜けに握りしめるというのはどうだ。ただすっと手を伸ばし、ただ握る。なんの抵抗にも遭うまい。握りしめるまでは。たとえば自分の目の前で電車待ちをしている男の背中をどんと押すというのはどうだ。どんな非難にも晒されまい。男がプラットフォームから落ちるまでは。そういう誰にでもできるが誰にもできないことが、見えない一線となって世界をぐるりと縁取り、その崩壊を喰い止めている。本を喰うということも、ひょっとしたらそういう行為の一つなのではあるまいか。本棚から一冊抜き出し、ひらき、一枚破りとり、丸めて、かぶりつく。その瞬間に世界の崩壊が始まるのではないか。いや、その言いようが大袈裟だと言うのなら、私の日常の崩壊が。きっとそうだ。だからこそあの女はあんなことを言ったのだ。

　ということは、私があれを目撃したとき、あの女の日常はすでに崩壊していたということになる。いったいどういうふうに？　一度本を喰ってしまったら、引きかえせない何が起きると言うんだ？わからない。ただべらぼうに旨いだけか。本屋で本を買ってしまったら、家まで喰うのを待てないほどに病みつきになるだけか。いや、なぜかそうは思えない。しかしそれが本当だとしたら、むしろ望むところではないか。私がいま陥っている、時間の澱みのような、この堪えがたい日常が崩壊するとしたら、それはむしろ腕を広げて歓迎すべき事態ではないか。いや、待て。私は何を考えているんだ。馬鹿馬鹿しいにもほどがある。あの女はただ頭がおかしいだけだ。いかにも頭のおかしい女のするいかにも異常なだけの行動を、なぜ正気の私が真似しなければならない。書けないでいるからと言って、突拍子もない行動一つで世界が一気に晴れわたるなどということがあるものか。

　そんな逡巡を二週間ほども続けたあと、一つの明快な結論に達した。喰ってみればいい。試しに一枚だけでも喰ってみればいいのだ。その結果、やはり喰えたもんじゃないということがわかれば、それでこの話は終わり。女のことは考えない。紙を喰うことも考えない。また日常との、そして何より小説との、なまくらな戦いを再開するだけ。それが人生の正道というものだ。

　よし、そうと決まれば早いほうがいい。あしたになればどんな気分になるか知れたもんじゃない。いや、あしたにならずとも、一時間後ですらどんな気分になるか知れたもんじゃない。いま、喰う。すぐに喰う。十分以内にかならず喰う。何年も前に恭子から贈られた電波時計を見た。16時26分。よし、リミットは16時36分だ。それまでに喰わなければ私は死ぬ。なぜ死ぬ？　蛙みたいに尻の穴にダイナマイトでも突っこまれているのか？　いや、毒がいい。何度聞いてもそのたびに少しずつ違って聞こえるような長たらしい名前の毒に冒されているのだ。しかしその毒、またの名を〝言葉〟と言う。私は骨の髄まで真っ黒になるほど〝言葉〟に冒されている。それが高じて、十分後にはシュレッダーにかけられたみたいに心身ともに不連続な存在になり、ひと息ごとに、血ではなく、分解された自分をばらばらと吐き散らしながら崩壊することになる。そして最後は盛り土のごときひと山の言葉だけが遺される。解毒剤は一つしかない。逆転の発想だ。そう、書物だ。書物を、読むのではなく、書くのでもなく、喰う。喰えないはずの本を喰うという〝情念〟を伴った破壊的行動によって〝言葉〟を超克し、〝言葉〟以前の存在にまで遡るのだ。ほかに生き延びるすべはない。

　ああ、あと九分だ。まず本を選ばねばならない。玄関に段ボール箱が一つ置いてある。再読に値しない本、さらにひどい一読にも値しない本、とにかくその本が占める空間にも値しなくなった処分待ちの本が放りこまれているのだ。喰うとしたら当然、あのなかの一冊だろう。覗きこむと、四、五十冊といったところか。単行本もあれば新書もあるし、文庫本もある。もちろんどれを見ても特段、旨そうではない。が、どれかを喰わなければならないのだ。死にたくなければ。

背表紙を並べ、凶行の犠牲となる一冊を選び出すべく眺めていった。どれもこれも……いや、待てよ。あれなんかどうだ。いや、それこそ待て。なぜそんなことを思ったんだ。あれなんかどうだ、などと。どれも同じじゃないか。装いこそ違え、中身はどれも紙とインクだ。ほかと較べて、あの本のどこが際立っているというのか。しかしなんとなく目が行くのは確かだ。仄かに瑞々しさのようなもの、そして柔らかさのようなものを感じる。つまり、どういうわけか、ほかの本よりもいくらかなめらかに喉を通っていきそうな気がしたのだ。

その一冊の単行本に手を伸ばした。小説だ。タイトルは『夜更けのマンションで起こること』。カバーは、魚眼レンズで写したらしい、ぬっと夜に聳え立つ歪んだ高層マンションの写真だ。破れかけた帯を見ると、〝マンションで起こる五つの不思議な物語〟とあった。ろくに知らない新人の中編集だ。帯には錚々たる顔ぶれの推薦コメントが並んでいるが、一度も読んでいない。冒頭の数ページに目を走らせたが、文体が肌に合わずに放り出したのだ。裏表紙を見ると、古本屋の値札が貼りついていた。誰の手垢がついているとも知れない古本を喰うのか。時計に目をやった。16時32分。あと四分しかない。これで行こう。目次をひらいた。中編のタイトルが並んでいる。「鳩」「隣室」「魔女」「足場」「階段」の五つだ。どれも素っ気なく、乾いている。強いて選ぶなら、やはり「魔女」だろうか。「鳩」や「足場」に齧りつくよりはよほどましだろう。女が出てくるとわかっている分、いくらか潤いが期待できるというものだ。

「魔女」の冒頭をひらき、少し読んでみる。

《お知らせ
近ごろ、マンションの廊下や階段で、たびたびオシッコをする人がいます。
何かご存じの方は、三〇二号の理事・飯塚までご連絡ください。
比留ヶ丘サクラハイツ管理組合》
エレベーターの横の掲示板に、そんな紙が張り出されていた。
写真ものっている。コンクリートの廊下に、くっきりとシミができていた。
おおかた子どものイタズラだろう。そのときはそう思った。

思い出した。このぽろぽろとしきりに改行する兎の糞みたいな文体に気が散って、早々に投げ出したのだ。が、いまは読むわけではない。文体なんぞ二の次、三の次だ。むしろ改行が多い分、インクが少なく、腹には優しいかもしれない。

時計を見た。16時34分。あと二分しかない。取りあえず一ページだけ破りとろう。背表紙を割るようにして、めりめりと本をひらいてゆく。なんだろう、この惨たらしいような嫌な感触は。おぼこ女中の股をひらき割る若旦那といったところか。それにしても、歯の隙間から絞り出すような本の呻きが耳に痛い。長年、書物に囲まれて暮らしてきたが、こんな神経に障る音は聞いたことがなかった。どの本もその気になればこんな痛ましい呻きを発することができるのか。いくら要らぬ本とは言え、物書きとしては、やはりこれきりにしたいところだ。

そろそろ背もひらききったようだ。ちまちまと千切って破るよりは、あの女がやっていたように一気呵成にすぱんとやってのけたほうがうまくゆきそうに思える。実際うまくいった。くしゃくしゃと右手一つで丸める。ただ指が動くままに丸めただけなのに、ああいまから喰われるのだと観念したかのようないじらしい丸まり具合だ。こんなものを本当に喰うのか。喰うのだろう。どうしたことか、口に入れるのにちょうどいい感じにさえ見えてきた。しかしまた女の声が耳に蘇る。

一枚食べたらもう引きかえせないからね。

また時計を見た。16時35分42秒、43秒、44秒……。お前、死ぬぞ。さっさと喰え。えいやとばかりに口に押しこんだ。がさりと入ってきた。嚙みしめた。その瞬間、脳味噌を下からぐんと突きあげられた。体がいくらか浮きあがったのではないか？　何が起きたんだ？　ぐうらりと世界が傾ぎ、見えない軸に意識が巻きつくように目が回りはじめた。おまけに視界全体がちかちかと白んできた。倒れそうだ。座っていられない。思わず目をつぶり、畳に両手を突いた。と思ったが、手が畳に触れない。空を切る。なぜだ。床はどこへ行った？　それともカナブンみたいに引っくりかえって宙を掻いているのか……

四

……手が何かに当たった。つるりとした硬い何か。なんだろう。こんなものがそばにあったろうか。ひょっとしてガラスか。いつのまにやら窓際まで這ってきたのか。いや、違う。ガラスではない。恐るおそる目を開けた。なんだこれは。手だ。私の左手だ。その横には紙。字が見える。紙を喰ったら字が見えるのか？　紙に書かれていた文字が？

《お知らせ

近ごろ、マンションの廊下や階段で、たびたびオシッコをする人がいます。

何かご存じの方は、三〇二号の理事・飯塚までご連絡ください。
比留ヶ丘サクラハイツ管理組合》

違う。違うぞ。ぎょっとして手を引いた。字だけじゃない。文章の下に写真がある。どこかのマンションの廊下のようなものが写っている。ああ、そうか。これは管理組合の掲示板だ。エレベーターの横に緑色のフェルトを張った掲示板があり、それをおおうアクリル板に手を突いていたのだ。

我に返って見まわす。ここはどこだ。なぜこんなところにいる。私の部屋はどこへ行った。部屋？　なぜ部屋のことなんか気にする。いま、仕事から帰ってきたところじゃないか。ここになんの問題があるって言うんだ。目の前にはベージュ色の構えのエレベーターがある。やはりいつものエレベーターだ。振りかえると、そこにはステンレス製の郵便受けがずらりと並び、頭上の蛍光灯の光を鈍く映している。ふと、一つの郵便受けに視線が吸いよせられた。

《六〇六号　堀田》

なぜこれに目が行ったのだろう。その郵便受けに歩みよった。この字、見憶えがある。私の字にそっくりだ。と言うより、自分で書いたんだから当然じゃないか。そうだ。私は堀田だ。もちろんそうじゃないか。堀田好和、三十七歳。老舗の文具メーカーに勤める会社員だ。妻の祥子とは結婚して今年で八年目、遼佑という、五歳になる可愛い盛りの息子もいる。二カ月後にはもう一人、家族が増える予定だ。

もう一度、掲示板の写真を見た。写真に写った廊下にはやや黒ずんだ染みが広がっている。これが小便の跡か。おおかた子供のいたずらだろう。

エレベーターがおりてきた。乗りこみ、六階のボタンを押す。階数表示のパネルを見るともなく見あげながら、マンションの廊下で立ち小便をする人間の姿を想像した。子供でなければ酔っぱらいかもしれない。ペットは禁止だが、隠れて飼っている住人も少なくないのだから、犬の可能性もある。あるいは認知症の老人という線も捨てきれない。祥子ならどう言うだろう。耳聡(みみざと)いあいつのことだから、近所の人から何か噂(うわさ)を聞いているかもしれない。

六階に着いた。エレベーターを降り、廊下を歩きながら、やはりさっきからの曰(いわ)く言いがたい違和感が消えないのが気になる。自分の意識が薄っぺらいとでも言おうか、なんとなく記憶のあちこちが曖昧(あいまい)な気がする。さっき祥子や遼佑のことを考えたのに、はっきりと二人の顔を思い浮かべられないのはなぜだろう。酔っているのか。腕時計を見た。晩の十一時半を回っている。やはりちょっと飲んだのか。そうだ。飲んだのだ。古川(ふるかわ)や東山(ひがしやま)と三八〇円均一のいつもの居酒屋で飲んだ。古川と東山……また顔が思い出せない。いよいよどうかしている。

それはそうと、ついさっき何かを口に入れたような気がするのはなぜだろう。なんだかこう、手の平に載(の)せて丸いようなものを口にぽいと。実際、口のなかのあちこちに尖(とが)ったものが当たったような妙な感触が残っている……

……何か塊(かたまり)のようなものが喉をぐうっとおりてゆき、虚空(こくう)に消えた。それと同時に、何かもっと巨大な、潮のようにそこらを満たしていたものが、すうっといっせいに引いてゆくのを肌のかすかな粟立(あわだ)ちとして感じた。

気づくと、自分の右手をじっと見ていた。驚いて顔をあげる。私の部屋だ。いつもの辛気(しんき)くさい六畳間だ。すぐそこには背を割られページを破りとられた『夜更けのマンションで起こること』が、蹂躙(じゅうりん)された女のように乱れて転がっていた。もちろんそうだ。ここは私の部屋だ。しかしなんだったんだ、いまのは？　いまどこに行っていた？　六畳間にへたりこんだまま、意識だけがどこか見知らぬマンションにいた。エレベーターに乗り、六階の廊下を歩いていた。堀田？　確かにいま、私は少しのあいだ会社員の堀田好和とかいう男だった気がする。そして六〇六号に妻と息子がいた気がする。

　どういうことだ。いや、こういうことなのだ、つまりは。これだからこそ、あの女は本を喰っていたのだ。便所に隠れてまで。胸が激しく鳴っていた。耳の裏にどかどかと響いてくる。そう言えば、口に入れたはずの紙はどうなったのだろう。ない。舌で隅(すみ)ずみまで口中を探るが、どこにもない。やはり呑みこんだのか。あんなものを呑みこんで大丈夫なのか。しかし胃に不快感はなかった。興奮のせいか、指先がかすかに震えているだけだ。

　一つのイメージが湧(わ)いてきた。鉄格子(てつごうし)だ。文字で書かれたありとあらゆる書物において、一行一行の文章がそれぞれ一本の鉄棒と化し、読み手の眼前に鉄格子として立ちはだかっている。読み手は文章という鉄格子によって書物の孕(はら)む物語世界と隔(へだ)てられているのだ。にもかかわらず私はたったいま、その鉄格子をすり抜け、物語世界に直接、没入した。まったくの別人になり、どことも知れぬマンションのエレベーター・ホールで忽然(こつぜん)と存在しはじめた。文章を読むのではなく、喰うことによって。

　いや、ひょっとしたら、かつての私はこれを読むことによって成(な)し遂(と)げていたのかもしれない。十代のころ、もっとも夢中になってそれこそ貪るように小説を読み漁(あさ)っていたころ、いま起きたみたいに直接的に作品のなかへ、当たり前のこととして没入できていたのかもしれない。それが、みずからも物書きになってしまうと、自分がどうやって歩いているのかを考えはじめてしまった百足(むかで)みたいに、いつのまにやらできなくなった。鉄格子の向こうに広がる豊饒(ほうじょう)な世界に目を向けず、鉄格子そのものをまじまじと見つめるようになってしまったのだ。

それにしてもあの女、どうやってこれを知ったのだろう。普通、喰おうなどと考えるだろうか。考えまい。あの女の人生に何か一大事が起きて正気ではいられなくなり、ほとんど狂気とも呼べるような忘我の激情に駆られ、手元にあった書物から紙を毟りとり、窒息死をすべく口に押しこむ。そして偶然これを発見する。そんなことが起こり得るだろうか。ないとは言えない。しかしこれの起源をあの女に求める理由がどこにあるだろう。私があの女を見て学んだように、あの女もまた、ほかの誰かがこれをするのを見て真似ただけかもしれない。そのほうがよほどあり得ることだ。しかし問題は、これを見たからと言ってなぜ同じことをしようと考えるのか、ということだ。こういうことが起きるとあらかじめ教わってから、それを望んで喰ったのか？　そうかもしれない。が、違うかもしれない。ひょっとしたら、これは集団ヒステリーみたいに伝染するのではあるまいか。現にこの私がそうであったように、他人が喰うのを目撃してしまうとその欲求が頭に刷りこまれ、じりじりと鎖で手繰りよせられるがごとくいずれは自分も喰わずにはいられなくなるのではなかろうか。

　いずれにせよ、一つだけ確かなことがある。私が次のページを一刻も早く喰いたいとはっきり欲していることだ。いますぐ、あそこに戻りたい。何か奇妙なことが、ふたたび物語世界と直接肌を接するようなことが、いまにもこの身に起こりそうだったあのマンションに。はっと振りかえり、あのステンレスの郵便受けを見た瞬間、私の意識はひさしぶりにぴんと張りつめていた気がする。郵便受けだけではない。掲示板もエレベーターも廊下も、何もかもが緻密で色が濃く、輪郭も際立っていた気がする。それに引きかえ、この澱みきった部屋を見ろ。いまこうして眺めていても、部屋そのものが、ぐたっと脱ぎ捨てられたままのくすんだ古い記憶のようだ。こんなところにいて何が起きると言うんだ。この部屋は書けなくなった小説家を未来永劫この澱みのなかで飼い殺しにするつもりに違いない。

喰いはじめた本を拾いあげた。続きを喰いたい。いつもの癖でつい読んでしまいそうになるが、とんでもないことだ。喰わなければ意味がない。あれを味わえない。次のページを一気に破りとった。右手で丸める。早速、手慣れてきたようだ。口に放りこんだ。また突きあげるような衝撃が来た。しかしさっきよりは幾分、弱まっているようだ。やはり眩暈がするが、これもさっきほどではない。徐々に視界が白んできた……

五

……私はまた同じエレベーター・ホールにいた。しかし別の日の深夜だ。初めて掲示板で〝オシッコ事件〟のお知らせを読んでから、二カ月ほどが経過している。

その後も犯人につながる有力な情報が出てきていないようだが、掲示板の続報によれば、まだ小便の跡らしきものはマンション内のあちこちで増えつづけているという。新たな痕跡がいつも朝方に発見されることから推測するに、犯人は小便をするためにわざわざ夜中に家から出てくるようだ。きっと愉快犯ね、と祥子は言うが、私もそう思う。カネはあるのに万引きするのと同列の行動だろう。トイレはあるのに立ちションをする。しかもそこらの道端ではなく、現場を押さえられたら窮地に陥りそうな、自分が暮らすマンションのなかでなければならない。胸のひりつくような背徳感に飢えているのだ。

アメリカの刑事ドラマに目がない祥子のプロファイリングによれば、

「犯人は二十代から三十代の男だよ、きっと。それでニートなの」だと言う。

「子供のころから虫を殺し、猫を殺し、犬を殺し、そして大人になってマンションで立ちションをするわけだ。祥子捜査官の見立てでは……」と茶化す。

「きっとそう……」と祥子は笑った。「見てなさい。最後はホワイトハウスで立ちションしてFBIに捕まるから」

茶化しはしたが、私もまた祥子と同じような犯人像を思い描いていた。分厚い殻のようなもののなかに引きこもる、暗い目をした若い男。夜毎の立ち小便は、その殻の亀裂にそっと指を這わせるような、外の世界との境界に歩みよる危なっかしい儀式に違いない、と。しかしまったくの見当違いだった。その夜、私は犯人に出くわした。

携帯電話を見ると、夜中の十二時四十分を回っていた。福岡に転勤の決まった部下の送別会でずいぶんと遅くなった。このマンションのエレベーターは、夜中の十二時を過ぎると省エネモードに入り、動いていないときになかの照明が消えるようになっている。しょっちゅう目にする光景ではないが、実際にガラス越しに見る内部は真っ暗だ。何か得体の知れないものを無言で匿っているようで、どことなく薄気味悪い。しかし外から昇降ボタンを押せば、すぐに照明が点いて明るくなる。ボタンに手を伸ばした。

と、そのとき、なかで、がらあん、というワイヤーで首でも吊ったような音が響き、かごが揺れたのがわかった。なかに何かがいる。真っ暗なかごのなかに……

……また自分の部屋に戻っていた。堪えがたい。途端に意識がどんよりと醒めて鈍くなり、体が現実にまとわりつかれてずんと重みを増したような気さえしてくる。ちくしょう。いいところで。もっとなめらかに、継ぎ目なく、映画でも観るように物語世界が続かないものか。

もはやなんの躊躇（ちゅうちょ）もなく次のページを破りとり、丸めながら頬張った……

……ボタンに手を伸ばした格好のまま私は凍りついた。息を殺し、耳を澄ます。なかは暗闇のまだ。何も聞こえない。かごも揺れない。そのまましばらく待つが、何も起きない。気のせいか。エレベーターとは元来そういうものなのかもしれない。誰も乗っていなくてもときおり寝返りを打つのだ。

急に馬鹿らしくなった。かごが揺れたぐらいで何をびくびくしているのだろう。ボタンを押した。ガラスの向こうでちかちかと蛍光灯が瞬いたあと、なかがコンビニのようにぱかっと明るくなる。ほら見ろ。誰も乗っていないじゃないか。

ドアがゆっくりとひらきはじめた。誰もいないと安堵するのは早かった。ドアのガラス越しでは、かごのなかの高いところしか見えない。つまり立っている人間の胸から上しか見えない。低いところは死角になっているのだ。

ひらきはじめたドアの隙間からすべりこもうとして、思わず息を呑んだ。誰だこれは。入口に背を向けて奥にしゃがみこんでいるやつがいる。女だ。おそらくは若い女。真っ黒な髪がひと抱えもあるほどに豊かで、それに隠れてまったく顔がうかがえない。その上、髪との境もさだかでないような黒一色のワンピースを着ており、その髪と服との吸いこむような黒さが異様で、深い穴のへりで肩でも押されたようにひやりとした。が、間に合わない。一歩、なかに踏みこんでしまった。がらあん、とひどく大きな音を立てて、またかごが揺れた。

つうんと妙な匂いが鼻を突いた。甘ったるいような、酸っぱいような、それでいてわずかに塩辛くもあるような、とにかく鼻から抜けて脳天に突きあがり、しばらくそこで渦を巻くようなきつい匂いだ。思わず顔をしかめる。

　ふと床を見ると、しゃがみこんだ女の足下から何かが流れてきていた。その何かで暗灰色（あんかいしょく）のプラスチック・タイルが濡れて、墨汁を流したようにみるみる黒くなり、それが末広がりに広がってゆく。私の靴底も濡れはじめている。そこに至ってようやく何が起きているか理解した。小便だ。この女、エレベーターのなかで小便をしている。こいつだ。この女が犯人だ。咄嗟にかごのなかから飛びのいた。

「おい、お前！」とつい荒っぽい声が出た。そんな自分に驚いた。私は元来、初対面の相手をいきなりお前呼ばわりする人間ではないのだ。しかし威勢はそこまで。エレベーターの外から改めて女の姿を目にしたとき、二の句が継げなくなった。

　女は相変わらずこちらに背を向けてしゃがみこんでいるのだが、真っ黒なワンピースを腰のあたりにまでたくしあげ、真っ白な尻がむりっと丸出しになっている。その剝（む）き出しになったたわわな尻でどんと胸にでも座られたかのような、息も止まらんばかりの衝撃を受けた。なんて白くて柔らかそうですべすべした尻だろう。ぷつりと針でも刺そうものなら、真っ白なミルクが弧を描く糸のようにつつつつと零れ出てきそうだ。

　いや、白く柔らかそうなのは尻だけではない。青々と静脈（じょうみゃく）の透（す）けるすらりとした二本の脚が蛙のそれのようにぐわっと目いっぱいひらかれ、その無様（ぶざま）でしどけない格好がいっそう気怠（けだる）げでなんとも言えず淫（みだ）らだ。しかも裸足（はだし）じゃないか。女の小便が女自身の足をひたひたと濡らしている。まるで自分の足裏であるかのように、生ぬるい小便にじわじわと囲まれてゆく感触をつい想像してしまい、気色悪くも心地よくもあるような捩（ね）じれた身震いが背すじを這いのぼった……

……また現実の世界に沈みもどりそうだと感じるやいなや、右手が自然と動いて次のページを口に押しこんでいた……

……放尿が止まり、最後の数滴が、ぽたり、ぽたり、と股ぐらから滴（したた）り落ちるのが見える。そのたびに、真っ黒な水溜まりと化したかごの床にかすかな波紋が広がるのだが、それが大波となってこの胸にまで打ちよせるようだ。黒ぐろとした床が女の白い臀部（でんぶ）を映して揺らめいているが、翳った股ぐらが映りそうで映らない。ぽたり、ぽたり……匂う。ここまで匂ってくる。なぜこんなに甘ったるいのだろう。本当に小便の匂いだろうか。いや、ほんのわずかではあるが、甘さの向こうに確かに眉間に染みるような小便の匂いが仄めいている。しかし知らず知らずのうちに半歩、足が前にすり出ていたのはなぜだろう。近づきたい。あの女にもっと近づきたい。そしてあの真っ白な尻を鷲（わし）づかみにし、割れ目にどぶんと顔をうずめ、獣のようにむしゃぶりつきたい。

膝が前に傾ぎかけた瞬間、女が向こうを向いたままゆらりと立ちあがった。たくしあげられていた黒いワンピースの裾（すそ）がすとんと落ち、目映（まばゆ）い満月が雲間に隠れたかのように尻が姿を消した。背の高い女だ。裸足であれなのだから一七〇近いかもしれない。いまにも振りむきそうだ。顔が想像できない。本当にここの住人だろうか。そもそもこの女に顔なんかあるんだろうか。ここから見えない頭部の向こう側は、まるでお面の内側のように全体がべこりと凹（へこ）んでいるんじゃないのか。

ぴしゃり、ぴしゃり、と濡れそぼった足音を立てて、とうとう女が振りむいた。顔はあった。いきなり目が合った。鼻先にぶらさがってくるような巨大な目だ。視線を外したいのに外せない。釣り竿（ざお）で眼球を釣りあげられたかのようで、目を逸らすとこちらの目玉が眼窩（がんか）からずるりと抜け落ちそうな気がする。まるで化粧っ気のない、尻と同じぐらいに白じらとした細面（ほそおもて）。表情はまったくない。目ばかりが爛々と大きく、顔と言うより、頭の前に貼りついた、ただの皮膚という感じ。

それにしても誰だ、この女。どこかで見たか。いつか廊下ですれ違ったか。エレベーターで一緒になったか。わからない。この女、いくつだろう。ある一瞬には十代のようにも見え、次の一瞬には四十代のようにも見える。表情もないのに顔が揺らめいているような、ふとした瞬間に目鼻が入れかわりそうな、ぬるぬると捕えどころのない感じがする。そもそもこの女、正気なのか。夜中のエレベーターで長々と小便をしていた。しかも裸足で。愉快犯の仕業と思いこんでいたが、こいつはきっとただの狂人に違いない。

女が動いた。こっちを見たままエレベーターから一歩一歩出てくる。ぴしゃり、ぴしゃり……ホールの床に女の濡れた足跡が現れる。だらしないぐらいに土踏まずがない。一瞬逃げようかと思ったが、泥沼にはまったみたいに足がびくともしない。なぜだ。しかもこっちに近づいてくる。きりきりと痺れるほど全身に鳥肌が立つ。女の目鼻が徐々にさだまってきた。綺麗な女だ。気が触れているに違いないのに、ひんやりと目に染みるぐらいに美しい。いよいよ来るか。いや、向こうに逸れた。そのまま行け。通りすぎろ。ぴしゃり、ぴしゃり……またこっちに来た。真横に立たれた。視線をなすりつけるようにこっちを見ている。それ以上、見るな。何をする気だ。さっき、つい乱暴に声をかけたのが悪かったか。さては恨みでも持たれたか。

「堀田さん……ですよね」と女が言った。「六〇六号の堀田好和さん……」

ぎくりとした。部屋番号どころか、下の名前まで呼ばれた。見も知らぬ不気味な女から〝ヨシカズさん〟などと懐に手を突っこまれるみたいに馴れ馴れしく。

「すいません。こんなとこお見せしちゃって……」と女が笑った。にちゃっと音がしそうに頬笑む。血の気の失せた暗い唇の隙間から変に赤い舌がぬらぬらと光って見えた。「でも、ほら……そんな汚いものじゃないんですよ。これでけっこう気に入ってくれてる人もいるぐらいで……」

　気に入ってる？　小便を？　どういう意味だ。

「そのままの意味ですよ。気に入ってくれてる人がいるんです。ほら、甘い香りがするでしょう？　あたしのって……。そう言えば堀田さん、あたしのこと憶えてます？」

　訊かれたのか？　この状況で何かを答えなきゃいけないのか？　女の頰笑みが問いの瞬間でびたりと凍りついている。暴力的なまでに表情が動かない。こうなると、もう頰笑みのようにすら見えない。耳に痛いような刺々（とげとげ）しい沈黙がおりる。どんどん沈黙の張りが強く鋭くなってきて、この首を絞（し）めあげてくるようだ。なんでもいい。何か答えなくては……。

「いや……」とようやく掠（かす）れた声を絞り出した。

「ほらァ、同じ階段の……じゅうさんまるろくのせきもとですよ。せきもとなつみ……」と女がふたたび笑顔をこしらえなおしたことで、時間がまた動きはじめた。

　じゅうさんまるろく？　一瞬、何を言ったかわからなかった。そうか。一三〇六か。しかし何を言っているんだ。このマンションは十二階建てだ。十三階なんかない。

六

「魔女」を最後まで喰い終えたとき、部屋はすっかり暗くなっていた。暗闇のなかで呆然とし、しばらく身じろぎもできなかった。それにしてもなんだろう、この現実世界の圧倒的な空虚さは……。まるで深海のように、空虚の持つ絶大な圧力が、ありとあらゆる物事をみしみしと押さえつけている。

電気を点け、時計を見ると、十時を回っていた。一ページ目を喰いはじめたときはまだ五時にもなっていなかった。普通に読めば一時間かそこらで終わりそうな長さの中編だが、喰いきるのに五時間半ほどかかったことになる。しかしこの五時間半は長いだろうか。何日も、いや、何週間も向こうにいた気がした。実際、堀田が関本夏美と名乗る女に出会ってから、ほかの男たちのあとを追うように抵抗虚しく彼女の軍門に降り、マンション全体が乗っとられるまで、物語のなかでは二カ月ほどの時間が流れるのだ。とは言え、こうして喰い終えて部屋に戻ってみれば、ほんの束の間だったようにも思える。それにしても、こんなに夢中になって小説を読んだことがいまだかつてあっただろうか。少なくとも、二十八で小説家になって以来、こんな目眩く読書を一度も経験していないのは確かである。いや、〝読書〟ではない。これは〝食書〟だ。

それにしても終始、圧倒的な臨場感だった。見たもの、嗅いだもの、味わったもの、触れたもの、感じたこと、その一切の感覚が、つるりと薄皮を剝いだかのように際やかに艶めき、現実を遥かに超えてなまなましかった。あの魔女の噎せかえるような尿の香り、まだ鼻の奥にしっかりとこびりついている。もし現実に同じ匂いを嗅げば、いつであれ即座にそれと気づくだろう。そして、ほかの男どもと一緒になって犬畜生のように十三階の廊下に這いつくばり、うっすら赤みがかった魔女の小便を我を忘れて啜りあげ、ごくりごくりと飲み干した、あの最悪にして最高潮の場面……思い出すだに身震いがし、舌が、喉が、胸が、ひりついてくる。屈辱と歓喜、吐き気と快感、絶望と解放、すべてがないまぜになったあんな異常な感覚は現実では決して味わえないだろう。もちろん読むのではこうはゆくまい。また飽きもせずにエログロか、安い武器に頼るもんだ、やれやれ、となるだけだ。

しかし認めざるを得ない。私がやりたかったのは確かにこういうことだ。小説という巨大な手を伸ばし、読者の心をむんずと鷲づかみにし、荒々しく振りまわし、高だかと持ちあげ、強かに叩きつける。叩きつけられた読者は畳の上で大の字になり、何かを得たのではなく失ったかのように呆然とし、見えてもいない天井を見あげる。意識はいまだ虚構と現実とを行きつ戻りつし、左手の親指はまだ最後のページに喰いつかれたままだ。それはまさにたったいま、私がこうして陥っているような状態と言えよう。もう二度と戻れない。これを喰う前の世界には……。

とは言え、果たしてこれは小説ごときが持つべき健全な力だろうか。書物は文字の連なりであることから解き放たれ、経験に肉薄し、経験を超えるべきなのだろうか。そしてまた、この世界に戻ったのちに押しよせてくる、このやりきれない倦怠感はどうだろう。これは恐ろしいことだ。いまこの鈍い頭がにわかに思い描くのよりきっと何倍も恐ろしいことだ。こんなことがうっかり世に広まれば、人間は、社会は、文明はどうなってしまうのか。あの女もそれを恐れて、便所なんぞでこそこそと隠れ喰いをしていたに違いない。

そこでふと気づいた。「魔女」を喰っていたあいだ、途中からまったく世界が途切れなかったことに。本を見ると、確かに「魔女」の終いまで喰ってしまっていた。意識は向こうに飛んだまま、体のほうが勝手に動いて、千切っては喰い千切っては喰いをくりかえしていたということか。なんとも薄気味悪い話だが、しかし考えようによっては、よくここで手が止まったものだ。最後の行のあとの空白が、私をこの現実に引きもどしたのだろうか。

視線を落とすと、「足場」という次の中編のタイトルが浮きあがらんばかりに眼前に迫ってきた。足場に関わる何が起きると言うんだ。知りたい。知りたくてたまらない。読んで知るのではなく、喰ってこの身で経験したい。いや、待て。いまならまだ引きかえせる。知りたければ読むんだ。これは小説だぞ。喰うもんじゃない。いや、そもそもお前は小説家じゃないか。書け。パソコンを立ちあげ、ファイルをひらき、小説を書け。書くんだ。

私の腕は、せめてもの気骨をおのれに見せつけようと考えたのだろうか、『夜更けのマンションで起こること』を放り投げた。本は襖(ふすま)にぶつかって畳に落ち、胸元をはだけるようにだらりとひらいた。「足場」というタイトルがまだ私を誘っていた。

七

あの女の予言は成就(じょうじゅ)された。私は確かに引きかえせなくなった。甘っちょろくもすでに人生の底に這いつくばっているのではなどと思いはじめていた私は、あの日からさらに低いほうへ暗いほうへと転落を始めたのだ。

「魔女」を喰いきった明くる日、私は一日に中編一つまでという気弱な誓いを立て、後ろめたさと馴れあいながら「足場」を頬張った。外装工事のために組まれた足場が自己増殖を始め、異界へと通じる立体迷路と化してマンション全体を懐深く呑みこみ、やがては日本全体を鉛色の山脈のようにおおいつくしてゆくという不条理かつ壮大な物語だった。喰い終え、呆然と天井を見あげながら、私は自分が誓いを守れないことを知っていた。と言うより、端(はな)から守るつもりなどなかったのだということを、ただの誓いごっこに過ぎなかったのだということを、おのれに対してはっきりと認めた。一言一句、あの女の言ったとおりだった。一枚喰ったら終わりなのだ。その日のうちに「鳩」を喰い、翌日には「隣室」と「階段」を貪り喰った。つまり、三二〇ページもあった一冊を三日で綺麗に平らげてしまったことになる。しかもその速度がどんどん増していて、喰っている自分を傍(はた)から見たらどんなにひどい有様(ありさま)だろうと思うと、我が事ながら不気味でならない。

そんなときに私は三十八歳の誕生日を迎え、恭子からの電話を受けたのだ。携帯電話が鳴ったとき、来そうだと心の片隅で構えていたにもかかわらずぎょっとし、続いて、まだこの現実の世界でぎょっとしうることに少なからず驚いた。ひょっとして恭子から電話がかかる物語でも喰っているところではあるまいか、などと足下が揺らぐような回りくどい勘ぐりまで働いた。〝ちゃんと食べてるの？〟と恭子は最後に言った。「食べる」という当たり前の言葉がもはや当たり前には響かなかった。一瞬、トイレの女が恭子から電話をもぎ取って問いを捩じこんできたような錯覚すら過ぎった。呪いはちゃんと効いたのか、お前もちゃんと地獄へ落ちはじめているか、と。

そうでなくとも、恭子からの電話は私を動揺させた。書けずに苦しんでいるのを、尻に火が着けばどうにかなる、などといかにも軽く言ってみたが、口に出してみればその言葉はさらに軽く、冗談にすらなりきれなかった痛々しささえ漂った。しかしつい何日か前までは、自分でも確かにそう信じていたのである。尻に火が着けばどうにかなる、自分はいつかきっと書くだろう、ある日突然、何かが降りてきたかのように猛然と書きはじめるだろう、と。その言葉一つに全身でしがみつき、漠たる暗闇にぶらさがりつづける日々だった。

それが一変した。本を喰いはじめたことでその弱々しい言葉が引きちぎられ、私はここにどさりと落ちてきた。どこだここは。ここでは小説は書くものでも読むものでもない。喰うものだ。喰うことによって得られる圧倒的な経験と、書くという地道でささやかな行為とが、私のなかでどうしてもつながらなかった。光あれ、などと大雑把な言葉によって世界をこしらえるのは神の仕事であって、小さく繊細な手先を持った人間のやることではない。かつては私を大いに面白がらせた書くという行為だったが、いまや想像だにしなかった羽化を遂げ、私を置き去りにした。

しかしこの現実の世界にあっては、それでもなお私は小説を書かねばならない。言葉を並べて文章をつくり、文章を並べて物語をつくらねばならない。砂利でも並べるかのごとく不毛な作業だ。自分の書いたものを一度喰ってみればいいのかもしれないが、しかしそういうことではないとすでにわかっていた。そういうことではないのだ。いまさらながら気づいたが、きっと私は、小説に力を求めるのと同じぐらいに、言葉が持つ小さい美しい無力な声を愛していたのだろう。それがこんなにも朗々と力強く鳴り響くものに変わり果ててしまうとは。

いずれにしても、もはや歯止めが利かなくなっていた。処分するつもりだった本のなかから、すぐに一日一冊ずつ抜き出して喰うようになった。物語性のない啓蒙書や実用書のたぐいはろくに喰えず、概念や言葉や五感の断片だけが渦巻くような、物語も脈絡もない悪夢を見るということがすぐに知れたので、小説だけを選んだ。ひと月も経つと、不要な小説が底を突き、とうにわかりきっていたことだが、いよいよ本棚に手をつけざるを得なくなった。私は本棚の前にへたりこみ、整然と並んだ色とりどりの蔵書をしばし眺めた。小説だけでも千冊をくだるまい。深い溜息が漏れた。これに手をつけはじめたら、一日一冊ですむかどうか。この期に及んで蔵書を惜しむ気持ちを奮い立たせようと試みたが、その気持ちは骨もないようにぐったりとして食欲に身をまかせきっていた。

蔵書を切り崩しはじめると、いよいよ本を喰わずに一日を過ごすすべがわからなくなってきた。本を喰っているか、本を喰うことを考えているか、本を喰ったような夢を見ながら眠っているかだった。滅多に出歩かなくなり、髭も剃らず、風呂にもほとんど入らなくなった。体から古本屋のような饐えた匂いが漂いはじめたのにはやや驚いたが、それがなんだと言うのだろう。案の定、すぐに一日一冊では我慢ができなくなり、寝る間も惜しんでいよいよ餓鬼のごとく二冊も三冊も貪るようになった。やたらと喉が渇くのでペットボトルの水をがぼがぼ飲むが、ちゃんとした食べ物を喰いたいという気持ちは日に日に細ってゆき、ついには本以外の固形物を口にしなくなった。それでも不思議と痩せることはなかった。紙の白さでも肌に滲んでくるものか、変に顔色が悪いのが気になったが、薄暗い洗面所で鏡の前に立っても、地獄に落ちた人間のようにはまだ見えなかった。

しかし体が持ちこたえていても、心の裡では虚構と現実がつねにせめぎあっていた。いや、せめぎあうなどと言えるほど力は拮抗しておらず、日一日と勢力を増してゆく虚構を前にして息も絶えだえの現実は、引っくりかえって柔らかい腹を見せていた。いまや私のイメージするこの現実世界は、絢爛たる虚構世界の継ぎ目を走る薄汚れたドブ川のようなものだった。虚構から虚構へと直接渡り歩けないために、いちいち現実というドブ川に深ぶかと浸からねばならないのだ。しかしそれは単なるイメージにとどまらず、現実に戻るときは〝沈む〟、そして虚構へ入りこむときは〝浮きあがる〟という、ほとんど肉体的な感覚があった。私は明けても暮れてもその浮き沈みをくりかえし、へとへとになりながら、このままではすむまい、いずれ何かが起こる、取りかえしのつかない破滅的なことが、と考えていた。

八

飲み水の買い出しに行こうと何日かぶりに部屋から出たときに、それは起きた。ドアを開けた途端、アパートの廊下に足跡を見つけたのだ。土踏まずのない、べったりと灰色に濡れた足跡。それがエレベーターのほうまで点々と続いていた。咄嗟にどこかの子供の仕業かと思いかけたが、よくよく見ると、どうやら大人の女のもののようだ。

と推測した瞬間、見おろした足跡からふわりと甘い香りが立ちのぼって鼻を突いた。あっ、と思った。その短い、あっ、のなかに詰めこみきれぬほどの大きい鋭い驚きが脳天から踵までを貫き、私をその場にしばし釘づけにした。この匂いには憶えがある。あれからどれほどの物語を喰い散らかしたか数える気にもならないほどだったが、初めて喰った「魔女」のことは初めての女のようによく憶えていた。

理解を超えたことが起きていた。なぜここであの匂いを嗅ぐのだろう。なぜこっちの世界で。さらに確かなのは、この怖いほど扁平な足跡。向こうで見たのとそっくりだ。ぐるりと睨めつけるようにあたりを見まわした。四〇三号の玄関先から見る、いつもの光景だ。左手には鬱蒼とした竹藪、正面には高いフェンスに囲まれた中学校、右手には駅前へと通じる道路……ほかに綻びは見つからない。しかし足下にはあの足跡がくっきりと。そしてこの鼻は依然としてあの匂いを仄かに嗅ぎとっている。

私は誰だ。文具メーカーに勤める堀田好和などではない。小説家だ。書けなくなった小説家だ。文字の世界からはじき出された小説家だ。そんな私の現実世界になぜこの足跡があるのだ。なぜこの匂いが漂うのだ。それとも私は私ではないのか？　私はいまこの瞬間も本を喰っているのか？　いや、そんなはずはない。ここには虚構特有の誇張されたなまなましさもなければ、過去や細部の曖昧さもない。いや、待て。私はひょっとして自分で書いた似非私小説を喰っているのだろうか。だから実際の記憶によって細部が補われるのか？　しかしまるで憶えがない。朝から晩まで喰ってばかりでそんなものを書く暇などあったろうか。

それにしても、この足跡はどこまで続いているのだろう。たどってゆけば何に出くわすのだろう。そろりそろりと足跡に沿って歩きはじめた。四階のエレベーター・ホールに着いた。足跡はエレベーターの前で向きを変え、なかに入ってゆく。目をあげると、エレベーターは偶然にも、それとも偶然ではないのだろうか、この四階で停止していた。しかし、真っ昼間だと言うのに、かごのなかは真っ暗だ。そんなはずはないと思い、もう一度、階数表示を確認するが、やはりかごは目の前にある。ガラスの向こうは奈落のような暗黒だ。

　恐るおそる手を伸ばし、下へ降りるボタンを押した。かごのなかで蛍光灯が瞬き、神経を逆撫(さかな)でするほどに白じらと照りかえった。人影はない。いや、きっと屈(かが)んでいるのだ。ドアが焦(じ)らすようにのろのろとひらく。思わず後じさった。いない。関本夏美の姿がない。死体を待つ棺桶みたいに空っぽだ。覗きこんでかごの床を調べるが、足跡もない。ドアの前で途切れている。乗らなかったのか？

　疑いを拭(ぬぐ)いきれないまま、あたりを見まわしつつエレベーターに乗りこんだ。〝開〟ボタンを押しながらかごの床を再度確認するが、やはり足跡は見あたらない。一度濡れて乾いたような形跡もない。首を捻りひねり〝1〟と〝閉〟のボタンを続けて押す。

　ドアが閉まり、降りはじめたと思った瞬間、後ろから何か白いものが伸びてきた。肩口からひゅっと飛び出してくるのが目の端に見えたのだ。女の腕だった。生臭いようなやわやわと真っ白な腕。女の指が、どん、とかごが揺れるほどの勢いでパネルのボタンを突き押した。〝13〟。六階建てのアパートなのに、突き立った女の指先が〝6〟の上の〝13〟を押していた。あいだはなかった。腕がすうっと背後に消えた。私は骨が軋むほどに立ちすくんだままだった。かごの天地を引っくりかえしたかのように、エレベーターはぬるりと上昇に転じていた。

　六階を過ぎた途端、闇夜のなかを昇りすすむようにドアガラスの向こうが真っ黒になった。遠いも近いもないような暗闇がガラスにべったりと張りついている。そこに、私の左斜め後ろに、音もなく立ちつくす関本夏美の姿がくっきりと映っていた。たったいま泥炭(でいたん)の沼からあがってきたような長い黒髪。しどけなく襟(えり)ぐりの広がった漆黒(しっこく)のワンピース。ごろごろと肋(あばら)の浮いた白い胸。ひゅるっと細長い首の上に載った端整な顔は頭上から蛍光灯で青白く照らされてはいるが、薄い眉の下だけは髑髏（しゃれこうべ）のごとくずっぽりと暗く、その狭い深い闇に女のまなざしが沈んでいる。どこを見ているのかわからない。ガラスに映る私を見ているのだろうか。それとも切っ先のような視線で私のたるんだ頬でも撫でまわしているのだろうか。いずれにせよ女は無言だ。まるでたまたま乗りあわせたみたいに。それが永遠に続くみたいに。

　振りかえれなかった。振りかえったらそれで終わりのような気がした。虚構と現実の境が曖昧になり、私はいまちょうどそこに立っている。このかごのなかが二つの世界の小さな接点を成しているが、振りかえるやいなや微妙な均衡が雪崩（なだれ）を打って破綻し、私はきっと虚構の側に引きこまれ、二度と戻れなくなるだろう。

　背後からしゃあああああっとかすかな音がしはじめた。足下に視線を落とした。背後から股のあいだを、ちょろちょろとひと筋の液体が流れてくる。その液体の色は透明に近いはずなのに、夜の底を流れる川のように黒ぐろとして見えた。熟（う）れ崩れたような甘酸っぱい香りがかごのなかに満ち満ちて、のぼせたような眩暈を誘う。

「黒木さん……ですよね。四〇三号の黒木忠彦（ただひこ）さん……」と背後から囁（ささや）き声がした。吐息を細く縒（よ）って、そっと耳に差し入れてくるような囁きだ。「いろいろご苦労も多いかとは思いますが、まだまだ始まったばかりですから……」

　きっとその通りなのだろう。私はあまりにも多くの物語を喰いすぎた。いままでに喰い散らかした数々の物語が、これからこうして代わるがわる私の人生を訪れ、少しずつこの身を生き埋めにしてゆくのだ。

「でも……怖がらなくていいんですよ」と囁き声は続ける。「あなたが行こうとしてるところには、あなただけが行くわけじゃないんですから……。あなたが最初でもないし、最後でもないんです……」

それもまたその通りであるに違いない。トイレで会ったあの女はいまごろどこでどうしているのだろう。もう随分と先へ行ってしまったのだろうか。

囁きに耳を傾けるあいだにも、女の尿がますます暗黒の領域を広げてきた。床が濡れて黒んでゆくと言うより、照りも艶もないまったき闇に床が喰われ、足の踏み場がどんどん失われてゆくようなのだ。この暗黒の上には一時たりとも立ってはいられまい。靴を濡らした途端、かごを押しつつむ果てしない虚無にずぼんと落ちて呑みこまれてしまうだろう。私は立ち位置をずらし、せめてもの時間稼ぎを始めた。

「どっちにしても、あなたはもう書けませんよ……」と女が静かに呪ってくる。「だいいち、あなたが書こうが書くまいが、もう誰も本なんか読みたがってはいません。みんな食べたがってるんです。みんなみんなかったるい文章なんかそっちのけで物語を貪り喰いたがっているだけなんです。……そうでしょう？」

そうなのかもしれない。これが世界に広まってしまえば、誰も彼もが本を求めて餓鬼のごとく町々をさまようようになるのだろうが、しかし誰一人として読む者はなく、手にするやいなや、ただ千切っては喰い、千切っては喰い……そんな末世を思い描くあいだにも、いよいよ漆黒の虚無が私を追いつめてくる。私はドアに張りついてかごの隅に爪先立ちになり、ガラスにべたりと頰を押しつけた。ガラスに映った関本夏美は暗闇の目をしたまま、譫言のように口をぶつぶつと動かし、まだ喋りつづけている。囁き声であるにもかかわらず、いまや私の鼓膜に唇を這わせているかのごとくこの脳髄に響いてくる。

「――そもそも言葉は嘘をつくために生まれたのです。真実を殺すために生まれたのです。一切の言葉は嘘であり、嘘は真実を踏み砕きながら歩を進め、その嘘の群れが通りすぎたあとに、つまり見わたすかぎりの真実の死骸の上に、新しい嘘の世界が築かれてゆくのです。神はそうやって世界を創ったのですよ。神にできたのですから、人間がついた嘘のあとにも世界ができてゆくのは――」

脚が震えてくる。膝が笑う。もう駄目だ、落ちる、と思った瞬間、ガラスの向こうがぱぁんと明るくなった。着いた。十三階か？　ここが？　もう何階でもいい。とにかく早くここから出なければ！　体を押しつけていたドアがぐんとすべりひらくと、私は何事かを喚きながらエレベーターから転げ出て、無様に片膝を突き、むさ苦しい中年男の息を喘がせていた。恐るおそる見まわすと、一階のエレベーター・ホールである。はっと振りかえると、かごのなかは空っぽだ。魔女の姿は影も形もない。床もまったく濡れていない。数秒後、棺桶が死に損ないを喰い逃したかのようにドアが口惜しげにがくんと閉まった。助かった。どうやら、まだこっちにいるらしい。いや、助かってなどいないのだろう。あの女の言った通り、きっとまだまだ始まったばかりなのだ。

関本夏美の姿がない代わりに、少し離れたところにランドセルを背負った十歳ぐらいの少年が立っていた。眼鏡の奥で気遣わしげに眉根をよせ、こちらをじっと見ている。一瞬、こいつも向こうから漏れ出てきたのでは、という疑いが兆したが、こんな少年にはまったく見憶えがなかった。少年の醸し出す、いかにもぱっとしない感じとでも言おうか、この絵にならない凡庸さは、きっと作り物の人間ではないことの証なのだろう。

少年を見ていると、束の間ではあれ、現実の世界にしっかと受け止められたような確かな心持ちが生まれ、徐々に落ち着いてきた。十歳ぐらいのころは私もこんなだったかもしれない。ひび割れたランドセルを背負い、夏が来るたびにこんがりと焼け、飽きもせず同じ漫画をくりかえし読み、テレビゲームに寝食を忘れ、やはりすでに眼鏡をかけていた。頭のてっぺんから足の先まで、まったくこの世界に馴染みきっていたのである。それがいまはどうだ。三十八年かけて張りめぐらしたはずの根が朽ち切れて、まるで子供の目にしか映らない惨めな亡霊のようではないか。

ふと、少年が手にしている本に目が止まった。タイトルは見えないが、学校の図書室かどこかで借りた、子供向けの小説のようだ。もしいまあれを力ずくで奪いとり、少年の目の前でがつがつと喰いはじめたらどうなるのだろう。この少年もまた、その光景に取り憑かれ、いずれ本を喰うようになるのだろうか。いや、そんなせせこましい悪事を働かず、本をどっさりと抱えてどこか人通りの多い駅前にでも足を運び、何千何万もの驚愕の視線に晒されながら、朝から晩まで思う存分、貪り喰ってやったらどうなんだ。そうやって手が届くかぎりの人びとを道連れにして、壊れた小説家らしくどこまでも虚構の世界へと転がり落ちていったらどうなんだ。それこそが、心のもっとも深い暗いところで執念く撫でまわしつづけてきた、混じり気なしに本当の、この私の望みなんじゃないのか？

ふくらみかけたそんな妄想に水を差すように、

「大丈夫ですか」と少年が声をかけてきた。

私は膝を払いながら立ちあがり、どうにか頬笑みらしきものを浮かべ、

「ちょっとつまずいただけだよ」と答えた。

少年は、どこにつまずくようなものがある、とでも言いたげな視線をエレベーターの前に走らせた。私は少年の前を通りすぎながら、

「大人になるとな、地球につまずくようになるんだ」と教えてやった。

「へえ……人生じゃなくて？」と少年の声が後ろで言った。それとも、この口がつぶやいたのだろうか。

耳もぐり

この手です。誰もが両腕の先に特段、不格好だとも不気味だとも思わずに平気でぶらさげている、まさにこれです。ほら、こうして目の前に翳してじっと見ているでしょう？　すると、ふとした瞬間を境に突然、見慣れたはずの自分の手がぬっと正体を剝き出しにしたようで気味が悪くなってきたりはしませんか？　何か物をつかむ以外の嫌らしい役割を与えられた特殊な器官のように見えてきたりはしませんか？

ああ、中原さん、あなたの手はやっぱり繊細ですね。何も壊せない、何か小さな物でもつくるしかない小さな手です。でなければ学者の手です。とにかくああでもないこうでもないと知恵を絞って生きるほかない人間の手ですよ。しかし肉体に鞭打って生きるしかない人間と脳味噌に鞭打って生きるしかない人間とどちらがより憐れでしょうね。どう思います？

ああ、そう言えば、あなたは本当に学者でしたね。まだ非常勤講師だけれど、東京の私立大学で社会学だの英語だのを教えている。そう、初めてお会いしましたけどね、あなたについては色々と知っているんですよ。あなたが思っているよりずっと多くのことをね。中原光太、交際相手の香坂百合子からは〝光太君〟と呼ばれている。三十七歳、神経質で慎重なA型、いくつもの大学を掛け持ちするどさ回りのような仕事から抜け出して専任の大学教員になれる日を待ち焦がれる疲れはてた知的労働者……。

いや、違うな。会うのは初めてじゃない。一度だけ、たった一度だけですが、三年ほど前にこのアパートの廊下ですれちがったことがありますね。憶えていますか？　あなたは例によって私の隣人の香坂百合子と一緒でした。仲睦まじい二人が自然と笑みの浮かぶ口を押さえあうようにして孤独な私とすれちがい、隣の四〇五号室に入っていきましたよ。ええ、私にはひと目でわかりました、あなたたちの交際の長いことが。二人はそっくりに見えましたからね。何と言うかこう、同じ土から捏ねあげられたような、そして大雨でも降ろうものならまた同じ土に戻ってやがて溶けあってしまうような、そんなお似合いの二人に見えました、私には……。

それはまあいいでしょう。とにかく手です。私がいまから話そうとしているのは、人間の手が長いあいだ隠し持ってきた、知られざる能力のことなんです。つまりそれが〝耳もぐり〟なんです。もちろん初めて聞く言葉でしょうね。耳もぐり、耳もぐり……なんとも無粋な響きではありますけどね、私も昔、ある男からそう呼ぶよう教わったんです。だいいちほかに言いようがありますか？無粋な行為、そしてそれを駆使する無粋な輩には無粋な呼び名がふさわしいということです。

ああ、わかっていますとも。中原さん、あなたがなんのために私に会いに来たかは重々承知しています。香坂百合子のことでしょう？　聞きたいことは山ほどあると思います。しかしとにかくあなたは香坂百合子の行方が知りたくて私のもとへやって来た。七年ものあいだ彼女の隣人だった私のもとへ。いや、誇りに思っていいですよ。あなたは正しかった。香坂百合子の行方を私は確かに知っています。ほかの誰も知らなくとも私だけは知っています。そしてあなたに極めて重要な何事かを語ってあげられる。

実を言いますとね、彼女がこのアパートから姿を消してからの三カ月間というもの、私はずっとあなたを待っていたんですよ。いや、本当です。いっそのことこちらから会いに行こうかと思ったことも一度や二度ではありません。しかし結局その勇気を持てなかった。怖かったんです。あなたと対峙するのが。でも、彼女を捜すためにあなたのほうから会いに来てくれたら、と心のどこかでずっと願っていたのも本当なんです。そして、もしその恐ろしい願いが叶えられたなら包み隠さずすべてを話そう、そう思っていました。あなたと彼女は何しろ高校のころから二十年近くも交際してきたんですから、彼女がなぜどこへどんなふうに消えたのかを知る権利があるというものですよ。

　ええ、私はあなたについてもいくらか知っていますが、彼女についてはもっと多くのことを知っているんです。彼女とはこのアパートの廊下や階段で何度すれちがったことでしょうね。彼女は女の一人暮らしですから、男の私をどこか警戒した様子でいつも目を伏せ、曲がらぬものを曲げるような固い会釈（えしゃく）をしたものですよ。どうですか？　私を初めて見たとき、あなたはどんな印象を持ちました？　いかにも何かをやらかしそうな危なっかしい男だと思いましたか？　これでもつい先日までは作り笑いで顔を引きつらせながら真面目に保険の代理店に勤めていたんですよ。まあいずれにせよ、私と彼女とはただの隣人というだけの関係では終わりませんでした。私たちは、何と言いますか、あるきっかけがあって知りあうようになったんです。これ以上ないほど深く知りあうように。

　あなたがどう思っていたかはわかりませんが、彼女はあなたを本当に好きだったんですよ。もう何年も東京と大阪で別れて暮らし、たとえ月に一度しか会えなくとも、彼女はあなたを本当に好きだった。あなたもご存じのとおり彼女は器用な女じゃありませんでした。人生にわき道なんかないと思っているから、よっぽどのことがないとハンドルを切れないんです。あなたはあなたで自分が一人前になるのを長いあいだ待っていたんだろうと思いますが、彼女もあなたを待っていたんですよ、二十年もね。これは何十万年ものあいだ続いてきた、神話的なまでに古い、そして美しい物語じゃないでしょうか。男は狩りに出る。立派な獲物（えもの）を手にするまで帰れない。女は待ちつづける。男が何かを持ち帰るのを。あるいは男があきらめるのを。そしてあなたはとうとう帰ってきた。いまだ獲物を手にしてはいないけれど、あなたは休みのたびに彼女を捜すために大阪へ戻り、そしてついに、何かを知っているかもしれない私に会いに来た。一縷の望みをかけて、この四〇四号室の呼び鈴を押した。ある意味、隣人である私のほうがあなたよりもずっと長く彼女のそばにいたわけですからね。一枚の壁を隔ててではありますが。

いや、それにしても私は嬉しいんです。あなたが来るのをずっと恐れていましたが、それでも嬉しいんですよ。率直に言って私は真っ当な人間ではありませんが、そういう気持ちまで失ってしまったわけではないんです。いや、それどころか私は男と女のそういうセンチメンタルな物語が好きなんですよ。なんて陳腐なんだろうと内心貶しつつそれでも泣けてくるんですから、ほとんど肉体的な感情でしょうね、これは……。

ああ、あの窓際の猫が気になりますか？　このアパートは本来ペットを飼ってはいけないんですがね、実際はみんな色々飼っているらしいですよ。兎やらハムスターやらフェレットやら、やかましく鳴き立てないやつをね。私も含めて孤独な人間は節操がありません。愛の蛇口がゆるんでいるとでも言いましょうか、少しずつであれどこかへ向けて垂れ流す必要があるんですよ。あの子はね、六年前でしたか、まだ子猫のときに拾ったんです。どうやって昇ったのか、すぐそこにある公園の藤棚の上でみいみい鳴いて近所の子供の注目を集めていました。でも誰もあの子のことを笑えませんよ。人生だってなんだって昇るより降りるほうが怖いものです。違いますか？　ええ、子供に騒がれながら私も藤棚に昇りましたよ、あの子を助けるために必死になって。ほら、あの目を見てください。左右で色が違うんです。青い目と黄色い目、月と太陽を一個ずつ嵌めこんだみたいでしょう？　白猫に多く現れる特徴で、オッドアイと言うんです。あの不思議な目で切なげに見おろしてくるんですからたまりません。そしてあのきゅっと閉じた口。もし犬が口を利けたらどんな秘密も守れないでしょうが、猫は違います。私が語って聞かせた多くのことをすべて墓場まで持っていきますよ。ああ、あの子の名前はアニエスと言うんです。私は女優のアニエス・リヴィエが好きでしてね、そこからとったんですよ。

　そう言えば、香坂百合子も私が猫を飼っていることを知っていました。私がアニエスをベランダに出したとき、彼女は手すりから少し乗り出すようにして、間仕切り越しにあの子を見たんです。あ、と声を洩らすのがかすかに向こうから聞こえましたよ。あの子の目に気づいたんです。彼女もまたあの子の目の虜になったんですよ。私がはっとして見かえすと、彼女は頬笑みを浮かべていました。絶対に人間の私には向けないような無防備な頬笑みでしたよ。あの人も猫が好きなんだな、と思って私も胸が温かくなりました。言ってみれば、あの子が私と彼女を結びつけたようなものなんです。

　実は、私が最後に彼女を見たのもここのベランダでなんですよ。彼女は見ているこっちが冷やひやするぐらいに手すりから身を乗り出し、この子を抱く私をじっと見て手招きしてきたんです。そして世界が耳をそばだてているのだというふうに小声で話しかけてきました。何と言ったと思いますか？　意外なことを言ったんですよ、彼女は。私にとっては実に意外なことを。まあその話はまたあとでするとしましょうか。言ってしまえば、付け足しのデザートのような話に過ぎませんからね。

　ところで、あの子の目を見ていると、いつもある映画を思い出すんです。『殺し屋、あるいは愛猫家』という題名の古いフランス映画でしてね、平気で人を殺す冷酷な殺し屋が大きな屋敷でたくさんの猫と暮らしているんです。主演を務めたルイ・カリエールがまた猫のような顔をした男なんですよ。いつも何かの隙間から世界を覗き見ているような、そんな目を持った二枚目で……。

さて、その殺し屋ですが、おかしなことに、仕事をこなすたびにどこかから猫を一匹手に入れてきては、殺した相手の名前をつけて飼うんです。まるで自分が殺した人間はただ死んだわけではなく、すべて猫として生まれ変わったんだというように。誰一人殺してなどおらず、本来あるべき猫の姿に戻してやっただけだというように。でもそのせいで愛しはじめた女刑事に正体がばれてしまいます。そして最後は屋敷を警察に囲まれて、銃で全身を撃たれて死ぬんですがね。

なんと言っても結末がいい。血塗れになった殺し屋は最後の力を振り絞って、手にかけた者たちの魂を解放するかのように屋敷の扉を開けはなつんです。そして死者の名を受けついだ猫たちがどっと外に溢れ出てくる。息絶えた殺し屋の死体を乗り越えて現れる無数の猫、猫、猫……。フランスじゅうの人間をすべて猫に戻そうと企んでいたかのように、決して途切れない夥しい猫の奔流です。それを掻き分けるようにして殺し屋に近づいてゆく美しいブロンドの女刑事。それがさっき言ったアニエス・リヴィエです。しかもその場面こそが彼女の女優人生のなかでもっとも美しかった瞬間ですよ。そして不思議なことに、リヴィエ演ずるその女刑事の姿がいつのまにか真っ白な猫に変わるんです。誰が見ても、あっ、と思いますよ。ほかの猫はみな屋敷から出てくるというのに、その白猫一匹だけが帆のように大きなしっぽを立て、その流れに逆らって歩いてゆく。またその白猫が格別に美しい。愛されないというだけで死に至るような、そんな美しさです。と言うのも、その猫もまた夜と昼の境に生きつづけるかのように左目が青色で右目は黄金色なんです。そして女刑事だった白猫は、扉のところでむくりと立ちあがった黒猫に近づいてゆく。暗闇に目が付いたような真っ黒な黒猫です。殺し屋もまた猫に生まれ変わったんです。やがて白猫は黒猫のもとにたどり着き、二匹は猫の群れに紛れて取り囲む警官たちのあいだをすり抜けると、パリの街へ出てゆく。

いまや猫の楽園と化したパリへ。何度見ても私はその場面で泣いてしまうんですよ。でも本当は実にグロテスクな場面のはずなんです。猫の数だけ人が殺されたわけですから、死体が群れをなしてパリを徘徊（はいかい）していると見なしてもいいぐらいのものです。しかし、ああ、欺瞞（ぎまん）というものは美しければ赦（ゆる）されるのでしょうか？　わかってはいても、それでも、私の頬を涙が伝います。恐ろしいものです。罪深いものです。物語というやつは……。

　ああ、そうでした。耳もぐりの話でしたね。余談が過ぎました。私が初めて耳もぐりを目撃したのは二十六歳のとき、中原さん、あなたが生まれる以前の話です。昭和四十七年、浅間山荘（あさまさんそう）事件が世間を騒がせた年でしたからよく憶えているんですよ。その当時、私は北大阪市の町工場（まちこうば）で旋盤工（せんばんこう）として働いていました。父親のいない貧しい家、しかも四男でしたからね、姫路（ひめじ）の中学を出てすぐ十五のときから働きはじめたんです。ちょうど集団就職の時代でしたが、泣く泣く夜行列車に詰めこまれて東京へ、などというわけではありませんでした。私の場合は、遠い親戚が尼崎（あまがさき）でやっていた町工場と母とのあいだにいつのまにか話がついていたんです。うじゃうじゃいる子犬の貰（もら）い手がまた一人見つかったとでもいうふうに。結局そこは三年ほどでやめましたが、嫌々ながらでもほうぼうの町工場で十年も旋盤を回していましたから、そこそこの腕だったと思いますよ。

　と言っても、私は旋盤に齧（かじ）りつく油虫として一生を終えるつもりはありませんでした。いかにも若僧らしく、これといった計画も展望もない痛々しい野心家だったんです。無知と蒙昧（もうまい）に巣くった叶える当てのない野心、母に言わせればこれは遺伝ですよ。父のことはまったく記憶にありませんが、わしはこんなんでは終わらん、というのが口癖（くちぐせ）だったそうです。実際には、こんなんで終わりましたけどね。父は小さな印刷所で版下（はんした）職人をしていたんですが、私が生まれてすぐのころ、首のところを大きく腫らせて、瘰癧か、癌か、それともまた別の病気かはわかりませんが、とにかく干物みたいに痩せ細って死んだらしいです。阿呆くさ、阿呆くさ、と何もかもを呪いながら。これもまさに遺伝ですよ。いつのころからか私も知らぬまに同じことを言っていましたからね。阿呆くさ、阿呆くさ、と。実際、野心というのは質の悪いものです。私に耳もぐりを教えてくれた男に言われたことがありますよ。お前と話してると、腐った野心のにおいがしてくるぞ、と。どきりとしました。実際、野心というのはいつまでも抱えつづけていると徐々に腐敗してくるものです。死体か何かみたいに。

　あの日、夜遅く、私は梅田から北大阪行きの電車に乗っていました。日曜か祝日か、とにかく休日でしたね。当時、恋人も友人もいなかった私は一人で映画を見に行くのだけが楽しみで、これも偶然と言えるんでしょうか、さっき話した『殺し屋、あるいは愛猫家』を最初に見たのもあの日だったんです。次から次へと虫けらのように人が殺されて、何かこう、自分も無情と感傷を両わきに抱えた存在になったような気がしましたよ。映画館を出たあと、その勢いで何軒か立ち飲みをハシゴしました。一人きりで誰と話すこともなく、カリエールのような哀愁漂う自分の背中を想像しながら飲んだんです。たったいま標的を殺してきたという感じでね。そしてこれから生まれ変わりの猫を拾いに行くんだという感じで。帰りは終電だったかもしれません。とにかくすっかり暗かった。私の乗った車両は棺桶みたいにがらがらで、私と、何メートルか離れて向かいの席に若い女が一人だけ座っていました。女も酔っているのか、ぐったりと座席に沈みこんで眠りこけていましたね。やたらと化粧が濃くて、何かこう、だらしないぐらいに目鼻の大きい女でした。私は昔から顔の造りの大きな女が嫌いなんです。どうしても不潔な感じがしてしまう。きっと母の影響ですよ。ええ、私の母も目鼻や口を気怠げに世間にどさりと投げ出しているような、だらしない顔立ちの女でした。

だから寝ているからってじろじろとその女を視線でまさぐろうという欲気も起きず、少しでも眠るべく私も目をつぶったんです。

ここからが重要です。目を閉じてしばらくすると、誰かが隣の車両から移ってきたような足音が近づいてきました。コトン、コトン、という男物の硬い革靴のような足音でしたね。いや、実際は気配をぐっと押し殺して忍びよってくるような、普段なら聞き逃していたに違いない些細な足音だったんです。でもなぜでしょうね、運命にも足が生えているのだとしたら、そんな音を立てて近づいてくるのかもしれないというような、小さくても妙に輪郭の際立った音でした。その足音が私の前でぴたりと止まったんです。そのまま一歩も動かない。十秒経っても二十秒経っても動かない。いずれそこらの座席に座るだろうと思っていましたが、そんな気配もありませんでした。足音の主はずっと私を見おろしているのかもしれない、そう思うと、だんだんと車内の空気が薄くなってくるようでした。私は目をつぶったままじりじりと考えました。ひょっとしたら、こいつは俺が正体もなく眠りこけてると踏んで、財布を狙っとるんと違うか？　そのうちポケットを探ってくるんと違うか？　それならそれでいいと思いました。どこかにちょっとでもさわってきよったら、すぐさまその手を引っつかんで指の一本でも二本でもへし折ったろ、そう思ったんです。何しろ、あの夜の私はまだ無情な殺し屋ルイ・カリエールでしたからね。そうでなくとも、むしゃくしゃして誰でもいいから他人を傷つける理由を探す、そんなときってあなたにもあるでしょう？　私はこの世に生まれてから四半世紀、ずっとそうでした。生まれてからずっと他人を傷つける理由を探しながら生きてきたようなものなんです。だから私はいつだって待っていましたよ。何者かが私の懐を漁るのをね。

しかし結局、足音の主は私には触れてきませんでした。こいつはまだ死ぬには早いと思いなおした死神のように、また、コトン、コトン、と用心深げな足音を立てて私の前を通りすぎていったんです。そしてまたぴたりと立ち止まった。さては向こうの女に狙いを移したな、と思い、私はそっと薄目を開けました。六、七メートルほど離れたところに上背のある男の背中が見えました。案の定、眠りこんだ若い女の前に立ちつくし、その姿をじっと見おろしているようでした。背中しか見えませんでしたが、振りかえってもまだ背中なんじゃないかというような嫌な感じの後ろ姿でした。列車は揺れているのに男の体は小揺るぎもしない。ぬるりとした感じの撫で肩で、頭がきゅっと小さくてうなじがコブラのように太い。黒いピカピカの革靴を履き、細い縦縞の入った紺色の背広。油で撫でつけた髪には白いものが交じっていて、そう若くないことが見てとれました。普通の勤め人かとも思いましたが、しかし何かが気になりました。何かが足りない。これはあとから気づいたんですが、男は手ぶらだったんです。勤め人なら鞄の一つぐらい持ち歩いていてもよさそうなものでしょう？　ええ、この手ぶらというのが肝腎なんですよ。耳もぐりをやるにはね。

薄目を開けたまま、私は息を殺して待ちました。男が女に触れるのを。財布を盗られるのは何も自分でなくても構いません。男が女の鞄を漁ろうものなら、バネのように飛び出していって正義の名のもとに腕を捻りあげてやるつもりだったんです。でも男は女の鞄にはまったく興味がない様子でした。なかを探ってくれと言わんばかりに座席に投げ出された鞄にではなく、眠った女の顔のほうにそろそろと手を伸ばしていくんです。肩でも揺すって女を起こす気だろうか、と初めは思いました。なんのために？　眠らせておけばいいのに余計なことを、と。ええ、もちろん男は女を起こす気なんかなかったんです。ふと見ると、女の顔のほうにゆっくりと近づいてゆく男の手はなんとも奇妙な形をしていました。いいえ、普通の手には違いないのですが、指の曲げ方がとにかく奇妙だったんです。眠った人を優しく揺り起こすと言うよりも、女の口に腕一本をまるごとこじ入れて内側から裂き殺すような不穏で歪な手の形でした。しかし男が目指すのは口ではありませんでした。耳でした。男の怪しい手は女の耳に近づいていったんです。

ところで話は変わりますが、猿とタイプライターの話はご存じですか？　猿がタイプライターの前に座ってでたらめに打ちつづければ、いつかはシェイクスピアの作品ができあがる、という有名な話です。いやいや、実際にはできあがりませんよ。死なない猿も壊れないタイプライターも存在しませんから、単なる机上の空論に過ぎません。でも、耳もぐりを最初に発見した人間もそんな根気のある猿、あるいは飛び抜けて幸運な猿のような存在だったかもしれないと私は思うんです。その人間の目の前にあったのはタイプライターではなく、みずからの手であり、誰かの耳だった、という違いはありますけどね。

まったく奇蹟としか言いようのないあの手の形は誰が発見したのでしょう？　自分の手のことなんか隅ずみまで知りつくしているとあなたは思うかもしれませんが、人間の手というのは実に様ざまな形態を取り得るんです。あなたも昔、遊んだんじゃないですか？　手で狐をつくってみたり、蛙をつくってみたり、蝶々をつくってみたり……親指をこう曲げて、人さし指はこっちへこう、小指はこっちへ、といった具合にね。そしてその奇妙な形の手をさらに誰かの耳に突っこもうなんていったい誰が思いついたんでしょうか？　偶然としか言いようのない大いなる飛躍です。ちなみに耳もぐりの世界では、その手の形は〝鍵〟と呼ばれ、耳は〝鍵穴〟と呼ばれているんです。実際の鍵もその形が重要なように、耳もぐりにおいても手の形こそが重要なんですから。ええ、人間の手はものをつかむだけではなく、すべての人間の耳をこじ開ける鍵にもなるんですよ。

もうおわかりでしょう？　男は〝鍵〟によって、〝鍵穴〟つまり女の耳をこじ開けました。私の見る前で、男は女の左耳に右手の中指を突っこんだかと思うと、ずるずるずるっと全身が吸いこまれてゆき、音もなく姿を消したんです。背広も革靴も残すことなく、頭のてっぺんから足の先まですっかり姿を消した。つまり、なんと言いますか、人間の形をした紙風船が中指の先からきつくしごかれて、つぶされながら小さな穴に吸いこまれてゆくような感じでした。時間にしてせいぜい二、三秒といったところでしょうか。それを目撃した私の驚きは想像がつくでしょう？　一人の人間が一人の人間の耳のなかに吸いこまれて消えたんです。その瞬間、女がびくりと身を震わせて目を覚ましました。何かこう、穴に落ちる夢でも見たような具合です。女は、やはり何か違和感を覚えたんでしょうね、男を吸いこんだ左耳にしきりに触れながら、どこか非難がましい視線を私のほうに向けてきました。離れたところに座る私が、ろくろ首のように耳朶を舐めあげたとでも言わんばかりに。もちろん何も後ろめたいことはありませんでしたが、私は思わず目を逸らしてしまいました。言えますか？　私は何もしていませんよ、たったいま怪しい男があなたの耳にそっくり入っていったんです、まるで蛇みたいに細くなって、なんてことを。だいいち女が目を覚まさなければ、そして女が耳を気にする様子さえ見せなければ、私は夢うつつに幻を見たんだと思ったことでしょう。それとも男のやった奇術だったのでしょうか？　いや、女のほうがやったのかもしれない。観客もいないのに？　それとも私一人に向けて？　本当に眠っているのかもしれないのに？　夜の電車に揺られながら、そしてちらちらと女を盗み見ながら、様ざまな考えが訪れては去りました。もちろん納得のいく説明だけは思い浮かびませんでしたが……。

　さて、これまた運命が私を誘ったのでしょう、女は偶然にも私と同じ駅で降りました。終点の北大阪です。山の麓にある、どうということもない小さな駅ですよ。駅の西側には町工場がたくさん軒を連ね、私の働く工場の寮もその一角にありましたが、まっすぐ寮へは向かいませんでした。女が改札を出てから駅の東側へ歩いていったからです。なんとも恥ずかしい話ですが、私はあの夜、女のあとをそっと尾けていきました。女がこのあとどうなるのか知りたい、でなければ住むところを知りたい、と思ったんです。なぜそんなことを考えたのかと問われれば、何かが起きるような気がしたから、としか答えられません。とにかく、あんな信じがたいことが目の前で起きてこのまま終わるわけがない、俺の前で始まったこの物語にはまだ続きがあるはず、そう思ったんです。また、これこそが待ちに待った自分の転機なんじゃないか、そしていま見たことはその徴なんじゃないか、という不思議な思いもありました。いまだから言えるのかもしれませんが、そういうときというのはなぜだかわかるものです。これに喰らいつかねば、という理屈も何もない瞬間がね。そうではありませんか？　ええ、もちろん私が言うこの感覚は、ある種の狂気です。狂気とは見なされない静かな狂気です。人間がわけもなく力強く歩いているとき、たいていはそんな狂気が背中を押しているものですよ。

女の話を続けましょう。女は一人の男が丸ごと耳のなかに入っていることも知らぬげにひっそりと静まりかえった住宅街を歩いて行きました。ところどころにポツンポツンと肩身が狭そうに街灯が立っていて、弱々しい光で夜道を照らしていました。あたりを見まわしましたが、その道を歩いているのは私と女、二人きりです。女のほうもそれが気になったのか、一、二度後ろを振りかえり、離れてついてくる私にやや警戒しているようでした。なんの後ろめたいこともないときには男として癪に障るものですが、実際にあとを尾けているのですから、まったくやむを得ないことです。それに、私は柔らかい運動靴を履いていたので、まるで獲物を狙う猫のように静かに歩けました。一方、女は踵の高い靴を履いていたので、ひと足ごとに、カッ、コン、カッ、コン、という蹄にも似た高らかな足音を響かせました。肉食動物と草食動物の足音、その違いに気づいた瞬間、俺はいったいこの女をどうするつもりなんやろ、もし話をする機会を得たとしてもこの女は耳にもぐりこんだ男についてきっと何も知らんやろな、という隙間風のような正気の考えが束の間の狂気に吹きこんできました。私は生来、油紙のように火の着きやすい性分なのですが、頭が冷えるのもことのほか早いのです。こんな馬鹿げた追跡はもうやめよう、人間生きとったら一度や二度は説明のつかんことを目にするもんや、そんなもんは人生の転機でもなんでもない、珍しい犬の糞を踏むようなもんや、そう思いました。

　そのときです。突然、女がぴたっと立ち止まり、もう我慢がならないというふうにくるりとこちらを向きました。そして肩を怒らせ、巨大な目でまっすぐこちらを睨みつけてくるんです。だからと言って、私まで立ち止まるわけにはいきません。急に空気が冷たく重くなったような気がしましたが、息を詰めて歩きつづけました。女が振りかえったのはちょうど街灯の下でしたから、その派手派手しい顔立ちが舞台に立った女優のようにくっきりと浮かびあがりました。私と女の距離が縮まります。曰く言いがたい、割れ鏡に映したような、自分でも何をやらかすかわかっていないような、危なっかしく強張った女の形相でした。私はぞっとして、頭をぐいと押さえつけられたように思わず視線を落としました。いや、それどころか、ついに私は立ち止まってしまいました。私と女のあいだにはわき道もなかったので、かわすわけにもいかず、かと言って女の横を通りすぎて背中を見せるのもいっそう恐ろしいような気がしたのです。

　街灯の下、五メートルほどの距離でしたでしょうか、私と女はしばし無言で向かいあいました。女の厚ぼったい唇がときおりぴくぴくと動くので、罵倒の言葉か何かを投げてくるかと思い身がまえていましたが、その言葉は出かけては呑みこまれ、出かけては呑みこまれするようでした。この口から言葉が出るときは言葉だけではすまないのだというふうに。その異様な静寂に私は息苦しくなってとうとう二、三歩後じさり、そのままくるりと振りかえって駅のほうへと足を向けました。あのときの背中の凍りつくようだったことと言ったらありません。もちろん何度も何度も振りかえりました。しばらくのあいだ女は立ちつくしたまま私の後ろ姿を睨みつけていましたが、あるとき振りかえると、忽然と街灯の下から姿を消していました。あの蹄のような足音が聞こえなかったのにもかかわらず。私はそれがまた恐ろしくなってますます足を速めました。ほとんど小走りと言ってもいいほどです。もちろん後悔していました。あれが並の女であったなら、夜道で背後を警戒することはあっても、立ち止まって睨みつけてくることはなかったでしょう。しかしなんと言っても、女の頭のなかには得体の知れない男が一人入りこんでいたんですからね。結局のところ、黙って通りすぎなければならない世界の裂け目に、迂闊にも手を突っこんでしまったんです。ええ、もちろん手遅れでした。私の手はもう握りかえされていたんです。向こう側からしっかりと。

　どんなふうに握りかえされたか、それをお話ししましょう。夜が背後から押しよせてくるような心持ちのままどうにか工場の寮の近くまでたどり着き、ほっと胸を撫でおろしたときでした。私はぎょっとして立ちすくみました。なぜか前方に、道の先に、さっきの女がいるんです。夜道をこっちに向かってふらふらと歩いてくるんですよ。しかも裸足で、左手に真っ赤なハイヒールを片っぽだけ、自分の心臓か何かのように握りしめて。逃げるうちに小さな惑星を一周してしまったようでした。いや、ほかにも道はありましたから、きっとわき道に逸れてから必死に走って先回りをしたんでしょう。そこまでするだろうかとも思いましたが、実際、目の前にいたんですから、そうとしか考えられません。そしてやはり様子がおかしいんです。さっき向かいあったときも女は明らかにおかしかったんですが、今度はまた違うふうにおかしい。ついさっきはあれほど激しく睨みつけてきたのに、しかも裸足になってまで追いかけてきたはずなのに、今度はよろよろと視線が泳いでいて私のことなんかろくに見ていないんです。いや、ちらちらと見るには見るんですが、なんと言いますか、あんたやない、い、い、い、い、という感じでした。私が恐るおそる道端によけると、女はそのままふらふらと私の前を通りすぎて行き、ときおりひどく怯(おび)えた様子でこちらを振りかえるのですが、やはり、あんたやない、い、い、い、い、という感じでした。私は呆気(あっけ)に取られてその後ろ姿を見つめていました。すっかり女が見えなくなるまで。

　そのときです。背後からあの男に声をかけられたのは。四十年も昔のことですが、いまだに耳のなかからそのしつこい残響を引っぱり出せそうですよ。男はこう言ったんです。

「見たんだろう」

　私はびくりとして、本当にびくりとして、瞬時に振りかえりました。電車のなかで後ろ姿を見た男が立っていました。すぐそこに。手を伸ばせば届くところに。ぬるりとした撫で肩と背広姿ですぐにこいつだとわかりました。五十がらみのなんとも不快な顔立ちの男。べこんとこけた頬、鮫(さめ)のように尖(とが)った鼻、そしてトカゲのように厚ぼったい上瞼(うわまぶた)のせいでしょう、世界の下半分しか見てこなかったというふうな嫌らしい視線が私の目玉をぐいぐいと押してくるようでした。男はまた言いました。

「おまえ、見たんだろう。い、い、これを……」

　あっ、なんとかしなくては、と一瞬考えたのですが、もう手遅れでした。男は左手で私の左手首をぐっとつかみ、右手をすっと伸ばして、私の左耳に指を突き立ててきたんです。他人の指を耳に突っこまれるというのはどこか屈辱(くつじょく)的でおぞましい感覚のはずなのに、それらしい衝撃は感じませんでした。反射的にのけぞりながら首を捻って逃れようとしましたが、男が薄い唇でにやりと笑うのを視界の片隅に捉えたかと思うと、その笑みがぐにゃりと歪(ゆが)んで細くなり、あっと言うまにずるずるずるっと左耳に入りこまれてしまいました。この期(ご)に及んで、不思議なことに、と言っておきましょう、何かが強引に入りこんでくる、という耳が裂けるような痛みはまったくありませんでした。そして、頭に何かが入っている、という違和感も。そっと息を吹きこまれたみたいに一瞬耳がくすぐったくなったかと思うと、目の前で男がくしゃくしゃっと細くなりながら姿を消した、ただそれだけです。電車で女が入りこまれるのを見ていなかったら、よもや一人の男に耳にもぐられたとは思わなかったでしょう。もし男が私にひと言も声をかけずに背後から耳にもぐってきたならば、きっと大きな蛾(が)か何かが耳を掠(かす)めたぐらいにしか考えなかったでしょうね。

　どれぐらいの時間その場にいたかはっきりしません。一分か十分か、それとも三十分か一時間か、それすら言えない。とにかく気が動転していたんです。何度も左耳に自分の指を突っこみ、男を穿(ほじく)り出そうとしましたが、なんの取っかかりもない。いつもの耳の穴です。しきりに頭を振ってみても、頭蓋(ずがい)のなかを小さな男が転がってごろごろと音を立てるわけでもない。どうにかしなければと思いましたが、自分の影を足の裏から引き剝(は)がすようなもので、何をどうしたらいいのか見当もつきません。私は取りあえず寮に戻ることにしました。頭のなかに爆弾でも抱えているような心持ちでしたが、差しあたってほかにできることもなかったんです。あなたならどうします？　病院にでも駆けこみますか？　先生、耳に人が！　耳に人が！　それとも精神病院に？　ええ、行けるでしょうね。そう言いつづければ。耳に人が！　耳に人が！

　寮は木造の二階建てで、私の部屋は二階の奥でした。三畳ひと間に押入一つ、独房のように狭い部屋です。暗い裸電球、擦(す)り切れた畳、雨染みの広がる天井板、穴のあいた襖(ふすま)、砂の剝がれ落ちた薄い土壁。湿っぽい万年床がぐたっと脱ぎ捨てられ、家具らしい家具もありません。目を引くものと言えば、買ったばかりのテレビぐらいでした。それでもまだましというものですよ。私が中学を出て働きはじめたすぐのころなんて、工場の社長の自宅に下宿させられて四畳半に四人も押しこめられていたんですからね。とにかく一人になれる時間がもっともありがたい財産だったんですよ、私たちの時代は。

　私は自分の部屋に飛びこむと、真っ先に鏡を手に取りました。鏡と言ってもメラミンの柄のついた安っぽい手鏡でしたが、男が入りこんだことによって何かしら自分の外見に変化が現れているんじゃないかと不安になったんです。しかし無駄でした。顔色も異常なし、入りこまれたはずの左耳も異常なし、どこからどう見てもいつものうだつのあがらない自分の姿です。しばらく鏡を眺めているうちに、こう考えるようになりました。あんな男には会わなかったというのはどうだろう。俺の耳には何も入りこまなかったというのはどうだろう。実際、何もおかしな感覚はないし、差しさわりもないやないか。俺は何か失うたか？　いや、何も。酒に酔うとったんや。調子に乗って飲みすぎたんや。俺もいよいよヤキが回って、酔っぱらいの爺いが記憶をなくすみたいに妙な酔い方をするようになってきたんや。時間が経つうちに、だんだんとその考え方で支障がないような気がしてきました。ひと晩ぐっすり眠れば、世界のちょっとした解れなんか神様がちょちょいと縫ってしまうだろうという感じでね。

　しかしそう甘くはなかったんです。本番はそこからでした。突然、私の右手がぐいっと持ちあがり、手鏡を頭上に高だかと掲げたかと思うと、つまらない顔をつまらないままに映し出した罰だとでも言うように、それをテレビの角に思いっきり叩きつけたんです。私の手が、勝手に！　もちろん鏡は砕け散りました。必死にふくらませた楽観とともに粉ごなに。そしてさらに私の口がぼそりとつぶやいたんです。

「俺はここにいる」

一瞬、私は自分が独り言を言ったんだと思いました。話し相手が少ないせいか、普段から独り言が癖になっていたものですから。しかし違いました。私の口がまたもごもごと勝手に動き、今度こそはっきりと言ったんです。

「俺はここにいると言ってるんだ。いないことになんかできねえよ」

恐ろしいことです。喩えようもなく恐ろしいことです。思いどおりにならない肉体に生き埋めにされるというのは。私は瞬時に悟りました。なぜさっきの女が夜道で決然と振り向いたのかを。そして私と向きあいながら、なぜあんな壊れた表情を浮かべていたのかを。そしてなぜ裸足になってまで追いかけてきたのかを。あの女やない。こいつや。いま俺の頭のなかにおるこいつが、あの女を内側から操ったんや。あれほど怯えとったんは俺にやなく、こいつにやったんや！

私は割れた手鏡を握りしめたまま呆然と立ちつくしていました。どこかに逃げ出すわけにもいきませんし、見えない相手に暴れるわけにもいきません。敵はここに、私のなかにいたんですから。しかしまだ希望はありました。あの女から出てきたということは、私からもいつか出てゆくだろう、そう思ったんです。そして、得体の知れぬ不如意に囚われながら、ふと奇妙な考えが浮かびました。本当に奇妙な考えが。しかしその考えは奇妙と言うよりも、生まれてこの方ずっと腹の下で温めていた卵のごとく馴染み深く大切なものに感じられました。それはこういう考えでした。俺にも一緒のことができへんやろか。さっき見たこいつは化け物のようには見えんかった。ちゃんと目鼻もあり、小綺麗な服を着、二本の足を生やし、しっかりと大地を歩いとった。人間なんや。こいつも人間なんや。ほんなら俺にも一緒のことができへんやろか。できると思いました。できないはずがないと思いました。私は恐るおそる自分の口を動かしました。まるで他人の声をこっそり借りるかのように。

「教えてくれ。それを俺にも教えてくれ」

私は、いや、私のなかの彼は笑いました。声もなく、大口を開け、喉をひくつかせ、のけぞるようにして笑いました。いったいどれぐらい笑っていたことでしょう。私のなかの彼は手鏡を落とし、腹を抱え、畳に膝を突き、涙を浮かべ、蒲団に転がり、どこか芝居じみた大袈裟な笑い方で、天井を見あげたまま笑いつづけました。私はいつ終わるとも知れない彼の笑いに肉体を奪われながら、彼のことをほんの少しだけ理解したように思いました。世界で最後に生き残った道化師のような、笑うのも笑われるのも自分一人しかいないような、巨大な孤独を飼い慣らした人間の笑い方でした。そして少しずつ笑いの発作が治まってくると、彼は一転、今度はそのツケを払うかのように重たく押し黙り、横になったまま狭苦しい部屋のなかをゆっくりと見まわし、やがて言いました。

「ここから出ていきたいってわけか？　この牢獄から？」

この牢獄、その言葉は彼が口にしたのですが、まるで私の魂に釣り糸を垂らして引きあげてきたかのようにしっくりと響きました。私は何も答えず、ただうなずきました。彼は、はっ、ともう一度だけ鋭く切るように笑い、言いました。

「牢獄の外は隣の牢獄……」

私の右手がおもむろに動きはじめたかと思うと、見たこともないような妙な形をつくり、その中指が右耳に突き立てられました。これはあとから知ったことですが、入るときの手の形とはまた違うんです。似ているようですが、確かに違う。これを間違うと大変なことになる、と彼からのちに教わりました。耳もぐりの第一のタブー、自分の耳にもぐってはならない、と。彼は〝入り鍵〟と

〝出鍵〟と呼んでいました。彼はその〝出鍵〟を使って私の耳から自分自身をずるずると引き出したんです。まるで爪楊枝でもってサザエのお化けでも穿り出すように。入ったときもそうでしたが、耳から何かが引きずり出されるという感覚はほとんどありませんでした。そして彼が蒲団に寝転ぶ私の横にごろりとその姿を現したんです。背の高い彼はぬっと立ちあがり、何かの頂にいるかのように、艶のない暗い瞳で私を見おろしました。私は男を見あげました。私たちはしばし無言で視線を交わし、何かを確かめあったんです。信じがたい秘密を共有するのに必要な何かを。孤独な目と、孤独な目で。そして彼は私のほうへひょろりと長い手を伸ばしてきました。その手を取れば悪魔との契約が成立するとでも言うように。そう、私は確かにその筋張った手を取り、蒲団の上から引き起こしてもらったんです。私はあの場面を思い起こすたびに、我が事ながら象徴的なものを感じるんですよ。みずからの汗でじっとりと重たくなった万年床の上から起こしてもらったということに。

さて、彼は私を引き起こすなり、訝しげに部屋を見わたして言いました。

「ここは誰の頭のなかだ？」

これは彼の冗談なんです。彼だけに、でなければ耳もぐりをする人間にだけ通じる冗談なんです。実際、私がなおも戸惑っていると、彼は誰にも笑われなかった憐れな冗談への手向けだというふうに、ははっ、と小さな声で冷たく笑いましたからね。そして芝居じみた仕草で手を広げて続けました。

「お前じゃないとしたら、俺なんだろうな。え？」

そこで彼は私を見おろし、おどけたように片方の眉をひょいとあげ、そして自分の頭を人さし指でこつんこつんと叩きながら言いました。

「そんなことより……猫が見えた。大きな屋敷からたくさんの猫が……」

私は内心ぎくりとしました。彼が言った猫というのはもちろん夕方に見たばかりの映画のことです。私は耳もぐりがどんなものか独り決めしてはいませんでしたが、そういうものだとは思っていませんでした。もぐった相手の記憶にまで、そして心にまで触れるものだとは。しかしそのことについてはのちほどもう少し詳しく話すとしましょう。


彼は鈴木と名乗りました。もちろん偽名でしょうね。もっとも本当の名前がなんであれ偽名のほうがよほど似合うような胡散臭い男でした。普段の彼がどこでどういうふうに暮らしていたのか私はまったく知らないんです。実はどこかに大きな屋敷を構える大金持ちだったのかもしれないし、あるいはただひたすらに他人のなかを渡り歩くだけの風来人だったのかもしれません。年齢は、そうですね、もし父が生きていれば、鈴木と同い年ぐらいだったと思います。と言っても、もちろん鈴木と父は似ても似つきません。父は首の回らない猪のような不器用な男だったそうですが、鈴木は背広にもぐりこんだ蛇のような男でした。父のように無駄口を叩いたりせず、そっと欲しいものに近づいて丸呑みにする、そんなひやりと冷たい空気をまとっていたんです。

実際、鈴木は口数の少ない男でした。と言っても決して口下手というのではなく、かつて言葉がもっと正確に無駄なく使われていた輝かしい時代があったのだとでも言いたげに、ひと言ひと言を相手の胸に押しこんでいくように話すんです。抜き身の言葉とでも言いましょうか、実際に聞くとひどく不愉快なものですよ。鈴木にそう何度も何度も会ったわけではありませんが、いまでもあの独特の確信に満ちた語り口を忘れられません。いささか恥ずかしくもありますが、ちょっと真似をしてみましょうか。

「耳もぐりをうまく使えば多くのつまらないものを手に入れられるが、お前が本当に欲しがっているものは何一つ手に入らない。俺たちは通りすぎるだけ。誰かの頭のなかを右から左へ、あるいは左から右へ、ただ通りすぎるだけ。本当の人生なんか俺たちにはないんだ」

終始こんな調子です。恐ろしく不自然でしょう？　まともな人間の口調じゃない。こうも言っていました。

「明るいところへ出ようだなんて思うなよ。俺たちは影みたいなもんだ。少しのあいだなら誰の影にだってなれるが、所詮、影は影だ」

何を話しても鈴木の口から出ると一切が結論じみていて、私はただそれを黙って聞くしかありませんでした。途中で何か異論を差し挟もうものなら、彼は巨大な沈黙を後ろ盾にじっと私を見かえしてくるんです。言葉で説明してわからないようならあとは沈黙と時間にまかせるだけだとでも言わんばかりに。だからでしょうね、私が鈴木を憎むようになったのは。いや、それだけじゃないな。この際、正直になりましょう。いったん誰かを憎むようになると、それは黒い雪玉を転がすようなものです。ありとあらゆるものが憎しみを引き起こす原因としてまとわりついてくる。私は結局、あの最初の出会いからすでに鈴木のことを深く憎んでいたんです。理屈ではなく、何かこう、肌のようなもので。

最初に会った夜以来、彼はときおり私の部屋にふらりと現れるようになりました。訪ねてくるのは決まって夜更けで、私の顔を見るなり、手で耳もぐりの鍵の形をつくってうっすらと頬笑みを浮かべるんです。つまり私がいつどんなふうに誰にもぐったか近況報告を求めるのです。と言うより、弟子が無茶なことをして日陰の道を踏み外してはいないか確認していたのでしょうね。彼は耳もぐりについて日陰者の美学とでも言うような暗い優越心を抱えこんでいましたから。

私にとって鈴木の訪問はいつも重苦しいものでした。狭い三畳間で無口な男二人が膝を突きあわせて酒を飲みながらぼそりぼそりと話すのです。鈴木の青黒い顔は仄(ほの)かに赤みを帯び、その目はだんだんと据(す)わってくるのですが、勿体(もったい)ぶったあの口調だけはまるで変わらない。そしてときおり発作的に見せるからからと空虚な笑い。私は鈴木の口調よりも沈黙よりも、あの空っぽの笑いにこそ徐々に我慢がならなくなっていきました。なんと言いましょうか、本当はいつだって笑っているのだ、というふうなずるりと剝けた笑いなのです。あの声になるかならないかの壊れかけた笑いを聞くたびに、何か汚らしいものを頭から浴びせかけられたような気がしたものですよ。もちろん一緒になって笑ったことなんて一度もありません。私はただ静かに見ていたんです。彼が笑うのを。笑いつづけるのを。そしてずっと考えていました。こいつはいつになったら俺につきまとうのをやめるんやろ、と。いつまでも消えてくれんようならどうにかせなあかん、と。

ところで私が初めて耳もぐりをした相手は誰だと思いますか？　少し考えればわかることですよ。そう、もちろん鈴木です。私はあの最初の晩に初めて鈴木の耳にもぐったんです。彼は手短に私に〝入り鍵〟の形を教えると、子供をくすぐり殺すような薄ら笑いを浮かべて言いました。

「まず俺の耳にもぐってみろ」

私は啞然(あぜん)としてしまいました。そういう言葉をまったく予期していなかったんです。のっけから見知らぬ他人に背後からそっと忍びより……というような無茶で安易なことを考えていたのでしょうか。いや、わかりません。きっと深く考えていなかったのでしょうね。よほど私が頼りない表情を浮かべたのか、鈴木は笑いを嚙(か)み殺して続けました。

「大丈夫だ。すぐに引っぱり出してやるさ」

正直、余計にぞっとしました。自分から言い出したことなのですが、本当に本当にもぐるんか、この俺がこいつのなかに、と考えると、すうっと血の気が引くように感じたのです。しかも相手は会ったばかりのいかにも胡乱な男。すぐに引っぱり出してやる、というその言葉が落とし穴の向こうで手招きをするようにまったく不気味に響きました。それでも信じるしかなかったんです。人生には一度や二度はあるもんですよ。まったく信用ならない誰かを信用するしかない瞬間が。私の場合、あの夜がまさにそうでした。

しかし標的が進んで耳を貸してくれるとは言え、これがなかなか容易にはいきませんでした。瞬時に正確な手の形をつくり、躊躇なくすっと耳に指を入れなければならない。素人にはその手の形がまず難しいんですよ。鈴木の耳に中指を突っこんだまま、どうにか入り鍵の形をつくろうともぞもぞと手を動かすんですが、あとから考えると何とも失笑の込みあげてくる光景ですよ。狭い三畳間に二人の男、一人の男がもう一方の男の耳に指を突き立てて、ああでもないこうでもないと真顔でやりあっているんですから。

などと言いつつも、とうとうその瞬間が不意にやって来ました。初めて人の耳にもぐる瞬間が。どう表現したらいいでしょう、あの不思議な感覚を。ひと言で言えば、墜落感、とでもなるんでしょうか。意外なことに、相手の耳のなかに、落ちていく、という感覚なんです。まず、ふわっと体が持ちあげられるような浮遊感に襲われるんですが、次の瞬間にはもう相手の耳の穴と自分の入り鍵が遥か下に見え、それがまた巨大な井戸に細腕を引っぱりこまれるようにすら感じられるんです。ええ、はっきり言って恐ろしいですよ。慣れるまでに二、三十回はもぐらねばならなかったんじゃないでしょうか。傍から見るとほんの一瞬の出来事ですが、もぐる側からすると、時間がぐうっと引き延ばされたような感覚に陥って、ひどく長い時間をかけてぬるぬると落っこちていくように感じられるんです。しかし妙なことに、余裕が出てくると、そこにある種の快感が生まれてくる。いまにも漏れそうで漏れない、長ったらしい射精にも似た快感が。

　そう言えば、鈴木はもぐる相手のことを〝耳主（みみぬし）〟と呼んでいました。いかにも鈴木らしい慇懃無礼（いんぎんぶれい）な言葉ですが、どこか滑稽（こっけい）さもあって私も気に入っています。ええ、そう呼ぶことにしましょう。すっかり耳主のなかに入りきってしまうと、墜落感こそ消えるものの、まず感じるのはやはり激しい眩暈（めまい）です。上も下もないような眩暈に襲われて、何かにつかまったり、その場に座りこんだりしたくなりますが、そこをぐっと堪（こら）えなくてはなりません。あくまでもぐった人間の精神的な眩暈、魂のよろめきに過ぎませんから、まず倒れることなんかないんです。そして自分の精神が耳主の肉体にじわじわと馴染んでくるのを静かに待つ。すると少しずつ耳主の五感が私自身のものにもなってくるわけです。相手の見ているものが見え、聞こえている音が聞こえ、嗅（か）いでいる匂いを嗅げ、味わっている味を味わえ、そして肉体の存在が感じられます。自分の肉体ではありませんから、もちろん違和感はありますよ。なんと言いますか、何かの拍子に他人の靴に足を突っこんでしまったような、どこか生温かいような気持ち悪さです。あ、自分の形じゃないな、と心がわかるんですよ。

　言っておきますが、耳主の体を操るというのはたやすいことではありません。私もすぐに自由に動かせると思いこんでいたんですが、鈴木の腕を一本あげるだけでもひどく骨が折れました。全身がすっかり萎（な）えきったような具合で、とにかく力が入らないんですよ。耳主に抵抗されたら、最初のうちはタクシーだって停められません。私がもぐっているあいだじゅう鈴木はずっと笑っていましたよ。いつもこれがたまらないんだ、だから素人に教えるのをやめられないんだ、というふうに。まあ、いずれにせよ、時間が経つにつれて徐々に主導権を握れるようになるんですがね。

　しかし始めたばかりのころは、もぐってから何時間もろくろく動けませんでした。出鍵を使って出るのに、夜になって耳主が眠るのを待っていたものですよ。ええ、相手が眠ってしまうともうこっちのものです。起こさないようにそっと耳主から出て、家じゅうを荒らしまわることだって朝飯前ですよ。実際にそれを生業にしていた耳もぐりだっていたはずです。いや、いまもいるはずです。実を言いますと、私も工場をやめてからは相当やったものですよ。いや、こそ泥で小銭を掻き集めるだけじゃなく、胸を張るわけではありませんが、しばらく遊んで暮らせるようなカネをひと晩で手に入れたことも一度や二度ではありません。そのおかげでいまではもうカネに困ることはなくなりました。もしかしたら鈴木も同じような手管で汚い財産を築きあげて、相当にいい暮らしをしていたのかもしれません。いつ見ても、どこか浮ついたような、いいなりをしていましたから。

まあ、自分で言うのもなんですが、私もいまではもうこの道の玄人ということになるのでしょうね。四十年近くも耳もぐりを続けているわけですから。実際、鈴木がそうであったように、もぐってからほとんど間を置かずに耳主から主導権を奪うことができますよ。つまり女にハイヒールを脱がせて夜道を死ぬ気で走らせることもできますし、お高くとまった大女優にもぐってスクランブル交差点のまんなかでストリップをやらせることも、総理大臣のSPにもぐって首相の頭を後ろから撃ちぬくこともできるわけです。まあ、この歳になると、それを実行に移すほどの軽率さも情熱もありませんが。

そう言えば、鈴木が結局どうなったのかをまだ話していませんでしたね。ひょっとしてあなたは私が鈴木を殺したと思ってはいませんか？　いやいや、殺してはいませんよ。いや、どうでしょうね。私は彼を殺してしまったんでしょうかね。実を言うと、ずっと考えつづけているんです。彼がどうなってしまったのかを。まあ私の話を聞いてください。そしてあなたが判断をくだしてください。私が彼を殺してしまったのかどうか。

ある晩のことです。また鈴木が私の部屋を訪ねてきました。例によって、二人で酒を飲みながら、ぼそぼそと襤褸切れでも千切るように話すんです。私はあの夜、鈴木と話しているあいだにひどい睡魔に襲われました。ろくに肴もつままずに酒を飲みつづけ、夜更けまで語りあうわけですから毎度のことなんです。しかしあんな面白味のない気づまりな男といったい何を話していたんでしょうね。いまとなってはほとんど思い出せませんよ。眠くなると私は遠慮なく蒲団にごろりと横になったもんです。鈴木はそれを見て、どこか嬉しそうに「もう駄目か」とつぶやくんです。酔いつぶれたときだけはいくらか可愛げがあるとでもいうように。そして私が目を覚ますといつも鈴木の姿は消えている。私も弱くはありませんでしたが、鈴木は恐ろしく酒に強かった。日本酒やら焼酎やらを水のように飲むくせに、ろくに便所にも立たない。まさに蟒蛇です。

私は夜中にはっと目を覚ましました。時計を見ると、明け方の四時になろうとしている。しかしあの夜はいたんです。鈴木がまだ私の部屋にいた。姿を消していなかった。私の横に、畳の上に、仰向けになって眠っていたんです。口をぽこーんと開けて、かすかに鼾までかいていましたよ。ぎょっとしました。鈴木が眠るところを初めて見たんです。と言うより、何とはなしに鈴木が昼も夜もない化け物のような気がしていたんでしょうね。咄嗟に、こいつも眠るのか、と思いましたから。しかしさすがと言いましょうか、眠ったままでも鈴木の右手は鍵の形をつくっているんです。入り鍵の形を。思わず苦笑しました。そして苦笑のあと、その笑いがぱたっと私のなかで裏返り、鈴木がしつこくくりかえしていた言葉が浮かんできました。

「耳もぐりでいちばんやってはならないこと。それは自分の耳にもぐることだ。自分の耳に入り鍵を突っこむことだ」

もちろん私は尋ねました。やってしまうとどうなるのか、と。鈴木は手を広げ、肩をすくめて言いました。

「さてね。知りたければ自分でやってみろ。それが嫌なら自分の爪先に喰らいついて、少しずつ全身を呑みこんでいくんだ。意地汚い鰐みたいに。できたら俺にも教えてくれ。どうなるか知りたいからな」

　入り鍵をつくって眠りこける鈴木を見おろしたとき、何も自分で試すことはないのだと気づきました。誰かにやらせればいい。いや、こいつにやらせればいい。やはり一種の狂気に駆られていたのでしょうね。何かこう、思いついた途端に、おのれに課された避けがたい試練のような気がしました。やらせればいい、ではなく、この俺がやらせなければならない、そのためにこそこいつは都合よく眠りこけとるんや、そう思いました。

　鈴木の右手は完璧な入り鍵をつくったまま何かの祈りのように胸に置かれていました。私はその手をそっと持ちあげ、息を殺し、少しずつ少しずつ彼の頭のほうへずらしていきました。緊張のあまり、どくりどくりと自分の鼓動が聞こえたほどです。途中で目を覚ましたら、鈴木はきっと私の企みに気づいたことでしょう。抜け目のない、ひどく察しのいい男でしたから。

　しかし結論から言えば、私は成功しました。彼の右手の中指を彼の右耳に押しこんだ瞬間、鈴木はばかっと大きく目を見ひらきました。そして私を見あげ、「おまえ！」と声を発しました。いまでも私の頭蓋のなかを木霊しているような気がしますよ。あの「おまえ！」という、ありったけの呪詛を籠めた三文字の言葉が。きっと鈴木は即座に悟ったのでしょう。私が何をやったのかを。しかしもう手遅れでした。耳もぐりはもう始まっていたんです。私の目の前で、鈴木は輪を描くようにして自分の右耳に吸いこまれていきました。ほんの一瞬のことでしたが、鈴木が最後の最後に耳だけの存在になった光景が脳裏にまざまざと焼きついています。擦り切れた畳の上に片方の耳だけがころんと転がり、次の瞬間には耳のへりや耳たぶがぐるんと内側に引きこまれ、ついに鈴木の姿は虚空（こくう）に消え去ってしまいました。跡形もなく、指一本、髪の毛一本残さずに。いったいどこへ消えたのでしょう？　ただ単に死んだのでしょうか？　それともどこかで猫にでも生まれ変わったのでしょうか？　私にもわかりませんし、もちろんあなたにもわからないでしょうね。しかしあのとき私は笑っていました。なぜか可笑（おか）しくて可笑しくて仕方がなかったんです。滑稽に思えて仕方がなかったんです。一人の人間が塵（ちり）一つ残さずに消え去ってしまったことが。いや、一人の人間と言うよりも、鈴木という男が消え去ったことが。そして師匠然とした鈴木がいなくなったことで、私の上に垂れこめていた分厚い雲がさっと晴れわたり、光が射してきたんです。鈴木とはわずか半年ほどのつきあいでしたが、それにしてもあの男はいったい何者だったんでしょうね。ときどきこう考えるんですよ。彼は自分のなかにもぐりこんでしまったんじゃなく、世界のほうが丸ごと彼のなかにもぐりこんでしまったんじゃないかと。空を見あげると巨大な穴が二つあいていて、それが鈴木の耳の穴なんじゃないかと。まあたわいもない空想に過ぎませんがね。

　ああ、あなたはこう考えていますね？　香坂百合子もまた同じようにして消えたのではないかと。私が彼女に耳もぐりを教え、私の悪辣（あくらつ）な誘導によるものか、はたまた彼女自身の過失によるものか、とにかく彼女は自分自身のなかにもぐりこんで消えてしまったのではないかと。いやいや、早合点（はやがてん）しないでください。私は鈴木以外の人間をそうやって消したことはないんです。彼女はそんなふうに消えたわけではありません。では、どうやってどこへ消えてしまったのか。それを語るには、耳もぐりにまつわるあと二つのタブー、第二、第三のタブーについて話さねばなりません。鈴木は言いました。

「連続してもぐってはならない。つまり一人の人間にもぐって、その肉体のまま別の人間にもぐるなってことだ」

どうなると思いますか？　マトリョーシカ人形のように入れ子状に次々と耳もぐりをつないでゆく。一つの肉体にいくつもいくつも魂が入りこんでゆく。きっとそこらじゅうにいくつもハンドルのついた車に分別のかけらもない若者が大勢で乗りこむようなもので、さぞかし冷やひやすることでしょうね。さすがの私もそんな危なっかしい真似はしたことがありません。しかしそれに近いことならずっと続けてきましたよ。そこまで危なっかしくはないけれども、それに近いことを、若者のように性急にではなく、もっとゆっくりと四十年をかけて続けてきたんです。

そして三つ目のタブー。これが肝腎です。

「一人の人間に長くもぐるな。三日ももぐりつづけていると、だんだん混ざってくるぞ。自分と耳主の記憶が、感情が、何もかもが。そうなるともう、お前じゃなくなる。いや、お前でもあるが、結局は別の誰かだ。もう絶対に自分を引っぱり出せない。耳主の体はもうお前の体になってしまうんだ」

鈴木の言葉は完全に事実です。実を言うと、もぐった最初からその兆し（きざ）は仄かにあるんですが、三日を過ぎたぐらいから急激に不安定になってくるんです。まずは新しい記憶から混ざりはじめます。耳主と私の記憶のあいだにあるはずの仕切り板が徐々に引っぱりあげられてゆくような感覚とでも言いましょうか。ふっとどこかに旅行に行ったような記憶が浮かぶけれども、耳主が行ったものか自分が行ったものかがすぐには考え分けがつかない。そこから一週間も経つと、もう引きかえせません。そもそも自分を引っぱり出そうなんて気分にはならないんです。私の言うことはわかりにくいでしょうが、中原さん、試しにこう考えてみてください。いまのあなたの心を二つに分けてみようと。どうです？　そんなことをうまく想像できますか？　いったいどこに分け目を入れると言うんです？　つまりはそういうことです。

　しかしこれはある種の快楽なんです。いやそれどころか、人間精神が抱える根源的な快楽、もっとも人間らしい至高の快楽とすら言えるものなんです、他人と一つになるということは。中原さん、あなたは自分が自分でしかないことを窮屈だと感じたことはないですか？　せっかくこの世に存在しているというのに、百も千もの人生を生きられないことに怒りを覚えたことはないですか？　七十億の人間ではなく、一人の人間でしかないことに絶望を感じたことはないですか？　世界がこうやって丸ごと眼前にぶらさげられているというのに、舌先でちょんちょんと舐めるようにしか味わえないことを不当な仕打ちだと恨んだことはないですか？　あるはずです。誰にだってあるはずです。だからこそ快楽となり得るんです、他人の心と混じりあってゆくのは。言うなればそれは、自分の心に次から次へと新たな窓が無数にひらいてゆき、見知らぬ風景と鮮やかな風が猛然と吹きこんでくるような目眩く快楽なんです。一つの人間精神はまさに一つの世界にほかならないのですから、それを取りこめば世界はそれだけ濃密になり、奥行きが増し、鮮やかさも増し、意味も深まるというわけです。この比類なき素晴らしさを言葉で伝えられないのがもどかしくてなりませんよ。

　私が最初に溶けあってしまったのは一人の女でした。どこか堅い蕾を思わせるような若くて清楚な女でしたよ。町工場の近くに小さな食堂があって、彼女はそこで働いていたんです。ろくに言葉を交わしたこともありませんでしたが、あのころの私は彼女を目当てに毎日のように昼飯を食べに行っていました。そこの料理が好きなんだという顔をして。もっとも、そういう下心を持った客は私だけではありませんでした。彼女はみんなからチヨちゃんチヨちゃんと呼ばれて愛されていた看板娘、つまり高嶺の花だったんです。

しかしあるとき、夜道でばったり彼女に出くわしました。私は咄嗟に目を伏せそうになりましたが、彼女は、あ、と言って会釈してくれたんです。表情にこそ出しませんでしたが、喜びのあまり胸がとろけてゆくようでした。そして、もうこんな機会はないのではないか、この偶然の出会いはやれという徴ではないのか、そう思ったんです。となると、やはり我慢できませんでした。そのころにはもう何十回も耳もぐりを成功させていましたから、奥手の私もきっと大胆になっていたんでしょうね。チヨちゃんを呼び止め、出し抜けに耳に手を伸ばし、もぐってしまいました。そしてそのまま二日経ち、三日経ち、彼女の心が少しずつ染みとおってきたとき、もう出ていきたくない、このまま彼女と一つになりたい、そう思ったんです。誰かにもぐっていて、そんな気持ちになったのは初めてのことでした。もぐりすぎると自分が自分でなくなると鈴木から教わっていましたから、それまでは長くもぐってもせいぜい丸一日といったところでしたが、何日もかけて少しずつ彼女と溶けあってゆくのは、どんな快楽も遠く及ばないような比類なき経験でした。そして確かに私は別の人間として、まったく新しい両性具有の精神として生まれ変わったんです。しかし人間とはどこまでも足ることを知らないものですね、ひと月ほども経つと、精神に厚みを増した私は新たな肉体のなかでふたたび飢えを覚えはじめました。さらに新たな人間と融合したいという激しい飢えです。もう一度あの過程を経験したいという、ほかでは満たすことのできない飢えです。私はまた獲物を物色しはじめました。もはや、誰にもぐろうか、ではなく、誰と一つになろうか、と考えながら。そしていまここに至る私の長い遍歴が始まったんです。もぐっては溶けあい、もぐっては溶けあい、そのたびに肉体を変えつづけ、あたかも蛇が次から次へと脱皮をくりかえし、そのたびに精神のみが肥え太ってゆくような、四十年にも亘る異形の遍歴が。

私がいままで主に語ってきたのは、言ってみれば心の最下層に横たわっている、しがない旋盤工だった私の記憶です。いや、実際はいくらか間違っているかもしれませんね。『殺し屋、あるいは愛猫家』を映画館で見たのはまた別の私だったかもしれない。姫路で生まれたのも、物心つく以前に父親を失ったのも、本当は別の私だったかもしれませんが、いまとなってはこれがなかなか骨が折れるんですよ。たった一人の人間の記憶をほかから正確に選り分けてくるというのが。試しに私という存在を一本の巨樹だと考えてみてください。たくさんの精神を太ぶとと束ねあわせた幹を持ち、無数の記憶の根を地中に張りめぐらせた一本の巨樹だと。その根の一本一本が私と溶けあう以前のそれぞれの孤立した人生なんです。私の心の底で、その至るところで、その無数の根は、無数の人生は、複雑に絡まりあい、ときには溶けあい、もはや厳密に解き分けることはできません。

しかし私はなかなか優秀だとは思いませんか？　いくらか正確さを欠くとは言え、四十年をかけて一つひとつ縒りあわせてきた二一三もの私の人生を語ることができるんですから。ええ、そうです。二一三人です。ああ、もしまだ物足りなければ、ほかの人生の話をしましょうか？　北大阪の食堂で働いていたころの私の記憶をあなたに語ることもできますよ。どうです？　聞きたいですか？　それとも五カ国語を操るビジネスマンだった私の話をしましょうか？　それとも福岡で風俗嬢をしていた私の話をしましょうか？　どれを聞きたいですか？　ああ、そう言えば、香坂百合子の高校時代からの友人だった今井夏子を憶えていますか？　あなたも何度か会ったことがありますね？　彼女の人生の話をしましょうか？　ええ、そうです。すでに私になっていた今井夏子が、まだ私ではなかった香坂百合子の耳にもぐったんです。四カ月ほど前のことですよ。ひさしぶりに二人で飲みに行き、帰りに二人で駅のトイレに入り、出てきたときにはもう香坂百合子一人でした。彼女はひどく取り乱していましたよ。友人にいきなり耳に触れられたかと思った刹那、いくらか酔っていたとは言え、その姿を完全に見失ってしまったんですから。ええ、たとえそう見えたとしても、普通は自分の耳に人間が丸ごともぐりこんだとは考えないものです。しかし一週間ほどが過ぎると、香坂百合子もまた別の私と同じように私とすっかり溶けあってしまいました。いや、むしろ巨大な私に塗りこめられたと表現するほうが正しいのかもしれません。いずれにせよ、彼女は巨大な私を形づくる二一二番目の私となったんです。

最後になりますが、やはりあなたがわざわざ会いにきた二一三番目の私の話をすべきでしょうね。香坂百合子の隣人だった、この私の話を。もはやどうでもいいことかもしれませんが、二一三番目の私の名は藤田(ふじた)雄介(ゆうすけ)と言うんです。四十四歳の独身の会社員で、これと言って取り柄もない、孤独に慣れきった猫好きの男でした。私は、いや、藤田雄介は腋臭(わきが)を気にするあまり女と話すのがずっと苦手でしたから、隣人である香坂百合子ともろくに話したことがなかったんです。

しかしあの日、香坂百合子を私が最後に目にした日ですが、私は私とベランダで初めてはっきりと言葉を交わしました。ああ、何だか話しているうちにひどく混乱してきました。こういうことがいまでもときどき特にもぐったばかりのころに起こるんです。自分の意識が波打ちながらもつれていくとでも言いましょうか、もつれながらずれていくとでも言いましょうか、ずれながら散らばっていくとでも言おうか、何しろいまやどちらも私でありすべては私なんですから私は。ああ、すでに私だった私は手すりから身を乗り出し、猫を抱いた私に手招きしました。私は思いがけない私の大胆な行動にぎょっとしたんだ。手招きした私は猫を抱いた私にわざと小声で言うたんよ。猫を抱いた私はその言葉がよく聞きとれず、え？　と言って私に顔を近づけた。私は私と薄い間仕切り越しにベランダで肩を寄せあったんです。あのときの私たちをどこかから見ていた人がいたとしたら、陳腐な恋愛ドラマのようにお隣さん同士で恋が芽生えつつあると勘繰ったかもしれん。手招きした私は猫を抱いた私にもう一度はっきりと言うた。「いまからそっちへ行きます！」。ええ、あの猫が欲しかったんよ。ベランダで初めてあの目を見たとき、あの映画の白猫の目だ、女刑事の目だ、アニエス・リヴィエの目だ、そう思ったんだ。私の悪い癖です。昔からそうやってなんでもかんでも徴だと思ってしまうんですよ。運命の徴だと。だから私は私にもぐらなあかんと思たんよ。私は私と一つにならなければと思ったんだ。ずっとそうやって私はいまの私になってきたんですから。

　猫を抱いた私は突然の奇妙な宣言に戸惑ってしまい、思わず私に聞きかえしたんだ。「どうやって？」。普通なら玄関から訪ねてくるだろうと考えるところです。しかし頭にふと浮かんだのは、ベランダの手すりにあがって間仕切りを跨ぐか、間仕切りのパネルをぶち破るか、そんな馬鹿げた手口でした。とにかくそんな勢いだったんだ、私の「いまからそっちへ行きます」は。私はとっておきの贈り物でも隠し持つように頬笑み、猫を抱いたままうろたえる私に答えたんよ。「知りたいですか？　なら、もっとこっちに耳を近づけてください」。私は一瞬、私が手すりを乗り越えて飛び降りたのだと思いました。それで、あっ、と声をあげてしまったんだ。でも私は、私が端っこをつかんだ天の羽衣のように細くなり、私のほうへ優雅とすら言える弧を描いてひらりと舞ってくるのを見た。そして私は念願の白猫を抱き、私の声を耳にしました。「素敵な猫ですね。アニエスと呼んでいいですか？」

　ああ、ほら、当のアニエスが私たちのほうをまたじっと見ています。金目と銀目をこれ以上ないほどにぴんと張りつめて私たちを見ていますよ。六年もともに暮らした主人がふっと姿を消したかと思うと、今度は見知らぬ男が主人のソファに居座って、ぶつぶつと独り言を言いつづける。それがよっぽど不気味なんやろな。

しかし中原さん、先ほどは大変失礼いたしました。部屋に招き入れるなり、突然あなたの耳に指を突き立てるような真似をして。私が自分の耳のほうへ姿を消したのを見て、さぞかし驚いたことだろうね。ああ、本当のことを言うと、あなたの耳にもぐるのではなく、まずあなたを抱きしめたかったんよ。香坂百合子として、あなたをきつく抱きしめたかったんよ。しかし私が、この私こそが香坂百合子なんだと、この私こそがあなたの捜している私なんだと、そう主張してもあなたは決して信じなかっただろうね。だからこれは必要なことだったんです。やむを得ないことやったんです。こうでもせんかったら、あなたは耳もぐりの話なんか狂人のたわ言と一蹴したに違いありませんから。でもこうなってしまうと、あなたは受け入れざるを得ない。どんな気分やろ？　こうやって何者かがあなたの肉体を支配し、あなたの口を使って長々と話しつづけるんは。初めは恐ろしいことやろうね。私もときどき思い出すんだよ。初めて鈴木にもぐられたときのことを。初めて私にもぐられた、たくさんの驚愕の瞬間のことを。

　そう言えば、いつのころからかふと思うようになったんよ。鈴木もまたいまの私のような存在やったんかもしれんと。いくつもの人間精神を太ぶとと束ねた巨樹のような存在やったんかもしれんと。それを私が殺してしもたんかもしれん。消してしもたんかもしれん。鈴木一人ではなく、何十人も何百人もの人間を同時に消してしもたんかもしれん。そう思うと、さすがの私も胸がきりきりと痛むんよ。いや、もちろんわかりませんよ。これはただの想像に過ぎへんから。でもそれが事実やったとしたら、彼らはいったいどうなってしもたんやろ？　それを考えはじめると、いつも思い浮かぶんよ。映画のなかでルイ・カリエール扮(ふん)する殺し屋が屋敷の扉を開けはなつ場面が。猫という猫がすべてパリの街へと溢れ出してゆく場面が。そしてあんなふうやったらええのにって思うんよ。ただ消えてしもたんやなく、みんな見えへん猫んなって仲よう街じゅうを歩きまわっとったらええのにって思うんよ。

　ああ中原さん、光太君怯えんといてくれ私は消えるつもりもないしあんたを傷つけるつもりもないんだから、それどころかあんたはこれから素晴らしい経験をするんだあなたはこれから私と出会う私のなかの香坂百合子とも出会う二一三の私と出会うそしてあなたは二一四番目の私となる、ああ光太君ほんまに会いたかったずっと会いたかったでもこれで私たちずっと一緒になれるんよ光太君に早く教えたりたいねんこれがどんなに素晴らしいことかでも教えられない言葉では絶対に教えられないんだよだから感じてほしいこれから起こることのすべてを隅から隅まで心の襞（ひだ）で味わいつくしてほしいんです、ああたったいま光太君の記憶がほんの少し私に流れこんできたほら私が見えた光太君に寄り添う私の姿が見えた私の瞳に映る光太君も見えた光太君が私におおいかぶさって私の首すじに顔をうずめるそして私を抱きしめるでももっともっときつく抱きしめてほしいねん私きのう怖い夢を見たんよ世界で最後の人間になる夢を見たんよ何十億もの何百億もの人間の耳にもぐりつづけてもぐりつづけてついにすべての人間を束ねてたった一人の人間になってしまう夢を見たんよ私におるんは猫のアニエスだけなんや神様になったみたいな気がした誰がどんなふうに死んでも少しも悲しまへんたった一人の神様になったみたいな気がしたんよ凄（すご）く満たされとったでも孤独やったああなんで光太君にもぐってしもたんやろ光太君なんでここに来てしもたんやろ光太君が来てしもたからもうすぐ光太君がおらんようなるもうすぐ光太君が私になってしまうでも光太君を失うくらいやったらこのほうがええねんずっとええねんいつか光太君が死んで私だけが永遠に生きるなんて耐えられへん私だけが耳から耳へと永遠にさまよいつづけるなんて耐えられへんもんせやからこれでよかってんこれでよかってんよでも淋しい淋しいんよ悲しいんよああもっと抱きしめて思い出のなかで心のなかでもっともっと抱きしめて光太君が私になってしまう前に私が光太君になってしまう前にもっともっと……

喪色記（そうしょくき）

一

彼が中学生のころの話になるが、とある老小説家が、

「どんな芸術家であれ、いい作品をつくりたければ、自分に正直になるしかない。優れた芸術家は、一生をかけて正直になることを学ぶ」

とテレビのドキュメンタリー番組で語るのを偶然目にした。嘘ばかり書き散らしている小説家風情（ふぜい）がどうやって正直でいられるのか、などと嘲笑（あざわら）う気にはならなかった。老小説家が、少なくともその瞬間だけは、正直に話していることが、人生経験に乏（とぼ）しい彼にもわかったからだ。老小説家は無愛想で訥弁（とつべん）だったが、その無愛想も訥弁も、そして苦み走った風貌（ふうぼう）でさえも、まさに一生をかけて正直になるすべを身につけた代償であるかのようだった。

〝正直〟というどこか愚かしいような響きを持つ言葉は、不思議と彼を魅了した。正義、自由、平和、博愛……世間のあちこちで叫ばれる高邁（こうまい）な理念のなかで、自分の手に負えるものは、一人の人間の寸法からはみ出すことのない、ちっぽけなその〝正直〟のほかにないように思われた。それが老小説家によって彼の胸中に蒔（ま）かれた、小説家としての〝種（たね）〟だった。高校にあがってからの話になるが、その種は、姉からのおさがりのノートパソコンで恐るおそる小説を書きはじめるというかたちで芽吹くこととなった。自分に正直になるために、彼はある個人的な違和感を物語の端緒（たんしょ）にしようと考えた。その違和感とは、人間の〝目〟に関するものだった。

彼は物心ついたときにはすでに視線が苦手だった。向こうから歩いてくる人がまっすぐこちらの目を覗（のぞ）きこんでくるのではないかと考えただけで落ち着かなくなり、痒（かゆ）くもないのに頬を掻（か）いたり

鼻をこすったりせずにはいられない。つい目を合わせてしまおうものなら、目玉を舐められたような強烈な居心地の悪さに襲われ、五秒ともたずに視線を逸らしてしまう。こういったことはきっと心理学的に理屈づけができているのだろうが、相手が強面の大男であるとか、目つきの悪い不良であるとか、そういった雄としての力関係とはそれほど関わりがないようだ。何しろ、鏡のなかの自分と目が合ってもそわそわと落ち着かなくなってくるのだから。

彼にとって、目はあまりにも意味がありすぎた。黒、茶、青、緑、灰……瞳の色は数あれど、どの瞳もどの瞳もそれ自体が一つの小宇宙であるかのようにみずみずしく潤い、底知れぬ輝きを帯び、主体性を主張している。たとえば目隠しをされた人間は命のありようから抑制され、ひっそりと静かな物体と化してしまうのに、目隠しを外された途端、その人間は出し抜けに世界に対してひらかれた存在に一変する。目という器官によって、一人の人間の存在が世界に鳴り響くように彼には思われるのだ。目を通して、見ることを通して、人間は世界を把握し、世界とつながり、世界に居場所を見出し、世界に影響を及ぼしはじめる。目はほかの器官と較べ、まるで超越した存在によって顔に埋めこまれたかのように、あまりにも異質すぎはしないだろうか。

しかし彼の目への苦手意識はそれだけでは説明できない。誰にも話したことはなかったが、違和感の核心をなしていたのは、目という器官がどこか別の世界につながっているという出どころのさだかでない不思議な感覚だった。彼を不安にさせるのは、つまり目の持つ奥行きだった。眼球を横から見れば、まず角膜という入口があり、次に水晶体があり、その奥に硝子体という大伽藍が広がり、そしてついには網膜という最奥に行きつく。疑う余地はない。人間の目にそれ以上の奥行きがあろうはずもない。しかしすべての不安がそうであるように、彼の不安もまた理屈ではない。鏡に向かい、自分の暗い深い瞳をまじまじと覗きこんでいると、ふっと体が浮いて穴にでも吸いこまれるような恐怖に襲われ、ときには軽い眩暈すらおぼえる。その穴というのは、臨死体験者がしばしば見るという巨大な丸いトンネルのような、がらんとした虚ろなイメージだ。このまま進んでゆけば、どこかただならぬ場所にたどり着いてしまいそうな気がするのである。

　彼はそのイメージを元に処女作を書きはじめた。タイトルは『まなざしの樹』。鏡を覗きこんだ少年が、ある日、突然みずからの瞳に吸いこまれ、トンネルをくぐり、荒涼とした別世界にたどり着く。出会った旅人によると、その世界の中心には、天を貫かんばかりの巨樹が立っているという。巨樹の姿かたちは禍々しく、樹皮は何十億対もの目によってびっしりとおおわれている。その無数のまなざしによって世界じゅうのありとあらゆる営みを観察し、草一本葉一枚のそよぎすら見のがさず、しかも決して忘れることがない。それゆえに巨樹は神のごとき叡智を蓄えており、人間の発するいかなる問いにも答えることができるとされている。

　結局その処女作は子供の落書きに毛の生えた程度の作品にしかならず、まともな結末をつけることすらできなかったが、いかにも処女作らしく、彼という書き手の本質を表してはいた。少なくとも、ここではないどこかが彼方に存在するという感覚には正直だったからだ。その感覚はまさに曰く言いがたいものであって、真顔で誰かに打ち明けようものなら正気を疑われることは避けられない。それゆえに、小説という虚構は、意外にも彼にとって正直になるための手段として打ってつけのものだった。つまるところ、虚構とは、真実を語ろうとする者の恥じらいにほかならないからだ。

　しかし彼はすんなりと小説家への道を歩んだわけではない。彼にとって物語は書くものではなく、書かされるもの、あるいは書かせてもらうものだった。物語はすでに完成されたものとして宙を漂っており、ある日あるとき、みずからをかたちにする書き手を、名指ししてくる。お前が書け、と。私を書かせてやる、と。しかし若き日の彼は名指しされたような気になりながら、力及ばずいつも道半ばで物語に愛想を尽かされ、置き去りにされることをくりかえしていた。大学を出て就職すると、書くことから何年も遠ざかった。現実という強固な物語に囚われ、それを書くのではなく、生きねばならなかったからだ。

二

　視線への苦手意識はそれほど人生の重荷とはならない、幸いにも二十代の半ばごろまではそう考えながら生きることができた。実際のところ、人は案外、目を合わせることなく日々を過ごしている。日常生活においては、誰かと目を合わすにしてもせいぜい一、二秒といったところで、五秒も見つめあおうものなら、そこには様ざまな特殊な意図が入りこんでくることになる。親愛の表現、優位性の誇示、誠実さの主張、あるいはそれらの偽装……。彼としても一秒や二秒なら耐えられたし、目を合わせているようで合わせていないという特技もいつしか身につけるようになっていた。しかしそうやってやりすごせたのは、社会に出るまでだった。というより、二十六のときに、大阪支社から来たYという男が上司になるまでだった。

　Yはひと回り歳嵩のサツマイモのように赤黒い顔をした大男で、彼が秘かに〝活力エリート〟と呼んでいる人種の一人だ。一日じゅうブラックコーヒーでエンジンを回しつづけ、夜になると水のように酒を喰らい、大袈裟に手をばんばん叩きながら歯茎を見せて大笑いし、ソファで二時間眠っただけでなりたてのゾンビのように潑剌と起きあがってくる。そのうえYは、明らかにある種の嗅覚を具えていた。その嗅覚によって潜在的な社会不適合者を炙り出すのだ。Yは、彼が目を合わせない、というより合わせられない性分であることにすぐさま気づいた。「目ェ見て話せ！」というのがそもそもの口癖（くちぐせ）で、実際Yは視線を突きこむようにして人の目を覗きこんでくる。しかもその目は迫（せ）り出さんばかりに大きく、油膜でも張っているかのようにぎとぎとした精力をみなぎらせていた。つまり、彼にとってYはもっとも不得手（ふえて）な人種だった。微妙に視線をずらしてごまかそうとしても、Yには通じない。Yに言わせれば、目を見て話すことは、まず〝人としての礼儀〟であり、〝信頼と誠実と自信の証（あかし）〟らしいのだが、実際のところ、Yにとって人と視線を合わせることは鍔迫（つばぜ）りあいにほかならない。どちらが上でどちらが下か、視線によってその確認を日常的におこなわずにはいられない典型的なα（アルファ）雄（おす）型の人間なのだ。

Yはたちまち彼を目の敵（かたき）にしはじめた。あるときは電話応対のまずさをねちねちと責めたてる。あるときはプレゼンの不首尾を論（あげつら）って、みなの前で執拗（しつよう）に吊（つる）しあげる。あるときはクライアントとの飲み会から早く帰ろうとしたことを大声で罵倒（ばとう）する。ことあるごとに「ほんま使えんやつやな」「一ミリも向いてへんな」などと溜息（ためいき）まじりにつぶやき、こちらの神経を絞（しぼ）りあげてくる。Yが来る前からそもそも仕事は激務であり、くたくたになるまで働いてD市にあるむさくるしいアパートに帰り着くころにはたいてい日をまたいでいた。缶チューハイでコンビニ弁当を掻きこみ、いつかやめてやる、などと月並みが過ぎていっそ滑稽（こっけい）な呪詛（じゅそ）の言葉を嚙（か）みしめながら、現実に生き埋めにされたかのように眠りに落ちる。それもせいぜい五時間ほどの襤褸（ぼろ）切れのような眠りだ。そんな這うようにしてやっと生きていた毎日だった。

そこにYが現れ、とどめとなったのだ。寝床に入ってもなかなか眠れなくなり、たとえ眠れても水溜まりのように浅い貧しい眠り、しかも一、二時間おきに目が覚める。毎朝腹をくだし、得体の知れない不安が四六時中、胸を吹きぬけるようになった。ずぶ濡れの蒲団（ふとん）のように体が重くなり、日がな一日、溜息をついている。物忘れが激しくなり、咄嗟（とっさ）に言葉が出てこない。失態が続き、Y

の攻撃はいよいよ苛烈さを増した。仕事が恐ろしくて仕方がなくなり、朝が来るたびに涙が溢れ、気も狂わんばかりだ。ほうほうの体で心療内科に逃げこみ、とうとう会社に休職を願い出た。抗鬱剤と睡眠薬でどうにか命を長らえたが、もはや復職はできないという思いが腹の底にこごり、日に日に重く硬くなってゆく。復職どころか、もうこの世には自分にできる仕事など存在しないような気がし、このまま干からびて死んでしまいたい、そんな思いに日に何度も襲われた。いや、死ぬことすら面倒で仕方がなく、自分の肉体がこの世でもっとも厄介な粗大ゴミであるような気がした。いつのまにかひっそりと息絶えて砂になれたらいいのに、蒲団に横たわる清潔な砂に……この世の涯のような部屋の煤けた天井を見あげながら、いつしかそんなことを考えるようになっていた。二十八歳の秋のことだった。

休職からひと月ほどが経ち、抗鬱剤の効果が現れたのかいくらか心身が持ちなおしてきたとき、実のところ、人生から転がり落ちたのは過酷な仕事やYのせいばかりではないという気づきがしだいに立ちあがってきた。

彼は幼いころから父親似だと言われながら育った。外見もさることながら、気の小ささも、人と目を合わせられない性分も、一人遊びが好きで夢見がちなところも、すべて父親から受け継いだものだとまわりから言われ、自分でもそう思っていた。どの親子もそうであるとおり、彼にとって父親の存在は、人生の前提であり、宿命だった。そんな父親が、彼が十三歳のときに他界した。まだ五十二歳の働き盛りだった。急な腹痛の訴えとともに黄疸が起こり、検査の結果、膵臓にかなり進行した癌があるらしいと知れた。手術すべく腹をひらいたが、予想を越えた広がりように医者は何もできずにすぐ閉じたそうだ。父親は結局ろくな治療も受けられないまま、身を削がれてゆくような闘病を経て、半年あまりで不帰の人となった。

因果関係はさだかではないが、ちょうどそのころから、不思議な感覚に悩まされるようになり、彼はいつしかその感覚を〝ざわめき〟と呼ぶようになった。つねにその〝ざわめき〟があるわけではない。十代のころは週に一、二度ぐらいの些細なものだったが、休職したころには日に数度、ある種の発作のように、背後から何かがざわざわとこちらへやってくるように感じられるようになっていた。背後から、と言っても物理的な背後ではない。振りかえったところで、何かがこちらへやってくるのが見えるわけではないのだ。強いて言うなら〝意識の背後〟だろうか。

自分の前方には視覚・聴覚・嗅覚などの五感によって彩られた〝意識空間〟が広がっているが、しかし後方には何が広がっているだろう。それこそが〝意識の背後〟だ。あるいは〝無意識空間〟と呼んでもいいかもしれない。意識できないものが無意識なのだとすれば、〝無意識空間〟あるいは〝意識の背後〟は、通常ではそもそも意識できない空間だ。いや、そもそも空間ですらない。〝無〟だ。彼にとってもそうである。しかし〝ざわめき〟がやってくるときだけは、〝無〟が〝有〟に転じ、それを漠然とした空間のようなものとして知覚することができる。意識を振りむかせることができないせいで、〝ざわめき〟と対峙することができないが、背後から何かがやってくるという曰く言いがたい感覚だけは確かにある。

〝ざわめき〟の訪れは、せいぜい一、二分といったところだ。遥か後方からやってきて、あまり近づかないうちにすぐに去ってしまうこともあれば、首すじをまじまじと覗きこみ、熱い鼻息に炙られているような切迫感をもたらしてからようやく消えることもある。〝ざわめき〟が迫ってくると、胸に大きな風穴があいたような突発的な不安に襲われ、動悸がしてくる。その症状は抗鬱剤を飲んでいてもやわらぐことがないどころか、日に日に悪化しているように思われた。もしやこれはパニック障害というやつではないかと疑い、心療内科であれこれ言葉を尽くして相談したこともあったが、医者は違うとかぶりを振った。そんな症状は聞いたことがない。少なくともそれは一般的なパニック障害の症状ではない。じゃあなんなのかと尋ねても、納得の行く答えは得られなかった。ただ一つ言えるのは、〝ざわめき〟はYが来る前からあったし、休職してからもいっこうに衰える気配がないということだ。

　そしてもう一つ、夢の問題があった。彼の抱える夢の問題は〝ざわめき〟よりもさらに不可解で荒唐無稽なものに思われ、正気を疑われるのを恐れて医者にすら話さなかった。夢と〝ざわめき〟が彼の知らぬところで結託しているのではという疑いはつねにあった。というのも、自分は他人とは違うふうに夢を見ているのではないかと案ずるようになったのも、やはり父の死後まもないころ、十三歳のときだったからだ。同じ世界観を持った奇妙な夢を何度もくりかえし見るようになったのである。高校生のとき、処女作を著すにあたって、彼はまずその夢を元に書くことを考えたが、その巨大な世界観や物語が鼻先に高だかと立ちふさがるようで、却って全体像を思い描くことができず、断念したのだ。

　のちに彼は、その夢を〝滅びの夢〟と呼ぶようになるが、単なる夢としてほかの当たり前の夢とひとくくりにしたくないという気持ちがあった。夢を〝見る〟のではなく、夢と〝接続する〟感覚とでも言おうか。しかもとくに最初に見た滅びの夢は脳味噌に焼きつかんばかりに鮮明だったので、記憶の片隅に、いまだに小さな箱庭のようなかたちで存在し、好きなときに手に取って眺めることができるほどだ。

三

夢のなかで、彼は大きな岩の上に立っていた。その岩は途轍もなく巨大な海鼠が直立したような丸みのある長細い形状をしていて、大海原を望む港町を見おろしながら、その背後の山のなかにぬっと聳え立っていた。黒みを帯びた神々しいばかりの偉容は、川底で洗われつづけたみたいに全体になめらかで、夕陽を受けて艶々と濡れたように輝いていた。てっぺんまでの高さは優に五〇〇メートルはあったろう。その巨岩が、夢幻石と呼ばれるものであることを、夢のなかの彼は知っていた。その岩はまたの名を眼石とも言い、なるほど人間の瞳から削り出されたかのような、底知れぬ深みを湛えている。中心にはまさに瞳孔のごとき円形のまったき闇が浮かび、そこから虹彩のように放射状に星雲さながらの色とりどりの淡い光が広がっていた。

岩があまりにも巨大であるために、彼の立つてっぺんには、平らに感じられる、言わば土地のようなものが広がっていた。そのまんなかに見知らぬ国のトウモロコシ畑にでも建っていそうな鄙びた一軒の家がぽつんと建ち、周囲には青々とした草が生い茂っていた。家の前には一本の大きな樹が立っていて、林檎のような真っ赤な実がいくつもなり、太い枝からさがった木製のブランコが風に揺れていた。家は平屋で、壁や柱は真っ白に塗られ、空に溶けんばかりの青い屋根をいただき、玄関先はテラスになっていた。地上数百メートルの岩塊の上であることさえ忘れられれば、絵に描いたようなのどかな光景と言えた。

岩の東側には、鬱蒼とした山々が黄昏色に染まりながら、来たる夜を重たげに背負い、陰影深くうねっていた。西側の足下には数百軒の家々が建ちならぶ港町があり、その向こうには、島影一つ見あたらないだだっぴろい大洋が広がり、夕映えに染まってまどろむように煌めいていた。

　家の横手から西の海に向かって、七、八〇メートルはあったろうか、一本の桟橋のようなものが空中に伸びていることにふと気づいた。その桟橋は木で組まれているようだが、支える柱のようなものが一切ないにもかかわらず、たわむこともなくつんとまっすぐ宙に突き出ていた。

　桟橋の突端に小さな人影が見えた。一人の少女が夕陽に向かって足を投げ出すように腰かけていたのだ。少女を目にした途端、いつもの遊び場で幼なじみの姿でも見つけたかのような気安い喜びを感じた。実際、彼は少女の名を知っていた。マナというのだ。この夢幻石の足下に広がる港町で生まれ育った少女である。

　少女の背に向かって桟橋を歩いていった。目も眩むような高さだったが、その高さには敵意がなく、不思議と怖さは感じなかった。幼いころからずっとそうしてきたかのように、彼は何も言わず、少女の右隣に腰をおろした。少女は洗いざらしのような白っぽいワンピースを着て、腰まである豊かな髪を吹きわたる風になびかせていた。少女は線香花火の最後のひと滴のような落陽に目を細めたまま、

「いつかここにもやってくるよ」と言った。その声は何か透明なものが震えたかのように澄んでいたが、奥底に翳りを孕んでもいた。

「何が？」と彼は訊いた。

　少女はどことなく苦いような口ぶりで、

「〝灰色の獣たち〟……」とつぶやいた。

「ああ、そうか……。でもここは遠く離れた海の上だよ。やつらにだって、さすがに大陸から遥か遠いこの最果ての夢幻石は見つけられないんじゃないかな」

「ううん」と少女はかぶりを振る。「いつかやつらは、この夢幻石だって殺してしまう。もしかしたらあの太陽だって、青く澄みわたる空だって、黄金色（こがねいろ）に染まる雲だって、青々と繁（しげ）った草木だって、みんなやつらが色を奪って殺してしまうかもしれない。やつらは生まれたときからずっと色に飢えていて、どんな遠くからだって色を嗅（か）ぎあてることができるんだから……」

「でも、マナがこの前話してくれたみたいに、人類はあの〝滅びの百年〟だって生きのびたんでしょう？」

「そうね。でも、そもそも滅びの百年のときに現れた昔の灰色の獣たちは、まだ夢幻石を灰化（はいか）する力までは持ってなかったって言われてる。だから人びとは眼人（まなびと）に導かれて夢幻石のなかに逃げこんで、やつらが力を失うまで何百年も眠りつづけることができた。そうやって生きのびたのがあたしたち……。滅びの百年はもう千年も前のことだけど、そのあいだにやつらもどこかで秘かに力をつけて、きっと夢幻石を滅ぼす方法を見つけてしまったんだと思う」

「でもさ、今回だって生きのびる道を探し出せるんじゃないかな。それにやつらに殺されてしまったみたいに見える夢幻石だって、本当に死んでしまったのかどうかはわからない。でしょう？」

「そうかもしれない」と少女はうなずく。「でも問題はそれだけじゃないの。千年前はもっともっとたくさんの眼人がいたって言われてる。そしてその眼人たちが先頭に立って夢幻石に入っていって、〝まなざしの道〟と呼ばれる通路を使ってみんなを〝まどろみの世界〟へと導いた。でもいまは、眼人がずいぶん数を減らしてしまったの。昔は百人に一人が眼人としての力を持っていたそうだけど、いまではもう千人に一人もいない。これは千年前にみんなを導くことで、たくさんの眼人が命をすり減らし、若いうちに死んでしまったせいだって言われてる。夢幻石が生きていようといまいと、これじゃあもう、みんなが夢幻石のなかに逃げこむことはできない」

「僕じゃ駄目なのかな？」と怖ずおずと尋ねる。

少女は少し悲しそうに眉根をよせ、かすかに憐れみを含んだまなざしで目を覗きこんできた。少女の瞳の底知れぬ奥行きにたじろぎ、彼は思わず目を逸らした。夢のなかでも視線が苦手なのだ。

「確かに君は眼人だけど……」と少女の口ぶりは重い。「まだ子供だし、そうじゃなくても君の力はとても弱い。このことはもう知ってるでしょう？　本当に力の強い眼人は、鏡を覗きこむことで子供のうちから自由自在に夢幻石の内と外とを行ったり来たりできるの。君にはそれができない。君にできるのは、ただこうして夢を見ることで、石の外に影となって現れるだけ。それに、たった一人の人間を夢幻石のなかに導くのだって、とても大変だって言われてる。もしたくさんの人を導こうとしたら、君の力ではとても耐えられないと思う。あたしは君にそんな無茶はしてほしくない」

「でも君一人ぐらいなら……」

「わかってる」と少女はうなずく。

そうだ。彼女はわかっていたし、彼もわかっていた。彼の眼人としての力は雛鳥の羽ばたきのようにとても不器用で弱々しい。世界を救うことはできないし、国を救うことも町を救うことも家族を救うこともできない。それでも、もしかしたらいつか、という希望は捨てきれない。たった一人しか救うことのできない眼人が一人ぐらいいたっていいじゃないか、と思うのだ。

「でもまずは夢幻石だよ」と彼は話を戻す。「灰化した夢幻石が本当にすっかり力を失っているのか、調べてみないことには始まらないよね」

「そう。いままでもたくさんの眼人たちが、灰化した何千もの夢幻石に潜って、まどろみの世界がどうなったか調べようとしてるはず……。芯の芯まで灰化してしまった石もあるかもしれないけど、もしかしたらどうにか生きのびてる石だってあるかもしれない。灰化は石の死なんかじゃなくて、ただの病気みたいなもので、長い時間はかかってもいつかは色を取りもどすのかもしれない。だとしたら、まだ希望はある。滅びの百年のときみたいに、たくさんの人を救うことはできないかもしれないけど、でも少しでもいいから人間が夢幻石のなかで生きのびることができたなら……。やつらだって永遠に生きられるわけじゃないはずだから……」

「それに、灰化してない夢幻石だって世界じゅうにまだいっぱい残ってるはずだよ。時間は僕たちの味方だ」

　いや、時間はきっと灰色の獣たちの味方なのだ。やつらは急がない。その必要がないからだ。すべての色を奪いながら、飢えた鼠みたいに数を増やしながら、国から国へ、町から町へ、夢幻石から夢幻石へとゆっくり蝕むように世界じゅうに灰化を広めてゆけばいい。その流れを巻きもどすべを人間は持ちあわせてはいないのだから……。

　そこで目を覚ましたわけだが、まず子供のころの夢を細部まで思い出せるということが不可解を通りこして不気味だ。現実の出来事であっても、誰かとの会話の内容を忘れがちだというのに、なぜか少女と交わしたひと言ひと言は耳の底から摘まみあげられそうなほどはっきり憶えている。会話どころか、少女のなびく髪のひとすじひとすじや桟橋の軋み具合までが、まだ記憶の襞のなかで息づいている気がするほどだ。

　しかも滅びの夢は一度きりでは終わらなかった。初めて見て以来、少女とつながる道が開通したかのように年に二、三回は見るようになったのだ。その多くがやはり気味が悪いほどに鮮明なのだが、少女は何年経っても少女のままだった。そして彼もまた少年のままらしく、しかし夢のなかではそのことを少しも不思議に思わないのだ。会話にはいつも世界を滅ぼしつつあるという灰色の獣たちとそれに抗う夢幻石が登場する。二人はどことも知れない家のなかで過ごしていることもあれば、見知らぬ町の石畳をとぼとぼと歩いていることもある。人影のない真っ白な砂浜で戯れていることもあれば、見わたすかぎりのだだっぴろい草原で風に吹かれていることもある。しかしそこがどこであれ、黒ぐろと聳え立つ巨大な夢幻石が、あたりを統べるぬしのように二人を見おろしている。夢のなかの彼は、その世界についてもっと多くを知っている気がするのに、目覚めた途端、その記憶はたちまち霞んでしまい、夢のなかで五感によって獲得したへんにくっきりとした臨場感ばかりが際立ってくる。と同時に、世界に滅びのときが迫っているという暗鬱な焦燥感がしつこく尾を引き、気分が沈むのだ。

　しかし二十代の始めごろからだろうか、しだいに滅びの夢が頻度を増してきた。Yの登場によって不眠に苦しむようになると、月に一度は見るような具合になってきた。しかも抗鬱剤や睡眠薬を飲むようになってからもその勢いは止まらず、さらに二度、三度と頻繁になる。その増え方が〝ざわめき〟と同様ひたひたと背後に迫りくるようで恐ろしい。やがて週に一度になり、二度になり、三度になり、ついに夜ごとの夢が少女と滅びゆく世界に完全に支配され、そうなれば、いずれ夢とうつつが意識の天秤の上でせめぎあい、どちらが重いかさだかでなくなりそうだ。

　さらに不穏なのは、夢に出てくる夢幻石が銀河のような輝きと彩りを失い、ただの灰色の巨石になりつつあることだ。灰色の獣たちの手にかかり、灰化したとしか考えられない。灰化した夢幻石の周囲では、ほかにも多くのものが、モノクロ映画に封じこめられたように色という色を喪失している。野山の樹々、道端の草花、建ちならぶ家々……ありとあらゆるものが色彩と生気を失い、触れればたちまち崩れ去り、本当に灰になって風にさらわれてゆきそうだ。そうでなくとも、灰色の獣たちが通りすぎた町々の破壊の痕（あと）は夥（おびただ）しい。街路樹や電信柱はへし折られ、乗り物は踏みつぶされ、屋根は崩落し、壁には大穴が穿（うが）たれ、塀（へい）や柵（さく）は薙（な）ぎ倒されている。道路という道路、路地という路地に巨大な足跡が幾重（いくえ）にも残されてそこらじゅうが陥没（かんぼつ）し、たとえ夢とは言え、いったいどんなおぞましい化け物が暴れまわったのかと想像すると空恐ろしい気持ちになってくる。

　しかしもちろん、もっとも恐ろしいのは灰化した人間たちだ。老若男女を問わず、多くの者が街角に倒れているのを見た。人びとは色を奪われてもなおしばらくは生きている。ある者はつっぷして地面に顔をうずめ、ある者は仰向けになって空を見あげていたが、どの目もどの目も虚ろな半びらき、口元もだらしなくゆるみ、泡を噴（ふ）いて涎（よだれ）を垂らしていた。よく見ると、わずかに胸や腹が上下しており、かろうじて生きてはいるのだが、絶望のあまり指一本動かすことすら敵（かな）わないという様子なのだ。声をかけても、もちろん反応はない。聞こえているにせよいないにせよ、色とともに言葉を発する活力までが奪われてしまったのである。あるときなど、灰化した夢幻石のすぐそばで、累々（るいるい）と積み重なった、数千人はいるであろう灰色の人びとを見た。町じゅうの人間が、死に瀕（ひん）した夢幻石になお救いを求め、その足下に怒濤（どとう）のごとく押しよせたらしい。そもそも眼人の導きがなければまなざしの道はひらかず、人は夢幻石に入ってゆくことはできないし、みなそのことを知っているはずなのだが、迫りくる灰色の獣たちを前に恐慌を来たし、半狂乱で石にすがりついたのだ。

　さらに恐ろしいことだが、灰化した人間のすべてが命を落とすわけではない。なかには滅びを生きのび、生きた骸（むくろ）のように立ちあがる者もいるという。しかし彼らはもはや元のままの彼らではない。生来の魂や人柄を余すところなく喪失し、灰色の抜け殻（がら）、つまり灰人（はいじん）として徘徊（はいかい）しつづけるのみだ。そうして灰人たちは灰色の獣たちの眷族（けんぞく）となって滅亡の巡礼の仲間入りを果たし、いまだ色の残された新鮮な土地を求めて世界を経巡（へめぐ）るのだという。彼はまだ夢のなかでも灰色の獣たちをじかに見たことはないが、実はその灰人たちこそが、町々を蹂躙する異形の怪物たちの元来の姿であるらしい。灰人たちはさまよいながらしだいに変容と融合を重ね、やがて見あげんばかりの人外の化け物へと成長を遂げ、真性の灰色の獣たちとなる。

　そんな滅びの夢と〝ざわめき〟の両輪が、社会から落伍し、悲嘆の日々を過ごす彼を、静かに、そして確実に追いつめつつあった。どう逃れたものか見当もつかず、ただ追いつかれるのを待ちながら、喘ぎあえぎその日その日を生きのびてゆくばかりなのだ。

四

　休職した彼の毎日は判でついたように単調である。規則正しい生活を送っているかぎり、人として最低限の正気と存在意義が保証される、そんな気がしていたからだ。

　毎夜、睡眠薬を飲んで十二時に寝床に入り、充分に眠れようが眠れまいが、毎朝、目覚ましに追いたてられるように七時半にベッドから這い出る。顔を洗い、うがいをすると、カーテンを開けて痛いような陽射しを部屋に呼びこみ、興味のないテレビの音を聞き流しながら十五分間ストレッチと筋トレをする。日光や運動によってセロトニンの分泌を促そうという試みだが、テレビを点けるのは、たとえ擬似的ではあれ、人間社会の賑やかさに対する免疫を保っておきたかったからだ。朝食も毎日、代わり映えがしない。ラップに包んだ白御飯を冷凍庫から出して電子レンジで温め、目玉焼きや卵焼きに野菜炒めを添える。食後にプロテインとL‐グルタミンを摂ることもある。筋肉量の多い人間は精神的にも安定しているという説を、ネットで読んだことがあるからだ。

　朝食後は動きやすい服に着がえ、十分ほど歩いて海辺の公園に行き、海に臨む遊歩道を三、四十分かけてウォーキングをする。体調によっては少し走ってみることもある。同じ時間に同じ道を歩けば、自然と同じ人たちに会う。八十ぐらいの小肥りの老人が、いつのころからか「よう」というふうに手をあげて挨拶してくれるようになった。老人はおそらく見慣れた人間には誰にでもそうするのだろうが、彼も同じように頰笑みを浮かべ、挨拶を返すようにしていた。彼が日常的に挨拶を交わすのは、ときおりやってくる宅配業者とその老人だけだからだ。宅配業者は来る日も来る日も馬車馬のように働かされることで挨拶の向こうから客を憎んでいるだろうが、老人は違う。老人はきっと一人また一人と同世代の人間が亡くなってゆくこと、そしてまたみずからも遠からずこの世から去らねばならないことを儚み、その寂しさを日々の挨拶によって紛らそうとしているのだろう。そう考えると、会うたびに別れを告げているような気にもなるのだが……。

　昼食後は、スーパーに買い物に行くことが多い。スーパーは近所に三軒あって、どの店で何がいつ安いか、すでに把握していた。日によって店を替え、ときにはハシゴすることもある。買い物から帰ると、貧しい夜の眠りを昼寝によって補おうと試みるのだが、なかなか眠ることができない。自律神経がやられ、差し迫った危険などないにもかかわらず、緊張の糸がつねに張りつめているからだ。眠ることをあきらめ、こうなればせいぜい自分を楽しませようと、動画配信サービスで海外のドラマを見たり、中古で買った古いゲーム機でひと昔前のゲームに興じたりすることもある。

　意欲が湧いたときには、ワープロソフトをひらき、かつての夢を偲んで小説執筆に手を出してみたりもした。書きはじめたのは『最果ての川』という長編で、家の前に漂着した得体の知れない小舟に乗りこむ男の話だ。男は事故で妻子を亡くし、心が壊れ、死に場所を求めていた。もはや失うもののない男は、素性の知れない年老いた船頭とともに永遠なる夜の川をくだりながら、いくつもの見知らぬ不思議な町に流れ着き、現実とは思えない様ざまな出来事に巻きこまれてゆく。傑作となることを期して書きはじめたが、男の運命は著者である彼にもわからず、ただ最後に世界の涯にたどり着く結末だけが決まっているばかりだ。

　何をして時間をつぶすにせよ、ふとした瞬間に部屋の隅の姿見に目をやると、なんの喜びもない死んだような面（つら）の自分に出くわし、ぎょっとすることになる。結局のところ、やることなすことすべてが不毛なのだ。人生は一歩たりとも前には進まず、ぬるい澱（よど）みのなかでぬたぬたと転がっているだけなのである。日が暮れるとその思いはますます強まり、夜の重みと静けさが、そろそろ次の一歩を踏み出さねばとの焦（あせ）りとなって冷たく胸に沁（し）み入ってくる。

　夕食後も何も起こりはしない。皿洗いやゴミ捨ては意外と苦にならない。しかし浴槽を洗うのが面倒で、寒さを罵（ののし）りながらシャワーですます習慣が抜けなかった。この一日、何に時間を費やしたのかさだかでないままに夜は早ばやと深まり、あしたの自分に重荷を繰（く）りこすようなぐずぐずとした甘えによりかかってゆく。日付が変わるころには、カーテンを閉め、睡眠薬を飲み、また滅びの夢を見るのではないかと戦（おのの）きながらも、いまだ羽ばたくことを知らない醜い幼虫のように寝床で丸くなるのだ。

　事態が一変したのはある夜のことだ。世界遺産にまつわる謎を紹介するテレビ番組を見ていたら、突然リモコンが利（き）かなくなった。新しい電池を探すが、単二も単四もあるのにいちばんありそうな単三がない。直接テレビをいじればいいわけだが、チャンネルや音量を変えるのにいちいち行ったり来たりは我慢がならない。番組が終わったところで、夜の十一時を過ぎていたが、仕方なくコンビニに買いに出ることにした。

　最寄りのコンビニは徒歩で五分ほどのところだ。歩きだしてすぐに妙な感覚に気づいた。地に足がつかないふわふわとした感じがあり、歩いても歩いても前に進まないようなもどかしさがある。まるで涙しているかのように街灯や車のライトや店の看板が滲み、揺らぎ、目を拭っても拭っても治まらない。コンビニの店員の声が、まるで糸電話で話しているかのようにかさこそと企み深げに聞こえた。おかしい、何か妙なものでも食べたろうか、と首を傾げるが、心あたりがまったくないのが余計に恐ろしい。

　取りあえず電池は買えた。さっさと家に帰って横になろう。たいがいのことはひと晩寝れば治るものだ。そう考えたが、それまでの奇妙な感覚は序章に過ぎず、本編はそのあとに始まった。コンビニを出たところで例によって〝ざわめき〟に襲われたのだ。それまで感じたことのない強烈な〝ざわめき〟に。思わず唸って駐車場で立ちつくした。始まりはいつも遠い。意識の背後からやってくる何かが一、二分のあいだに大きく騒がしくなりながら迫ってき、にわかに不安で胸が締めつけられる。無事に〝ざわめき〟が去ると、不安感がたちまちほどけ、溜息が漏れる。一度去ると、しばらくはやってこない。

　が、その夜は違った。気を抜いたところにすぐさま第二波が来たのだ。二度目が去ると立てつづけに三度目四度目が襲い来て、そのたびに背中につめよってくるようだ。歩いては立ち止まり歩いては立ち止まりをくりかえしながら、やっとのことでアパートの下までたどり着いたが、心臓が胸の内でしきりに暴れ、ひたいに脂汗がねっとりと浮かび、血の気も引いてくる。おかしい。こんなことは初めてだ。もしや今夜死ぬんだろうか、という恐怖が頭蓋を矢のように貫いた。これはやはり病的な発作に違いない。脳の血管が切れるとか、心臓の痙攣が止まらなくなるとか……。早く救急車を呼ぶべきじゃないのか。しかし肝腎のスマホは部屋に置きっぱなしなのだ。

　青息吐息でエレベーターに転がりこみ、三階のボタンを押した途端、第六波だか七波だかが来て、上も下もわからない眩暈に意識を転がされ、視界が縮こまり、膝からその場に崩れ落ちた。かごががらあんと揺れた。〝ざわめき〟が背中におおいかぶさり、右目の眼球の裏にかっと熱い火照りがしがみついてきた。やがて眼球が煮えたぎるような強烈な感覚に襲われ、咄嗟に右目を押さえる。なんだこれは？　脳でも心臓でもなく、右目が破裂するとでもいうのか？

　エレベーターのドアが閉まるやいなや、水に落とした墨汁のような濃密な黒煙が視界を遮るようにかすめ、ぎょっとした。煙はそのままかごのなかに広がり、視界を濁らせる。なんだこの煙は？　どこから出てる？　膝立ちになって〝開〟のボタンを連打するが、もう遅い。エレベーターは昇りはじめていた。ようやく三階に着き、ドアがひらいた。廊下に転がり出る。が、煙が追ってきて、ますます視界を黒くふさいだ。

　どういうことだ。俺から煙が出てるのか。俺の顔から？　いや、右目からだ。右目を押さえる指の隙間から煙が漏れていることはもはや明らかだった。目に入った髪の束をずるずると引きずり出されるようなおぞましい感触が続いていた。手をどかし、右目を薄く開けてみるが、暗渠を覗くように真っ暗。左目だけが頼りだ。

　さらに奇怪なことが起こりつつあった。黒煙がしだいに一カ所に集まり、人の背丈ほどもある細長い亡霊じみた不定形の塊になってきたのだ。揺らめきながらも徐々に黒みが晴れ、滲むように灰色が混ざり、そして白煙に変わってゆく。いつのまにか煙の噴出が終わったらしく、右目にも世界が映りはじめた。と同時に、煙の輪郭がみるみるさだまってくる。今度はなんだ？　どことなく人間のようだ。というより女だ！　煙がよりあつまって女の姿になった！　長い豊かな黒髪が水死体のようにあてどなく四方八方になびいていた。ノースリーブの白いワンピースから、同じぐらい白い細長い手足が力なく垂れている。エレベーターの前にへたりこんだまま、乱れ髪に埋もれがちな女の顔をまじまじと見あげた。切れ長の目、小ぶりな鼻、ふくよかな唇がこぢんまりとした三角の顔に綺麗に収まっている。どこかで見たような。そうか、面影がある、と胸の内で膝を打った。マナだ！　あのマナが成長し、大人の女となってこちら側に現れた！

眩暈が引いてゆくにもかかわらず、意識が水飴のようにぐにゃりと歪んで、夢見心地が喉元まで満ちてきたようなへんな具合になってきた。どうもおかしい、こんなことが現実に起こるはずがない、夢なら覚めなくては、と正気の警告が脳裏でしきりに騒ぎたてるのに、こんなこともあるだろう、と気持ちのほうが眼前の異常事態にしなだれかかる。まったく奇怪極まりないことが起こっているにもかかわらず、すべては順序立てて避けようもなくここまで進んできたような気がしてくる。

女は薄目を開け、わずかに首を傾げ、まどろむような感情の欠落した顔つきだ。意識があるかどうかもわからない。操り人形の糸が切れたようにすとんと膝を突き、こちらに倒れかかってきた。咄嗟に手を伸ばし、女を支えようとしたが、頭の片隅を、この女は煙だ、つかむにつかめないぞ、という思いがよぎった。が、次の瞬間、女の体が確かな重みを持ってどさりと胸に飛びこんでくる。思わず、ふわ、とみっともない声を漏らした。

しばらくエレベーターの前で座りこんだまま、しっかりと血肉の具わっているらしい女の体を胸に抱き、呆然としていた。夜中の十一時半を過ぎていた。あたりはしんと静まりかえり、異常に勘づいたアパートの住人がドアを開けて不審げに覗いてくる気配もなく、自分の怯えたような浅い呼吸ばかりがしきりに聞こえていた。女は顎をこちらの右肩に載せたまま、身じろぎする様子もない。かすかな息づかいが伝わっては来るが、骨もないようにぐったりしていた。やはり意識がないらしい。ただ子供のように深く眠っているだけなのか、それとも何か重大事が起こって卒倒でもしたのか。いや、いまここに現れたということ自体が、過酷な長旅のように女の気を失わせたのかもしれない。
　女の香りが鼻先に漂っていた。遠くに黒砂糖が仄(ほの)めくような、甘みと苦みのないまぜになった、どこか懐かしい香りだった。が、ここでこうしているわけにはいかない。彼が電池を買いに出たように、夜中とはいえ、いつ誰が来るかわからないのだ。女の背に手を回し、何度か揺すってみるが、目を覚ます気配はなかった。耳元で名前を呼びかけてみても、やはり反応がない。こうなったら部屋に連れてゆくしかない。意識のない女を自室に引きずりこむところを誰かに見られたら通報ものだが、ここに放置するわけにもいかなかった。この女は彼の右目から出てきたのだから、彼が責任を持たねばならないのだ。ふと我に返ると、本当にこんなものがこの右目から出てきたのだろうか、と当然の疑念に囚われるのだが、しかし確かに右目の奥にじんじんと疼(うず)きが脈打ち、産みの苦しみの名残かとも思われるのだ。女の後ろに回り、両わきに腕を突っこんで抱えこむと、立ちあがって自室のほうへ引きずりはじめた。

　女を部屋に引きこむと、苦労の末にベッドに寝かせた。あちこちに手足をぶつけたというのに、女は呻(うめ)き声一つあげず、意識を取りもどす気配はなかった。あらためて呼吸や脈拍を見るが、やはり異常はなさそうだ。ベッドのへりに腰かけ、女の髪をそっと掻き分けると、ようやく顔が露(あら)わになった。磁器のように艶めく色白の端整な顔立ちをしていた。一重(ひとえ)の切れ長の目は、睫毛(まつげ)が濃く長い。頬骨が高く、鼻すじもくっきりとしており、こうと決めたらきかなそうな面差しだ。口元はどことなく剽軽(ひょうきん)そうで、人をからかうのが好きそうに見えた。確かにこの顔はマナだ。もし女の歳が彼と近いとすると、二十八ぐらいということになるが、化粧(けしょう)っ気がないせいかもっと若く清らかに見えた。

女の寝姿を見おろしながら、何秒か目を離したら、その隙に女が煙となって掻き消えているのでは、などと想像し、試しに玄関のほうに目をやってみたりするのだが、何度見ても女の存在は微塵(みじん)も揺るがず、匂いたつような肉体でベッドを占領していた。どういうことだ。マナは夢の女ではないのか。あちら側の女ではないのか。何千もの夢幻石が聳え立つ、滅びゆく世界の女ではないのか。しかしその不条理を黙らせる実在感を持って、女はしっかりとここに横たわっているのだ。

　あれこれ考えを巡らすうちに、いつのまにやら十二時を回っていた。睡眠薬を飲んで床に就(つ)く時刻だが、身中を隅ずみまで漁(あさ)っても眠気などかけらも見つけられない。それでも寝床には入りたかった。日常性の崩壊を押しとどめるものがあるとしたら、それはきっと充分な眠りに違いない。一夜明け、部屋に朝陽が射しこめば、ベッドが嘘みたいに空(から)になっているのを発見し、やはり夢の女は夢の女だった、一件落着ということになるかもしれない。窮屈だが、女をベッドの壁側に押しやって隣にもぐりこむか。とそこで、このアパートに移り住んだ当時に使っていた蒲団がまだ押入に入っているのを思い出した。

　押入から蒲団を引っぱり出し、ベッドの横に敷いた。寝間着に着がえ、歯を磨くと、いま一度ベッドの傍(かたわ)らに立ち、女をまじまじと見おろした。そっと手を伸ばし、女の頬に触れてみる。なんとなめらかな肌だろう。存在してはならない女を存在させるには、現実を超えた肌理(きめ)細やかな肌で包みこむしかないとでもいうふうだ。エレベーターの前から部屋まで運んでくるとき、服越しではあったが、やむなく女の胸には触れた。小さくもなく大きくもない、胸自体がそのふくらみに満足しているような胸だった。もし女の体にさわりたければ、いまなら思う存分その欲望を満たすことができる。しかしそういった情欲が燃えさからないのが、いまの彼なのだ。おそらく抗鬱剤の影響だろうが、打ちのめされ、心を病み、そもそも雄としての本能が痩(や)せ細っているのである。そうでなくとも、意識のない女の体を弄ぶなどということは、小心者の彼にはできないことなのだ。きょうのきょうまで、この部屋に女を入れたことはなかった。大学時代に一人だけ恋人をつくったが、それから七年ものあいだ、ろくに女に触れずに生きてきた。それがどうだろう。二十八になり、人生の底とも言える掃き溜めさながらの塒に、降って湧いたように美しい女が横たわっていた。

　睡眠薬を飲みくだすと、カーテンを閉め、電気を消し、蒲団にもぐりこんだ。きっと睡眠薬は効かないだろう。掻き乱された心を持てあまし、細切れの貧しい眠りを拾い食いするうちに、否応なく朝が来るに違いない。耳を澄ますが、女の寝息は聞こえなかった。本当にベッドの上にいるのだろうかと怪しむ気持ちが生まれ、暗がりで身を起こすと、やはり女はいるのだ。祭壇にでも祀られたみたいに、行儀よく仰向けになっているのである。

　いつもより遠い天井を見あげながら、夢のなかでの会話を一つひとつつまぐるように思い起こす。女は彼のことを眼人だと言っていた。力の弱い眼人だと。眼人は人びとの視線をたぐりよせることで、まなざしの道と呼ばれる異界への通路を歩かせ、夢幻石のなかに導くのだという。ということは、彼がその乏しい力を使って女をここに導いたということなのか。それが本当なら、ここは夢幻石のなかの世界ということになる。彼は石のなかで生まれ、石のなかで二十八年間を過ごし、いまこの瞬間もまだ石のなかにいるということになる。そして夢の女と思われたマナのほうこそが、嘘偽りのない過酷な現実の世界を生きてきた真性の人間ということになる。

　マナの言葉を信じるならば、夢幻石はあちら側におよそ七千七百あるとされ、それぞれの夢幻石が広大無辺な一つの宇宙を内包している。つまり彼が知っているこの世界は、七千七百あるとされる宇宙のほんの一つに過ぎない。千年前に始まった滅びの百年のとき、人びとは七千七百の宇宙に散らばり、夢見るようにまどろむように生きつづけた。しかし灰色の獣たちがやがて力を失い、世界が数百年かけて色を取りもどすと、まどろみから覚めた多くの者がふたたび眠人に導かれて石の外に出て、あちら側の世界で暮らすことを始めた。人類は二つの大きな流れに分かれたのだ。彼はこちら側で夢を見ながら生きつづけることを選んだ者たちの末裔(まつえい)であり、マナはあちら側で肌身に迫る現実とともに生きることを選んだ者たちの末裔であるらしい。こちら側のことをマナはまどろみの世界と呼んでいた。となるとあちら側は目覚めの世界ということになるのだろうか。

もし彼が本当に眠人なのだとしたら、母や亡き父もまたその素質があったのかもしれないが、二人が目覚めの世界から誰かを導いたとはとうてい思えないし、そもそもこの世界にそんな奇跡の力を持った者がほかに存在しているとも思えない。いや、目に映らないだけで、力を隠しながらどこかでひっそりと生きているのだろうか。右目から何人もの避難者を導き出し、どこかに匿(かくま)っている者が……。

五

夢に女が出てきた。隣のベッドで眠っているはずの女だ。女は彼とともに数十人はいるであろう老若男女の一群に交じって暗いトンネルのようなところを歩いていた。トンネルというより、土管のように上から下まですっかり丸い巨大な筒状の空間で、臨死体験者が見るというあの世へと至る道のようだ。彼方に小さい白い光が絶えず見えており、もしかしたらそれが出口なのかもしれないが、叶わぬ希望のように歩けども歩けども近づいてくる気配はなかった。みな亡国の流民(るみん)のように体の芯まで疲れはてており、一人また一人と頽(くずお)れ、脱落してゆく。とうとう女と二人きりになり、彼は心細くなってたびたび女に話しかけるのだが、女は聞こえたそぶりも見せず、思いつめた面持ちで黙々と歩きつづける。腕をつかんで引き留めようとするのだが、まるで幻影のようにつかんでもつかんでもつかみきれず、彼の手は空を切る。もしかしたら俺はここにはいないのかもしれない、とうの昔に行き倒れになって、魂だけがしつこく女のあとを追いかけているのかもしれない、そんなことを考えながら夢うつつの境をゆっくり踏み越え、目を覚ましたのだ。

　押入のほうを向いて眠っていたのだが、ふと背後に気配を感じ、寝返りを打った。ベッドのへりに腰かけた女が、やや首を傾げ、じっとこちらを見おろしていた。カーテンの隙間(すきま)から射しこむ仄かな月明かりに、女の潤(うる)んだ瞳が煌めいていた。女はもう夢のなかのように張りつめた顔をしておらず、彼が目を覚ましたことを喜び、かすかに頬笑んでいるようだった。なんとはなしに妙な気持ちになってきた。彼が眠り、女が見つめる、この構図がすでに幾度もくりかえされてきた、二人のあいだの儀式のような感じがしたのだ。女は彼が視線に過敏であることを承知しており、まなざしによって目覚めさせようと試みたのかもしれない。だとしても、起こされたことに少しの不快も感じなかった。それどころか、夜更けの淋しさ切なさを二人でこらえているような親密さが、暗がりに満ちてくるのを感じていた。

　ふと、女はいつものように蒲団にもぐりこんでくるだろう、と出どころの知れない予感が兆(きざ)した。果たして、女は傍らにひざまずくと、慣れたような身の運びで隣にするりとすべりこんできた。女の体は夜気に染まってひんやりしていた。彼は女の首元まで掛け蒲団を引きあげると、背中に手を回して抱きよせ、二の腕をさすり、温めてやった。その自分の動きまでもが、骨身に刻まれた約束事のように思われた。女の顔がすぐそばにあり、鼻先が触れあった。女のなまあたたかい吐息が頬をくすぐった。恐るおそる女の目を覗きこむ。その瞳は黒く深く、長く見つめていると、女が暮らしたあちら側の世界にすべり落ちてゆきそうな気がした。

「起こした？」と女が囁(ささや)いた。そのひと言で彼は初めて女の生の声を聞いたはずなのに、その声は少しの戸惑(とまど)いもなく耳の奥に居場所を見つけたようだった。

「いや、まだ眠ってる」と答えた。

「いつ目を覚ますの？」

「覚まさないよ。ずっと眠りつづけてきたし、これからも眠りつづける」

「そうだったね」と女は頰笑んだ。

女の体はすぐに温まってきた。その稀有(けう)であるはずの温かさに、なんの違和感もおぼえないのが不思議だった。独り寝に慣れきって、他人のぬくもりを拒む衝動が肌身に染みついているかと思われたのに、そんなものは孤独者が患(わずら)う幻に過ぎなかったようだ。いや、俺はそもそも孤独なんかじゃなかったのかもしれない。もう何年もこの女と一緒に暮らしてきたのかもしれない。そんな思いが脳裏で首をもたげ、当たり前の顔で居座りつつある気がした。

女が手を伸ばし、そっと胸に触れてきた。その手つきは、彼の病(や)み疲れた心をなだめているようだった。女は胸をゆっくりさすりながらわずかに口を動かし、世界がまだあどけない子供だったころにつくられたような子守歌で彼の眠りを誘う。「小鳥が眠るのは、春の梢(こずえ)、子山羊(こやぎ)が眠るのは、夏の木陰(こかげ)……」。初めて聞くはずのその歌は、くりかえされるうちにどんどん記憶の底に沈んでゆき、やがて赤ん坊のころから聞き馴染(なじ)んだような懐かしさを帯びてきた。

彼はみずからのさがる瞼(まぶた)を眺めながら、ああそうか、という気づきを胸によぎらせた。女を、あちら側からの来訪者を、匿う必要などそもそもなかったのだ。何も案ずることはなかった。女は最初からここに、この世界に、いたのだ。夢幻石はそうやって人びとをまどろみの世界に受けいれてきた。新たな者がやってくるたびに少しずつ身をよじって隙間をつくり、時間を遡(さかのぼ)ってささやかな居場所を与える。そうか。そういうことだったのか……。

　そのあとの眠りは深かった。いつもは六時ごろには眠気から突きはなされ、後腐れのような惰眠にしばらくしがみついたあと、いまかいまかと気にかけながらようやく七時半に目覚ましを聞く。それがその日は、文字どおり目覚ましの音で目を覚ましたのだ。

　枕元のスマホを手さぐりでつかみ、目覚ましを切りながら、あれ、と思った。部屋の景色が違ったのだ。一瞬、どこにいるか見当を失ったような感覚に陥った。なぜ床に蒲団を敷いて寝ているのだろう。ベッドがあるはずなのに。寝惚け眼で視線を走らせても、そのベッドが見つからない。そのかわり、六畳間に蒲団がふた組敷いてあるのだ。片方には彼がおり、もう片方にも誰かが眠った形跡はあるが空っぽだ。

　玄関のほうで物音がし、はっと身を起こして目をやると、女がトイレから出てきたところだった。彼が目を覚ましたのを見て、頰笑みながら「おはよう」と声をかけてくる。その瞬間、意識が真っ二つに両断され、右目と左目で違う世界を眺めているような感覚に襲われた。あの女のことはもちろん知っていた。昨夜、エレベーターのなかで突如として右目から黒煙が噴き出し、それとともに女が現れたのだ。それをこの部屋まで引きずってきてベッドに寝かせたのである。そのベッドが消えていた。通販サイトで三万円かそこらで買ったはずのベッドが。と同時に、買ってみたらどうだろうと空想に耽っただけで、そもそもベッドなんか買わなかった気もしてくるのだ。実際、絨毯を見てもベッドの脚の跡などないのである。彼のなかでベッドのある世界とない世界とが同時に並び立ち、どちらにも転びきれずに心が宙吊りになっているように思われた。

　しかしその始まりがいつであれ、彼がいまこの瞬間、この部屋で女とともに暮らしていることは確かな事実なのだ。そしてそのことに彼の気持ちは明らかに浮き立っていた。長らくこんなふうに一日の始まりを喜ぶ気持ちで朝を迎えたことはなかった気がした。目をこすりながら女に笑顔を向け、「おはよう」と返した。女はなんの含みもない澄んだ声で「朝御飯だよ」と言った。その初めてであるはずのやりとりもまるで当たり前のように胸に落ち、女があちら側から彼のまなざしの道を通ってここにたどり着いたという本来の記憶が、ひどく馬鹿馬鹿しい絵空事のように思われてきた。

ダイニングキッチンには彼の知らないローテーブルが出ており、朝食が並んでいた。ピザトーストに目玉焼き、ブロッコリーやミニトマトも皿に載り、コーンポタージュの香りが漂っていた。トイレをすませ、顔を洗うと、女と向きあって食卓についた。眠っている女は美しかったが、目覚めている女はもっと美しかった。血の気の薄いような青白い顔をしているのだが、よく見れば、どんな飾り立てもいらない真っ正直な面差しをしていた。昨夜、眠っている女の存在はこの世界にひらいた傷口のように異様ななまなましさで迫ってきたが、いま目の前にいる女は、この部屋に、そしてこの世界に、なだらかに溶けこみ、調和しつつあるように見えた。

彼は女のつくった朝食を素直に褒(ほ)めた。女はこんなものは料理とは言えないと答えたが、彼としてはひさしぶりに味や香りのあるものを口に入れたような気がしたのだ。いつのころからか、旨(うま)いとも不味(まず)いとも思わないものをただぼそぼそと体に押しこむみたいに食べるようになっていた。それとも一人喰いの侘(わび)しさが、日々の食事から味や香りを奪っていたのだろうか。いや、一人喰い？重たく抱えこんでいたその孤独と倦怠(けんたい)と苦悩の記憶が、女を前にすると、起き抜けの夢のように刻一刻と色褪(いろあ)せ、霞んでゆくようだった。

しかし彼は、それ以上、女とどんな話をしたらいいかわからなかった。女と過ごした数々の夢を思い起こし、そこから話題を拾ってくることもできたが、夢幻石であるとか、灰色の獣たちであるとか、滅びの百年であるとか、そんな御伽噺めいた遥か彼方の災厄は、いま二人を押し包む、まださだまりきらない日常を徒に揺さぶり、ひびを入れるものに思われた。それに、女の心もまたこちら側の世界にすでに根を張りはじめているに違いなく、入れかわりであちら側の記憶を薄れさせつつあるのではとも案じられるのだ。二人のあいだにしばらく沈黙が続いたあとで、その沈黙が少しも不快なものでないことに気づいた。その言葉の空白は、慌ただしく埋められねばならない真空などではなく、すでに、長い歳月をかけて培われたかのような気安さやくつろぎといったもので満たされていたのだ。

と、そのとき不意に、ごうん、という大きな重たい音が轟き、二人のはらわたを揺らした。この町の遥か上空で天球ほどもある巨大な鐘が撞かれたかのような、広大無辺の広がりを持った、しかしどこか不穏な音だった。二人ははっとして目を見あわせた。

「なんだろう」と彼がつぶやくと、女は目色にかすかな怯えの影を走らせ、

「なんだろうね」と言った。

それきり音は鳴らなかったが、彼の心にしばらく余韻を引き、命の底を蝕む鈍痛のようなものを残した。

六

それから四十年という歳月が流れた。彼は六十八、真奈は六十七になっていた。彼の視線への苦手意識は相変わらずだったが、もはや〃ざわめき〃や滅びの夢に悩まされることも稀になり、海辺

の町で真奈とともに満ち足りた暮らしを営んでいた。子供も二人生まれたが、もうとうに家を出て、それぞれ独り立ちしていた。

長男の晴之(はるゆき)はすでに結婚し、子供も二人生まれ、いま東京で暮らしている。二人の孫はともに女の子で、上の子は最近ダンスとピアノを習いはじめたとかで、映話(えいわ)をしながらあどけない練習の成果を見せてくれる。下の子はまだ二歳だが、やたらに口が達者で、人に歳を訊かれると三歳だの四歳だのとへんな見栄(みえ)の張り方をする。ときおり一家で顔を見せに来てくれると、あまりの孫の可愛さに彼も真奈もずっと笑いどおしだ。

長女の明日香(あすか)は神戸の大学を卒業したあと、そのまま大阪で就職してしまい、年に一、二度しか帰ってこない。どこでどう知りあったものか、いまはひと回りも歳嵩のジャズピアニストと同棲(どうせい)しており、彼も真奈も気を揉(も)んでいる。試しに相手の演奏する動画をいくつか視聴してみたのだが、どれもこれも難解で聴くのに骨が折れ、こんなものが果たして飯のタネになるものやらと先が危ぶまれるのだ。しかし明日香のほうが男にすっかり御執心(ごしゅうしん)らしく、まあそんな人生もあるかと半ばあきらめ、彼も真奈も老いた嘴(くちばし)を容(い)れるのをこらえているのである。

彼と真奈は、二人で暮らしはじめたころから三度、家を移ったが、いまだにＤ市の海のそばに住んでいる。最初は狭苦しい１ＤＫのアパートで、いまは５ＬＤＫに六坪の庭までついた二階建ての一軒家だ。さらに海に近くなり、潮風に吹かれながら五分も歩かぬうちに太平洋を望むことができる。真奈は港町で生まれ育った女だから、海から離れるのをひどく嫌い、死ぬときも波の音を聞きながら逝(い)くつもりだ、などとおどけて言ったこともある。その言葉を思い出すと、波打ち際にぽつんと一つだけベッドが置かれた寂寞(せきばく)たる光景が浮かんでくる。よせては返す波に脚を洗われるベッドの上に、真っ白になるまで歳を重ねた真奈が横たわり、あらかじめ約束を交わした死の来訪を待ちうけるようにじっと目をつぶっている。そしてそのときが来ると、真奈はゆっくり目を見ひらいて身を起こし、ベッドからおり、鏡のように凪いだ海の上を一歩一歩、完璧な波紋をつくりながら奇跡のように沖へ沖へと歩いてゆく。もしかしたらその先で、もう何年も前に逝った彼が真奈の来るのをずっと待っているのかもしれない。

真奈は房総半島のとある港町とあちら側の港町の両方の記憶を持っているようだが、夢幻石の手際が悪いのか、どちらも充分に明瞭とは言いがたく、古い話になると彼女はしばしば戸惑いの表情を浮かべる。どちらが事実かと言うより、どちらも夢のように朧気で、無理に思い出そうとすると記憶の底が抜けてしまいそうな気がして怖いのだという。彼もまた、二十八のときに右目から真奈が現れたという記憶とともに大学時代に飲食店のバイトで二人が知りあったという記憶も持っている。人に訊かれたら、もちろんバイト先で知りあったと答えるし、そのときはほとんどそんな気でいるのだが、しかし少し時間が経つと、追いやったはずの絵空事めいた記憶が暗がりで頭をもたげ、俺を忘れるなとこちらを睨みつけてくるようなのだ。いずれにせよ、彼と真奈の若いころの記憶は頼りなく、しばしばうまく話が嚙みあわない。だからといってなんの問題があるだろう。その記憶の曖昧さこそが逆説的に彼ら二人だけの記憶であり、それゆえにこそ彼には真奈しかいないし、真奈には彼しかいないのだ。

彼は二十九のとき、抗鬱剤を飲みながら書きあげた『最果ての川』という長編で小説家としてのささやかな人生を始めることになった。以来、十六冊の長編、九冊の作品集、一冊のエッセイ集を世に出した。〝ライターズ・ライター〟などと評された苦しい時期もあったが、その後、地味ながらいくつか文学賞を取り、映画化された作品もある。売れっ子にはほど遠いものの、いつのころからか人に職業を訊かれて小説家と答えることが苦ではなくなった。老小説家が言ったように〝正直〟になることを学んでこられたかどうか自信はないが、そもそも世間に阿るほどの器用さを持ちあわせておらず、物語の名指しを待つという、ある意味で真っ正直な書き方はいまに至るも変わらない。真奈は普段、小説を読まないが、彼の作品だけはゆっくりと時間をかけて何度も読んでくれる。しかし彼女は何かにつけて彼に甘く、褒めるばかりであまりいい読者ではないようだ。

　部屋は空いているが、二人は同じ六畳間に蒲団を並べて眠る。もう体を重ねることはないものの、ときには手をつないで寝ることもある。毎週のように一緒に映画館に出かけるのだが、そのときも暗がりで手をつないでいる。朝食後、毎朝二人で、腹ごなしに散歩に行くのだが、まわりに人がいないとやはり手をつなぐこともある。だいたい彼のほうから手を伸ばすのだが、そうせずにいると真奈のほうからつないでくることもある。いつかつかむ手を見つけられなくなる日が来るなどと不意に想像してしまい、淋しさのあまり闇雲に強く握りしめてしまうこともある。そんな彼の気持ちを察しているかのように、真奈は痛そうな顔一つしない。


　しかし平穏な日々がいつまでも続くわけではなかった。いつものように二人で散歩に出たとき、見ることをずっと恐れてきたものをとうとう見てしまったのだ。

　気持ちのいい朝だった。水を張ったように青々と晴れわたる空の下、四月の陽気が二人を包んだ。歩きながら真奈と手をつないだ。しきりにさえずる鶯が、まだ幼いのかずいぶんつたない鳴きっぷりで、「まだまだだねえ、この子は……」と言って真奈が笑った。潮風に向かって県道を歩き、階段をのぼって堤防を越えると、海辺の公園だ。遊歩道が緑を縫いながら東の砂浜のほうへと続いている。地面が煉瓦色に塗られた楓の並木道を歩いていると、いまを盛りと新緑の葉を繁らせているはずの樹々から、枯れ葉のようなものがはらりはらりと落ちてくることに気づいた。訝しく思って一枚拾いあげると、枯れ葉は枯れ葉だが、灰色に枯れている。季節はさておき、茶色く枯れるならまだしも、色を奪われたように灰色になるのはこの上なく不吉なことだ。しかもそこらじゅうにそんな病みはてた葉が散らばっているのである。葉を握りしめると、ぱりぱりと薄氷のような音を立てて砕け、なまあたたかい春の風にさらわれていった。

「とうとう来たみたいだ」と彼はやっとの思いでつぶやいた。声が震えていた。

真奈は呆然たる面持ちでしばらく言葉を探すふうだったが、結局、か細い口ぶりで、何かにすがりつくように、

「まだ時間はあるよ」とだけ言った。

もう時間はない、と聞こえた。どう話をつないだものかわからなかった。愕然とする気持ちが胸底に冷たく広がってきた。真奈がこちら側に来て以来、この世界は、というよりこの夢幻石は、四十年もの長きにわたって灰色の獣たちの襲来に耐え、人びとを守ってきた。彼の知らない多くの眼人たちの導きによって、真奈のほかにもおそらくは少なくない避難者がこちら側に逃げこみ、この世界で産声をあげたかのような何喰わぬ顔で暮らしてきただろう。みなきっとあちら側での記憶が薄れ、夢幻石などというものは、灰色の獣たちなどというものは、すべて幼き日の夢のようなものだと心の片隅へと追いやってしまっていたのではないだろうか。しかしわかっていたことなのだ。彼も真奈も、心の芯の部分にいつかこんな日が来るという小さな痼りを感じながら生きてきたのである。

そのとき出し抜けに、ごうん、と天が轟いた。青空が割れるかというほどの大きな音だったが、不思議なことに行きかう人びとは誰もはっとして立ち止まったり、驚愕の顔を見あわせたりしないし、子供が泣きだしたり、犬が吠えはじめたりもしないのだ。この音は四十年前からときおり鳴り

響き、しだいに頻度と音量を増しつつあるように思えるのだが、二人以外の誰かが、あるいは何かが、気に留めるところを見たことがなかった。これはきっと夢幻石が襲撃を受けることの証に違いない。しかし夢幻石は、不治の病の宣告を避けるようにそのことを人びとに悟らせまいとし、みなの耳を上手にふさいでいるらしい。いっそのこと二人の耳をもふさいでくれたらよかったのだが……。

　世界が徐々に冒されてゆくのを見とどける日々が始まった。夏を前に、鬱蒼と生い茂った樹々は日を追うごとに灰化し、みるみる葉を落としていった。常緑樹である楠や金木犀までが丸裸になり、幹も泥を塗ったように色を奪われ、立ち枯れていった。みなが犬を走らせたりバドミントンやフリスビーで遊んだりしていた芝生もまた、二日三日のうちに一面灰色になり、本当に灰が降り積もったかのような荒涼たる景色に一変した。人びとはそんなあからさまな変化にも気づかない様子で、普段どおり公園を満喫しているようだったが、しかしよくよく見れば、人影が少ないようでもあり、遊ぶ者たちの顔もそこはかとなく陰気で、笑い声もひっそりとしているのだ。

　二人は遊歩道から逸れて、たびたび汀を歩くのだが、ある朝、灰色に濁った大きな海月がどこまでも続く飛石のように無数に浜辺に打ちあげられているのを見た。いや、海月ばかりではない。灰色の海草の切れ端、灰色の魚の死骸、灰色の海鳥の死骸……。魚の死骸なんぞ見つけようものなら決まって烏の群れがつつきだすはずなのだが、なぜかあの貪婪極まりない鳥たちでさえ灰化したものには見向きもしないのだ。

　浜辺の東側の公園にたどり着くと、にわかに南国風の景色が広がるのだが、あちこちに密生する蘇鉄が軒並みやられてしまい、たびたび見かけた野良の三毛猫もその根元で灰色になって転がっていた。あるとき、公園の南側にある灰色の松林の上を、夥しい鳥が大群をなしてうねるように飛びまわっているのが目に入った。夏が始まろうというのに椋鳥（むくどり）でも群れているのだろうかと訝しく思ったが、カメラで撮ったものを拡大して見ると、椋鳥などではなかった。ひと回り大きく、背中の羽が刺々（とげとげ）しく逆立ち、黒ずんだ嘴が裁ち鋏（たちばさみ）のように鋭く長く、しかも全身に灰をまぶしたようないやらしい姿だった。これはまさに灰色の獣たちの眷族に違いない。生きとし生けるものはみな、灰化による死を乗りこえると、姿かたちを醜く変容させて、新たなる灰色の獣たちとして世界を蝕む放浪の旅に加わりはじめるのだ。

　影響は日に日に広がってゆく。あれほど楽しみにしていた孫との映話の最中にも、画面がちらちらと灰色に瞬くようになった。「映像がなんだかおかしいねえ」と問うてみても、息子の家族は誰一人そのことに気づかないか、あるいはまったく頓着（とんちゃく）しない様子だ。画面の灰化は瞬く間に悪化し、テレビ、パソコン、携帯端末などなどすべてに及びつつあるにもかかわらず、世間はまったく騒ぎたてる気配がなく、そのことがさらに恐ろしさに輪をかける。なかには二人のように灰化に気づいている者もいるはずだが、きっと滅びの進行を押しとどめるすべもないままに、鬱々として黄昏の日々を過ごしているのだろう。

　いよいよ人間の灰化が始まった。色を失った人間が道端に倒れているのを見かけるようになったのだ。誰も助けようとはせず、それどころか気に留めようとすらせず、みな冷ややかに傍らを通りすぎてゆく。歩道を横切るように倒れていると、人びとは灰色の体をまたいで歩みこえてゆくから、見えてはいるのだろうが、しかしやはり犬の糞（ふん）でもよけたかのように一顧（いっこ）だにせず立ち去ってゆくのだ。彼と真奈も、まただ、ここにも、あそこにも、といちいち心を痛めるのだが、だからと言ってできることは何もないのである。灰化した人間は数日のあいだはそこに横たわっているが、やがて本当の灰のように崩れ去り、風にさらわれるなり雨に流されるなりしてこの世から消えてしまう。

　しかしやはりなかには生きのびる者もある。行き倒れのように何日もそこらに打ち捨てられたあと、あるときのそりと立ちあがり、新たなる灰色の獣たちの一員として町々をさまよいはじめるのだ。そんな灰人たちは、ひと言も言葉を発せず、心などひとかけらも持たぬふうでありながら、どこかで仲間を求める本能が働くらしく、一人また一人と集まってやがて集団をなし、死者の群れのように緩慢な足どりで昼夜の別なく徘徊しつづける。意外にも灰人たちが直接的に人間を襲うことはなく、ただ死んだ目でのろのろと歩きまわるばかりなのだが、それでもこの世界に害を及ぼしていることは間違いない。おそらくは灰化という悪疫の尖兵として目に見えない病毒を撒き散らしながらさすらっているのだ。

　また灰人たちは、灰色の獣たちの例に漏れず、やはりしだいにその姿かたちを変容させてきている。初めはただ色を喪失した人間という風体だったものが、異様に両腕が肥大化し、類人猿のように拳を地面に突いて歩いている者もいれば、脚が妙な具合にひん曲がって飛蝗のように跳躍しながら移動する者もいる。また、座頭虫のように手足が細長く伸び、背丈が三メートルほどにもなった者もいるし、鰐のような立派な尾を生やして腹這いになって進む者もいる。

　灰人たちの外見や生態も異様ではあるが、それを取り巻く健常な人びとの反応はまったくもって不可解だ。異形の灰人たちの群れと出くわした人たちは、相変わらずなんらの恐れも驚きも示さないまま、器用によけて通るなり立ち止まってやりすごすなりするのである。それは車に乗る者たちも同様で、勝手気ままに道を横切ってゆく灰人たちを轢き殺すこともなく、上の空のような面持ちで自動運転にまかせて停車し、行列が横断しきるのを待ったりする。つまり人びとは、灰色の獣たちをしかと認識することができないままに、自分たちの暮らし、自分たちの世界を、侵食されるにまかせているのだ。

それでも彼と真奈は毎朝の散歩を欠かさない。家に籠もっていたところで滅びを止めることはできないし、それどころか、あちら側の存在を知る数少ない人間として、灰化の進行するこの世界の行く末を見とどけねばならないという奇妙な義務感までおぼえるようになっているからだ。それに何より、海を見ない日は気がふさいでやりきれないと真奈は言う。歩けば歩いたで、世界を冒す腫瘍の拡大を見るようで胸の軋む思いがするのだが、世の終焉の足音を聞きながら、不思議なほど二人の心は落ち着いてきている。夢幻石はありったけの力を駆使して人びとの目を滅びから逸らそうとしており、どうやら二人もまたその影響から完全に逃れているわけではないようだ。おぞましい姿の者たちとすれちがっても、首元まであきらめに浸ったような気持ちで手をつないだまま、いつもどおり、いまだ美しさを失いきらない海辺を歩きつづけることができるのだから。

しばらく経つと、滅びは二人の暮らしにも容赦なくつめよってきた。ずっと恐れていたことではあるが、息子一家ととうとう連絡もつかなくなったのだ。端末から連絡先が消え、それどころか一家の映った動画や画像までがそっくり失われてしまった。半狂乱の思いで家を訪ねたが、見も知らぬ表札がかかっており、二人でしばし呆然としてしまった。一家で灰化してしまったとしか考えられない。あちら側からの避難者が夢幻石によって時を遡って居場所を与えられるように、どうやら灰化した者は同様に時を遡って居場所を奪われるらしい。あれほど生きることの素晴らしさを愛らしく体現していた孫たちが、息子夫婦とともに存在の根底から無に帰してしまったのである。夢幻石は何がなんでも滅びゆくこの世界の綻びを繕いつづけるつもりのようだ。いまや息子たちがこの世に存在したことを記憶しているのは、彼と真奈だけになってしまった。しかし恐ろしいのは、二人の心のなかからも、四人の記憶が日に日に薄れていったことだ。ある朝、目を覚ますと、どうしても孫の顔が思い出せなくなっていた。次の日には息子夫婦の顔も記憶から消えていた。さらに次の日には、二人のあいだに息子がいたということがただの夢だったように思われ、それがこの世界の優しさなのだろうか、喪失の悲しみまでがやわらいでいった。

　やがて大阪で暮らす娘とも連絡が取れなくなり、同じように顔を思い出せなくなった。端末を漁り、思い出すよすがを探そうと試みるも、やはり娘の痕跡は老いた頭のなか以外のどこにも見つからない。いまや外に出れば、灰色の獣たちを見かけない日はない。街角ごとに灰化した人間が転がっているが、もし他人の家を好きなように覗くことができるなら、さらに多くの犠牲者を見つけることができるのかもしれない。見おろせば、猫ほどもある灰色の鼠が群れをなして側溝（そっこう）を駆けまわり、見あげれば、ハンググライダーほどもあるだろう巨大な怪鳥が高みを旋回している。灰人たちは三、四体が融合してますます奇怪な姿へと変容し、人間だったころの名残は日一日と失われてゆくようだ。正体不明の轟音は一時間と間をあけずに鳴り響き、それを聞くことができる二人は、もはや驚いて身を竦（すく）ませることもないが、夜の眠りを細切れにされる不安な日々が続くのだ。それでも二人はまだ、海辺の道を歩くことをやめない。ほとんどの樹々はすでに色を失ってしまったが、空はまだ青く、海もまた色をとどめていたからだ。

七

とうとう真奈の灰化が始まった。ある夜ひたいに灰色の痣（あざ）のようなものが現れたかと思うと、翌朝にはその灰色がほぼ全身をおおいつくしていた。ひどい倦怠感を訴え、立ちあがるのもひと苦労のようだ。何も食べることができず、小鳥のようにわずかばかりの水で喉を湿らすだけになってしまった。次から次へと押しよせる苦悩にもはや涙が涸（か）れはてたかに思われたが、彼がこらえきれずに嗚咽（おえつ）を始めると、真奈はそよ風のようにかすかな声で、

「泣かないで……」と囁いた。「あたしを海に連れていって……」

「うん。そうしよう……」と囁きかえす。「一緒に海に行こう」

真奈の灰化が始まったということは、ともに暮らす彼も遅かれ早かれ灰化するということだ。体が動くうちに真奈を海に連れてゆかねばならない。彼は車で海辺の公園まで真奈を運んでゆくと、そこからは汗だくになりながらどうにか彼女を背負っていつもの浜辺まで連れていった。例年であればハマゴウが砂地に紫の可愛らしい花を咲かせているはずだが、いまとなっては浜辺に彩りを見つけることはできない。命の絶えはてた砂漠さながらの荒涼たる景色が広がるばかりだが、真奈が求める海はまだかろうじて色を残していた。

日は傾いていたが、砂浜はまだ存分に真夏の太陽の熱を含みこんでいた。浜辺にへたりこむと、真奈の体を横たえ、膝枕をしてやった。砂が熱くないかと聞くと、熱くないと真奈は言う。体が無闇に重たいだけで、熱くもないし痛くもないし苦しくもないらしい。真奈は横になったまま沈みゆく夕陽に遠い目を向ける。

「そう言えば昔もこんなことがあったね」と言うと、真奈もかすかにうなずいた。

思いを馳（は）せるのは、真奈とのもっとも古い夢の記憶だ。最果ての夢幻石のてっぺんに青い屋根の家がぽつんとたたずみ、傍らに赤い実のなる樹が立っていた。大海原に向かって何十メートルもある桟橋が中空に伸び、まだ子供だった二人はその突端に腰をおろし、寄り添いながら暮れなずむ夕

空を眺めたのだ。

「あのころは俺たちもまだ子供だったなあ。そして幸せだった。もうすでに世界の終わりは始まってたっていうのに……」と言うと、真奈は体を少しだけ揺らし、声もなく笑った。

「もう一度あのころに戻りたい？」と聞くと、真奈はゆっくりとうなずいた。「俺もだよ。夢のなかで真奈と一緒にたくさん旅をしたねえ。何十回、何百回となくたくさんの夢を一緒に見て、本当にいろんなところに行ったねえ。どこに行っても灰色の獣たちの気配はすでに忍びよっていたけど、それでもまだ俺たちの胸のなかには、希望の小さな花が萎れずに咲いてたんだ。ある日あるとき、突然、奇跡みたいなことが起こって、すべてがいいほうに転がりはじめるんじゃないかって、まだ思ってたんだ。あのころに戻って、もう一度、人生をやりなおすことができたらなあ。いや、もう一度だなんて言わない。何度でも、何度でもやりなおせたらなあ」

　真奈は弱々しく瞬きをした。小さな涙が左右の目尻に煌めき、こめかみのほうにゆっくりと流れていった。

　とそのとき、ひときわ大きな音が天地をどよもし、真奈の体をわずかにびくりとさせた。彼は顔をあげ、あたりを見まわした。いつのまにか、朱に染まった水平線を汚しながら、夥しい小さな影が見わたすかぎりびっしりと並びあらわれていた。その無数の影は、ゆっくりとではあるが、海の上をこちらに向かって押しよせてきているように見えた。しかしながら、それらは船影のようではなく、適当に泥から捏ねあげたものを並べたかのごとくかたちの不揃いなものの寄せ集めのようだった。彼は思わず「ああ……」と呻きを漏らした。どこから侵入したのかはわからないが、千姿万態の巨大な灰色の獣たちが、群れをなして海を渡ってくるものらしい。ここ数カ月にわたって目にしてきた異形の者たちは、やはり挨拶がわりの露払いに過ぎなかったようだ。二人はここに至ってようやく、一つの町が、いや、一つの世界が、いかにして滅ぶかを目(ま)の当たりにしようとしているのだ。

もっとも早く陸にたどり着いたのは、長大な翼を持った、旅客機ほどもあろうかという灰色の獣だった。全身がフジツボのようなごつごつとした鱗(うろこ)でおおわれ、頭部から背中にかけてはヤマアラシのような刺々しい角がびっしりと生えている。鰐のような口元には鋸歯状(きょしじょう)の鋭い牙がずらりと並び、その上にはカメレオンのような半球状の目が何対も突き出し、そのまなざしのいくつかは素早く動いて砂地にへたりこむ二人を一瞥(いちべつ)したようにも思われた。帆のように柔らかそうな皮膜を張りわたした二対の翼は、トンボのように前後で交互にゆったりと羽ばたき、地上にまで風を送るようだ。波打つ蛇腹状の腹部の両わきからは鉤爪(かぎづめ)のついた四本の脚がだらりと伸び、先端のささくれだった長い尾は鞭(むち)のようにしなりながら胴体についてゆく。そんな触れたものすべてを切り裂かずにはいられないような剣呑(けんのん)きわまりない姿が、二人の頭上を悠然と越えてゆくのだ。見わたすかぎり少なくとも数十頭はおり、灰人たちの融合体であるせいなのか、どうやら一頭一頭、形態も大きさも異なっているようだ。はらわたを揺らすような低い唸り声を下界に振りまきながら、我先にと海岸線を越えて町の上空に飛びこんでゆく。人びとはこれまで灰色の獣たちを努めて意識の外に追いやってきたが、あんな巨大な獣たちがいっせいに襲来してきてもなお、脅威に気づかずにいることができるのだろうか。

不思議なことに、彼はこうして身に迫るやつらを目にしながら、恐怖する充分な気持ちをみずからのなかに見つけることができなかった。やがてやつらの本隊がこの浜辺に上陸し、二人を襤褸切れのように踏みにじるであろうことは確実と思われるのに、心が妙に穏やかなのだ。真奈を見おろすと、目尻をかすかに光らせながらも、むしろうっすら頬笑んでおり、彼と同様、やつらを恐れていないことが読みとれた。

彼は真奈の手を握りしめ、

「ついこないだ書き終えたばかりの作品の話でもしようか」と言った。

真奈がうなずいた。

「実を言うと、この作品は高校生のころに一度、書こうとしたことのある話なんだよ」と彼は語りはじめた。『まなざしの樹』というタイトルで、言うなれば俺の処女作でさ。でもうまくいかなかった。全然うまくいかなかった。早過ぎたんだな。物語ってのは、思いついたからっていつ書いてもいいってわけじゃない。自分のまわりを漂っている物語が、彗星みたいにいちばん近づく瞬間を待たなきゃならないんだ。ほら、遊歩道の樹々が灰色の葉を散らしはじめた日があっただろう？あの日を境に、急に五十年以上も前に初めて書こうとした古い物語がぐっと近づいてきたんだ。まるで俺という小説家の始まりと終わりが輪になってつながったみたいにさ。

まず、世界の中心に、一本の大きな樹が立ってる光景を想像してみてほしい。大きいって言っても本当に大きいんだ。高さは何千メートルもあって、富士山みたいに何十キロも離れたところから、その偉大な姿を眺めることができる」

真奈に物語を語り聞かせているあいだにも、海を渡ってきた灰色の獣たちが続々と浜辺に接近しつつあった。灰色の獣たちはまるで水溜まりの上を歩くかのように、平然と海の上を進軍してくる。体高が三〇メートルにも達するかと思える、異様に脚の長い象のような生き物、前屈みになった背中からちょっとした雑木林を繁らせたような猪のごとき面構えの巨人、三対の脚を持った巨大な蟻食のような獣、悪魔のように拗くれた角と瘤だらけの背中を持った蝦蟇のような生き物……優に数千体は数えるであろう灰色のおぞましい怪物たちが、巨大な体軀を持てあましたような緩慢な足どりで、しかしどこかひたむきな面持ちで一体また一体と陸にあがりはじめた。

彼は砂浜に座りこんだまま、真奈とともに呆然とその途方もない光景を眺めていた。甲羅から無数のトゲを生やした巨大亀のような一頭などは、二人から二メートルほどしか離れていないところに上陸し、眠たげなまなざしをどろりとこちらにくれたあと、砂を跳ね散らかしながら横をすりぬけていった。町にはびこる灰人たちと同様、こいつらも人間を襲撃することはないのだろうか。それとも真奈がすでに灰化しているせいで見のがされたのだろうか。しかし俺はまだ灰化していないが、と考えたところで、ふと左肘のあたりに灰色の痣を見つけた。ああそうか。俺ももう灰化が始まっているのか……。

彼は真奈の顔を見おろし、微笑を浮かべ、

「大丈夫みたいだ」と言った。「こいつらは、なりは大きいけども、どうやら俺たちの世話を焼こうとは思ってないようだよ」

真奈が弱々しくうなずき、口をかすかに動かした。耳を近づけると、砂を撫でるようなかすれた声で「続きを……」と聞こえた。

「そうだったね。まだ途中だったね」と彼はふたたび語りはじめる。「その身に無数の目をまとったまなざしの樹は、何千年ものあいだ、ありとあらゆるものを隈なく見つづけてきたせいで、人間の思いつくどんな問いにも答えることができると言われてるんだ。でも恐ろしいことに、まなざしの樹に問いをぶつけた者は、その答えと引き換えに命を落としてしまうとも言われてる。だから樹に問いかける者は、不治の病に罹った者や、そもそも死を望んでる者や、もういつ死んでも構わないと腹をくくってる年老いた者ばかりなんだ。そういった者たちが、人生の最期にせめて究極の真理を得ようと、世界じゅうから樹を目指して旅立つんだよ」

彼が話しつづけるあいだにも、灰色の獣たちが絶えることなく砂浜に上陸しては堤防を破壊したりまたいだりしながら市街地に踏みこんでゆく。どの一体をとっても二人を踏みつぶすなり喰い殺すなり好きなようにできたはずだが、人間が道端にひっくりかえった虫けらにわざわざとどめを刺さないように、やつらもまたちっぽけな二人になど見向きもせず通りすぎてゆくのだ。爛(ただ)れたように燃えさかる太陽はいよいよ山際に落ちかかり、彼方の空を橙色(だいだいいろ)に染めあげ、雲ぐものあいだでは薄紅色(うすべにいろ)と群青(ぐんじょう)がせめぎあっている。刻一刻と暗くなりゆく海上を、やつらが大小様ざまの無数の鈍(にび)色(いろ)の影となって、一心に陸地を目指しつづけている。背後の町では、ときおり凄(すさ)まじい破壊音が鳴り響き、交通事故や火災や爆発も起きているのだろう、あちらこちらに黒煙があがりはじめた。堤防の向こうからかすかに人間の悲鳴も聞こえるようになった。もはや夢幻石の隠蔽(いんぺい)能力が限界に達し、ここに至ってようやく人びとは、滅びの現実を目の当たりにしはじめたに違いない。世界を揺るがす轟音はいまやしきりに鳴りつづけていて、何度も何度も彼の物語を邪魔するから、もしかしたら真奈にはもう話が聞こえていないんじゃないかと思うのだが、声が途切れると彼女が怖がるような気がして、彼は語りつづけるのだ。

「とある村で、奇妙な病が流行(はや)りはじめた。いや、その村だけじゃない。国じゅうで流行りはじめたんだ。まず肌に得体の知れない文字が浮かびあがりはじめる。何事かを物語っているようだけど、誰も読むことができない。やがて文字は全身をおおいつくし、人形(ひとがた)の石碑(せきひ)のように身を強張らせ、ついにはみな死んでしまうんだ。そんな病は誰も聞いたことがなかったし、もちろん治療法もわからない。

　そんななか、どちらがどちらか誰にも見わけられないほどそっくりな双子の兄弟が、まなざしの樹に向けて旅立つことを決意したんだ。樹に治療法を教えてもらうためにね。双子は、あまりに似すぎていたために、一人が怪我(けが)をすると、もう一人も同じところから血を流す。一人が誰かから内緒話を聞くと、自然ともう一人にまで伝わってしまう。そんな不思議な力を持ってたんだ。だから、一人が樹に治療法を尋ね、生き残ったもう一人が村にその治療法を持ち帰る。二人はそういう作戦を立てたんだ」

燃えつきた太陽が沈み、白骨のような月が昇っても、彼の物語は終わらなかった。語りつづけるあいだに、どれほど多くの獣たちが傍らを通りすぎていったろう。数百、いや、数千にものぼったかもしれない。やつらは灰化の進んだ二人には見向きもせず、疫病のごとく町々に広がり、息絶えんとする夢幻石のささやかな抵抗を蹴散らしながら世界を蹂躙していった。

やがてすっかり夜が更けると、彼は声がかすれ、座っているのもひと苦労なほど体が重くなり、話しつづけるのが難しくなってきた。最後の声を絞り出すように、

「少し休んでいいかな?」と真奈に問うと、彼女はもう返事をすることもうなずくこともなかったが、月光を宿した瞳をかすかに揺らした気がした。

「なんだか眠いんだ。世界が終わろうとしているのにさ……。少し眠ったら、また続きを話してあげようね」

それだけ言い残すと、彼は身が萎(しぼ)むような大きな溜息を一つつき、砂浜に沈みこまんばかりに仰向けにどうと倒れた。そのすぐ横を、いまや異形の影の群れと化した獣たちが、夜の底を蠢(うごめ)かしながら一体また一体と歩みすぎてゆく。その重たい振動が絶え間ないどよめきとなって背中に伝わってきた。彼は目をつぶり、そのままもう身を起こすことはなかったが、語りきれなかった最後の物語を惜しむように、ただ生きるしかなかったみずからの物語を儚むように、握りしめていた真奈の手を放すことはなかった。

八

一週間が過ぎ去り、破壊しつくされた町の彼方からくすんだ朝陽が昇りつつあった。灰色の獣たちの上陸はようやく途絶え、二人の愛した浜辺には、波の音ばかりが老いた海のつぶやきのように鳴りつづけていた。砂浜は侵略者たちの行軍によって見わたすかぎり踏み荒らされていたが、不思議なことに、二人のまわりだけは、まるで笹の葉型の砂州のようにまだ穏やかな表情の砂地が残されていた。

男は仰向けに倒れた体勢のまま、全身余すところなく灰色の姿に変わりはて、もう何日ものあいだ微動だにしなかった。女もまた、男の膝に頭を載せた格好で仰向けになり、同じように身じろぎ一つしなかった。もはや二人の瞼の隙間にひとつまみの光も読みとることはできないし、口元に虫の息ほどの命の気配を感じとることもできない。二人は精巧な砂像と化したかのように、髪、衣服、指先など脆い端ばしから崩れつつあった。

もし滅びを生きのびてこの光景を目にする者があれば、この世界はすでに終焉を迎えたと嘆息を漏らしたに違いない。草木はとうに朽ちはて、人びとはそこかしこで色のない骸をさらし、町々は灰を押しかためたような索漠たる廃墟と化した。晴れわたっているはずの大空も薄墨色に濁り、大海原もまた鉛色の姿でどぷりどぷりと鈍重な波を立てている。山から吹きおろす陰気な風は、長らく色を求めてさまよいつづけてきたがここでも思いを果たせなかったというふうに、不満げに海のほうへ吹きぬけていった。

しかし本当にこの世界から一切の色が消えてしまったのだろうか。だとしたら、海の彼方に見えるあの一点はなんだろう。何か黒い小さなものが海の上をこちらに進んでくるのだが、その物体はときおりちかりちかりと色を漏らして輝くようなのだ。その輝きは、あるときは青く、あるときは赤く、あるときは黄色く、世界じゅうの宝石貴石をいだいて底光りするかのように、黒みの懐に色という色を含みこんでいるようである。物体は終わってしまった世界の底で急ぐ様子も見せず、悠然と浜辺に近づいてきた。どうやら一艘の舟のようだ。全長五メートルにも満たない無人の小舟である。夢幻石から削り出されたかのように全体が黒光りしており、その奥で色とりどりの粒子が銀河さながらに煌めいていた。漕ぎ手の姿がないばかりか、そもそも櫂すら見あたらないのに、小舟は二人の骸にぴたりと舳先を向けて進んでくる。やがて波打ち際から数メートルほど手前の浅瀬で、まるで何百年にもわたる深い思慮の結果だというふうにおもむろに動きを止めた。

それからどれほどの時間が経ったろう。人っ子一人いない浜辺に波がよせては返すばかりでしばらくはなんの動きもなかったが、やがて女の骸に無数の裂け目が生じると、それが一挙に割れひろがり、全体が根底から崩れだした。崩壊した骸のなかから灰まみれの何かがゆっくりと身を起こす。十二、三歳ぐらいだろうか、どうやら髪の長い痩せっぽちの少女のようだ。その姿は滅びはてた世界の片隅にあってはいかにも儚げだが、しかし少女ははっきりと色を持ちそなえていた。艶めく豊かな黒髪をいただき、雪のように白いワンピースをまとい、青く血管の透ける美しい肌、薄紅色のふっくらとした唇を持ち、夜の雫のような潤んだ黒い瞳を光らせていた。

少女は全身にまぶされた灰を払いながら、呆然たる面持ちでひとしきり灰色の世界を見わたしたあと、仰向けに倒れた男の骸を傍らに見いだし、はっとした。少女は恐るおそる骸に手を伸ばし、灰に指をもぐりこませてゆく。指先が何かに触れた。少女は息を呑み、次の瞬間、飛びかかるようにして灰を掻きわける。ぐったりと横たわる少年の姿が現れた。灰にまみれてはいたが、やや茶色がかった黒髪、赤みの差した頬、かつての空を思わせる青いシャツなどなど、少年もまたいまだ鮮やかに色をまとっていた。少女は少年の顔を丁寧に手で拭ってやると、口元にそっと耳をよせた。少年のなかに息が戻ってくるのを、少女は確かに聞いた。

少女が頬を撫でると、少年はやがて夢うつつの境をたゆたうようにゆっくりと瞼を開けた。最初に目に映ったのは、気づかわしげに見おろしてくる少女の顔だった。少年は自分でもそうと気づかずに、うっすら微笑を浮かべていた。目が覚めたとき、そこがどこであれ、少女の姿さえあれば少年は頬笑むことができるのだった。

少年はやがて少女の手を借りて身を起こすと、ついさっき少女がそうしたように、滅びが隅ずみにまでゆきわたった荒涼たる景色を言葉もなく見わたした。一面、灰色の世界が広がっていたが、ただ一つ、星雲のような光を孕んだ黒い小舟だけが、虚無の支配に一点の穴を穿つかのように、目の前の浅瀬に悠然と浮かび、揺れていた。

少女が小舟を指さすと、少年はためらうことなくうなずいた。小舟は舳先をこちらに向け、二人の両の目をまっすぐ覗きこんでくるようだった。そのまなざしはどことも知れぬ彼方から遥ばる二人を迎えに来たのだと告げていた。この小舟はきっと死にゆく夢幻石が最後の力を尽くしてつくりあげた置き土産に違いない。

二人は立ちあがり、互いに毛づくろいをするように全身の灰を払い落とすと、手を取りあってざぶざぶと海に入ってゆく。少年が先に船端をまたぎ、小舟に乗りこんだ。小舟は傾ぐかと思われたが、舟なりに乗り手を気づかったものか、ぐっと揺れをこらえたように少年には感じられた。少女もまた少年の手を借りて小舟に乗りこんだ。

二人が並んで腰をおろすと、小舟はひとりでにゆるゆると動きだした。舳先を右に振りはじめたかと思うと、やがて胸を張るように海に向きなおり、迷いなくまっすぐ旅路に漕ぎ出す。小舟は鉛色の海面にささやかな航跡を引いていたが、気のせいだろうか、そのあたりだけかつてのようにやや色を帯び、その命の息吹がしだいに背後に伸びひろがってゆくようだ。山の端にようやく顔を覗かせはじめた太陽は、くすみつつもまだ仄かに赤みを残しており、滅びの底に沈みきったかと思われる世界をうっすら朱に染めだしている。

　色を持った最後の子供たちは、銀河のかけらのような一艘の生ける小舟の懐にいだかれ、吹きわたる風に髪をなびかせながら、あどけない頬をかすかに上気させながら、そしてときおり目映い笑顔を交わしながら、どこにたどり着くとも知れぬ新たな物語を生きる者となって、渺漠たる大海原を渡りはじめた。

柔らかなところへ帰る

ずっと痩せた女が好みなのだと思いこんでいた。幸枝と交際を始めて以来、そのすらりと立ちあがった華奢な首すじ、胸元に淡い陰影をつくるさざ波のような肋、細いまっすぐな脚のあいだにできるいじらしい隙間、そんなものにそそられていると自分で思いこんでいた。しかしいまとなっては、幸枝を抱く気がまったく起こらない。それどころか、かつてはしきりに指を這わせた筋張った首に、貧弱な胸に、尖った尻に、仄かではあるが、打ち消しようのない嫌悪すら覚える。わからないものだ、自分が腹の底では何に飢えているのかなどということは。

彼は飲料メーカーに勤める会社員だ。よくよく見れば浅黒い整った顔立ちをしているのだが、ごわごわと縮れた髪と薄く散らかった眉とがそれを持ち腐れした宝のように野暮ったく見せているし、一六二センチという身長の低さも十代のころから心に影を落とし、彼を何事につけ一歩引いたところに立つ静かな男にしていた。要するに彼は生真面目で奥手な男なのだ。

実際、二十七になるまで女を知らなかった。初めてホテルに連れこんだ女が幸枝だ。高だか五年前の話だが、よほどのぼせあがっていたのだろう、どんな誘い文句をどう切り出したのかまるで思い出せない。しかし何を言ったにせよ、彼は確かに幸枝の前にみずからの欲望を投げ出したのである。彼のような不器用な男の情欲ほど、女の目には異様でなまなましいものに映るだろう。呑みもどせない言葉が、強張ったまましばし宙に浮いた。彼に負けぬぐらいうぶだった幸枝の唇が、かすかに震えていた。しかしその唇が、ただ「いいよ……」とだけ言ったのだ。躍りあがるような瞬間だった。

以来、彼は幸枝に夢中になった。と言うより、女に夢中になった。初めての女が鶴のように痩せていたことも、彼の真の欲望をさらに深みへと沈め隠すことにつながったろう。彼は三年後、幸枝と結婚した。それから二年が経ったが、二人の暮らしの端ばしにはいまもなお互いの優しさが滲んでいた。夜ともなればさすがに薄く降りた倦怠の影を意識せずにはいられなかったが、そんなことも二人にとっては端から織りこみずみの些末な問題でしかないと、暗黙のうちにしっかりと思いあっている気がしていた。あの夜までは……。

あの夜、彼はいつものようにK駅のロータリーで路線バスに乗りこんだ。晩の九時過ぎ、仕事帰りだった。列の前のほうに並んでいたおかげで余裕を持って座ることができ、二人がけの席の窓側に腰をおろした。そこで突然、

「お隣、よろしいですか？」と横から声がかかったのだ。

しっとりと耳のふちを撫でるような女の声だった。はっとし、顔をあげた。大柄の肥えた女が満月のように白じらと頬笑み、たたずんでいた。その一見いかにもなごやかに咲いた微笑の手綱を、顎にぷくりと突き出たわずか三ミリほどの青黒いほくろが握っているような印象を受け、彼の視線は自然とそのほくろから始まり、全体に広がった。

歳のころは三十前後だろうか、彼よりもやや上背がありそうだったが、肉の付き具合となるとやどころではすまず、その押し出しに見ているだけで気持ちがのけぞるようだった。これが隣となると窮屈になるな、というのがまず頭に浮かんだことだ。が、その女に悪い印象をいだいたわけではない。女には、太った者にありがちなだらしなく崩れた様子がなく、まといつく肉をしっかりと手なずけているようなどこか凜とした張りがあったからだ。

「ああ、どうぞ……」と彼は心持ち窓側に腰をずらした。

女はそのかさばり具合を恥じるかのように、すいません、と頭をさげながら、ひと抱えもある丸々とした臀部（でんぶ）を彼の横にぬっと押しこんできた。ベージュのスカートにはちきれんばかりに包まれた、いかにも重たそうな尻だ。女は腰をおろすと、あらためてこちらを向き、寄せた眉根のあたりに媚（こ）びめいたものを漂わせつつわずかに頭をさげた。

その瞬間、思わず女の胸元に視線をがっとつかまれ、引きよせられた。淡いオレンジ色のシャツのボタンが二つ外れており、そこから白濁した湯のようにやわやわとひしめく豊満な胸が覗（のぞ）いていたのだ。一瞬、その柔（やわ）みに意識がふうっと吸いこまれるような、一抹（いちまつ）の眩暈（めまい）の気配がよぎった。

そこで彼は突然、みずからのあからさまなまなざしに気づいてはっとし、慌（あわ）てて視線を引きはがした。が、遅かった。引きはがした視線を、今度は女の巨大な瞳に捕らえられたのだ。もちろん女は気づいたろう。ほんの束の間ではあったが、彼の視線が何をまさぐったか。しかし女の目はそれを咎（とが）めてはいないように見えた。気づかないふりをしたわけではない。何かを了解した、あるいは受けとったというふうに、こくりと妙なうなずき方をし、紙一重ほどのかすかな薄笑みを浮かべたまま、ゆらりと前を向いたのだ。

彼はほっと胸を撫でおろしながら、あてもなく暗い窓の外に視線を投げ、その場を取りつくろった。しかしすぐに、いまのうなずきはなんだったのか、薄笑みはなんだったのか、という問いが頭をもたげてきた。あのうなずきの奥に、あの薄笑みの奥に、男を見くだしたような気配はなかったろうか。つい女の胸に目を奪われてしまう雄という生き物への蔑（さげす）みがなかったろうか。そう考えると、何やら癪（しゃく）な心持ちがしてきた。あんな西瓜（すいか）を並べたようなものを目の前に投げ出されれば誰だってついつい見てしまうだろう。男の性（さが）どころか女でもきっと目を剝（む）くはずだ。

ふと、二の腕や腰に女の体がねっとりと柔らかく押しつけられるのを感じた。気づかぬうちにバスが発車してロータリーを回りはじめており、遠心力で女の肉が重たく押しよせてくるのだ。しかもその感触は、まるで女が故意に溢(あふ)れんばかりの肉をこちらにあずけてきているかのようだった。が、そんなはずはない。こちらが意識しすぎているのだろう。そうおのれに言い聞かせつつも、女と触れあっているあたりに籠(こ)もる、じりじりと炙(あぶ)ってくるような温(ぬく)みを無視することができなくなっていた。

彼の目はぼんやりと窓の外を見つづけていたが、脳裏ではふたたび女の白い豊かな胸がなまなましくたゆたいはじめていた。あの胸が目に飛びこんできた瞬間、かつて味わったことのない、魂に働く引力のようなものを感じ、いまにも頭からどぷりと飛びこんでゆきそうな気さえしたのだ。なんだったのだろう、あれは……。女の大きな胸が普遍的に引き起こす、素朴(そぼく)な肉欲の昂(たか)ぶりに過ぎなかったのだろうか。

いつのまにか、肩にかかる女の重みがぐっと増してきていた。横目で見ると、がくりとうなだれて胸元にだぶついた顎を沈ませ、頭を揺らしている。眠っているらしい。こうまで太った女がずっしりと寄りかかってきているというのに、嫌な感じがしないのが不思議だった。彼は重みを受けとめたまま、迷惑げな冷たい視線を装って女をちらちらと盗み見る。やはり図々しいほどに迫(せ)り出した胸に目をやらずにはいられない。

それにしてもなんたる異様な肉だろう。もちろん胸だけではない。彼は小男である上に、痩せてもいる。三十を超えてからいくらか腹まわりに肉がつきはじめたものの、それはまだ自分の側に引きつけておける取るに足りない贅肉(ぜいにく)だ。この女の場合は違う。あられもなく外へ向かって投げ出された肉なのだ。衣服に包みこむことによってどうにか世界へ溢れ出してゆくのをとどめているが、ひとたび身ぐるみを剝がれようものなら、すべての肉という肉が隠れようもなく露わになる。彼はその様をなぜかありありと思い描くことができた。ちょっとした身じろぎのたびに、女の意思に背いてその肉たちはたぷりたぷりと自在に揺れ惑うだろう。そして女はそのことを恥じるだろう。本来、優美な曲線を描くべき女の裸体が、そのようなままならぬ肉を幾重にもまといつかせていることを強く恥じるだろう。

　彼はズボンの前がきりきりと痛いほどに張りつめてゆくことに気づいた。意外だった。しかし、なぜとみずからに問うまでもなく、彼は確かに欲情していた。女という生き物が思うにまかせぬ恥ずべき肉を全身に抱えているという発想が、ひどく淫らなものとして胸に迫ってきたのだ。女という存在からどうしようもなくはみ出した肉……そんな夢想を弄んでいると、のしかかってくる女の重みがそのまま女の肉欲の重みであるかのような気さえしてき、彼は脚を組んで、しきりに狭苦しさを訴えてくるみずからの高まりをごまかさねばならなかった。

　そのとき、彼の妄想の一部始終を女が覗きこんでいたかのように、突如として事態が一線を踏みこえた。バスが右折し、その拍子に女の左腕が彼の右腿の上にごろんと転がってきたのだ。七分袖のシャツからぬっと突き出した生っ白い女の左手が、何かを誘いこむように力なくひらいていた。そんなに乱暴な曲がり方だったろうか。はっきりと違和感を覚え、咄嗟に女の顔をうかがう。女の厚ぼったい睫毛がぴくりと揺れたのを確かに見たと思った。もしや、ずっと薄目を開けていたのではないか。彼が行きすぎた想像力によってひとりでに昂ぶってゆき、窮屈そうに脚を組む様を、太ぶととした腹の底で笑いを押し殺しながら秘かに眺めていたのではないか。

　目の前で女の左手がそろそろと動きはじめた。天を向いていた手の平が返り、見まがいようもなく、五つの指先がゆっくりと彼の腿の上に小さな円を描く。絵に描いたような愛撫のすべり出し……。彼ははっとして周囲に視線を走らせる。バスは満員というわけではなく、女の左手を見おろせる場所に立っている乗客はいないように思えた。安堵しつつも、どうすべきか頭が働かない。いや、わかってはいた。ただちにこの質の悪い腕をむんずとつかみ、女のほうへと押しもどせばいいのだ。そうすれば女はきっと、何喰わぬ様子で狸寝入りを続けるに違いない。それで終わりだ。どちらかが下車するまで、二人は沈黙のなかでただじりじりと互いの恥辱にまみれた火照りを意識しつづけるのである。が、彼は自分がそれを実行しないであろうことをすでに知っている気がした。そしてそれは彼だけではなく、女もまた知っているのだ。あのうなずきは、あの薄笑みは、その自信から湧きあがってきたものだった。女は飢えていたが、彼もまた確かに飢えていた。その飢えがまるで油膜のようにぎとぎとこの瞳に浮いていたに違いない。これは共犯なのだ。

彼は蠢く左手を見おろした。ぼてっとした肉厚の、しかし指先に向かってすらりと細くなってゆく奇妙な手だ。指の付け根に赤ん坊のようなあどけない窪みがあり、綺麗に切りそろえられた細長い爪は生のままの仄かなピンク色に輝いていた。一つの手のなかにだらしなさと淑やかさとが同居している。その手の動きが徐々に大胆になり、描く円を大きくしながらまさに彼が欲する場所へと迫りつつあった。そしてとうとう女の指先は、固く熱く張りつめた尾根を探りあて、その上を、寄せては返す波のように這いまわりはじめる。突きあげるような快感が全身に広がり、腰が浮かびあがるようだ。が、その浮上のなかでふと、暗いような冷たいような現実に頭を突き出してしまった。

俺は何をやってるんだ。この異常な女とどこまで行こうというんだ。

我に返り、彼はふたたび周囲に視線を走らせた。大丈夫だ。まだ誰も見ていない。女の顔を覗いた。この期に及んでまだぬけぬけと空寝を貫いている。手のほうは男の股ぐらをまさぐっているというのに、この伏せられた目の、うっすらとひらいた唇の、完璧な静けさはどうだろう。恐ろしい女だ。「お隣、よろしいですか？」と言ったあの健全な澄んだ声音から、あの華やいだ笑顔から、この濫りがわしい厚ぼったい手がまるで生殖器のようににょきりと生えているのである。

　どうしたらいいだろう。愛撫をやめようとしない女の手を突きかえすのが恐ろしかった。いまとなっては、それは女との全面対決を意味するかもしれない。彼のいまさらの拒絶を、女は裏切りと見なすかもしれない。いや、実際それはもう裏切りなのかもしれない。が、それだけではない気がした。女の腕をつかんだ瞬間に、それまで一方的だった関係が双方的なものへと変化し、さらに危うい段階へと事態が転がりはじめるような予感があったのだ。しかしそれは予感などではなく、おのれの切なる願望だとしたら？　手首をつかむのではなく、そっと手を重ねてしまったら、そしてまぐわう蜘蛛のごとく指を絡めてしまったらどうなるのだろう。どこへ向かって転がり落ちてゆくのだろう。

　彼はひたひたと這いあがってくる欲望を振りはらうように無理矢理に腰を浮かせると、壁から突き出した停車ボタンに手を伸ばした。ピンポーンという音に続き、「次、停まります」というなめらかな録音の声が車内に響きわたる。彼がボタンを押した気配を感じとったのだろう、女の手がぴたりと止まった。そして女がはっと目を覚ました。いや、目を覚ましたふりをした。女の重みが肩からふっと離れてゆき、と同時に、あれほどいやらしくふるまっていた左手もさり気なく引っこめられた。見事な引き際だ。まるでこちらが一人勝手に淫らな夢を見たのだろうかと首を傾げかねないほどの……。

　いまだ覚めやらぬという体で、女は髪を掻きあげながら気怠げな視線を前方にさまよわせていた。が、ようやく非礼に思い至ったという様子ではっとこちらを向き、どこか恥じるような頬笑みを浮かべ、すみません、と小声で詫びながら頭をさげてくる。彼はぎしりと凍りついた。女が詫びているのはあくまで寄りかかってしまったことにであって、それ以上の意味などかけらもないのがわかったからだ。それとも、それ以上の意味があったのだろうか。もしあの淫行をすみませんのひと言で片づけようというのなら、それはそれで相当に気色の悪いことだが……。

　バスが速度を落とし、やがて停まった。「岸川町三丁目、岸川町三丁目です」というアナウンスが流れた。彼が普段降りるバス停は三つも先だったが、ここで降りないわけにはいかない。彼は女のほうを見ずに腰を浮かせ、降りるという意思表示をした。が、女はどこうとせず、座席の背に向かって尻を引きこんで通り道をあけるような、しかしほとんど成果のあがらない動きをする。前を通れと言うのだ。この樽のような巨体の前を……。思わず女の顔を見おろした。媚びるような、そしてその媚びをこちらの鼻先に押しつけてくるようなふてぶてしい薄ら笑いが彼を見あげていた。

　彼は苛立たしげに女の丸々とした膝の前に左脚を押しこんでゆく。すると、その左脚を女が両膝でぐっと挟み、太い二本のくるぶしで痛いほどに絡みついてきた。もちろんほかの乗客は誰一人気づかなかったろう。しかし思い過ごしだとおのれに言い聞かせる余地など微塵もないほどに、女は確かに左脚を締めつけてきたのだ。ほんの二、三秒のことではあったろうが、その獰猛な動きにはどこか彼の裏切りをなじるような気配があった。が、その脚から顔まで視線を持ちあげれば、女は依然として綻びのない頬笑みを満々と湛えている。そしてその頬笑みがぬけぬけと、

「ああ、すいません。あたし立ったほうがよかったですねえ」などと言い出した。「まさかここでお降りになるとは思わなかったもので……」

　ぞわりとした。なんなのだろう、この女は……。ここじゃないとなぜ知ってる。それとも当てずっぽうか。ほとんど恐れに駆られて左脚を強引に通路に押し出した。右脚も搦めとられるかと案じたが、ここまでにしといてやると言わんばかりに女の脚はもうぐだっと崩れていた。しかし右脚を

引き抜くやいなや、
「今度からは気をつけますすねえ……」と駄目押しのような囁き声が背すじから耳元へすべりこんできた。

決して振りかえるまい、そう思った。このまま女のほうをちらとも見ずにバスから降りるのだ。女はきっと、もう一度最後に目を合わせることを欲しているだろう。絶対にそれを与えてはならない。彼は駆け出したくなる気持ちを抑えながら、強いてのろのろと通路を歩き抜け、一歩一歩おのれを取りもどすようにバスから降りていった。そして馴染みの薄い閑散とした夜更けのバス停に、一人ぽつんと降り立った。

今度？　今度ってなんだ？　背後でバスが動きはじめる。今度があるのか？　ようやく追いついてきたその疑問にぐいと肩をつかまれ、思わず振りかえった。すべり去る明るい窓のなかで、女がガラスに額を押しつけんばかりに満面の笑みを浮かべていた。が、その笑顔は車内の照明と逆光になり、鼻すじに煤けたような影を集めていた。

バス停三つ分の距離を歩かねばならなかった。しかしその距離が、その時間が、彼には必要だった。いまのいままで痴女にいいように股間をまさぐらせていた男が、どの面さげて妻のもとに帰ればいいのか。せめてこの惨めったらしいほとぼりを冷まさねばならない。

上の空で夜道を歩きはじめた途端、彼は昂ぶりがまだ引いていないことに気づいた。いや、引いていないどころか、下着のなかで拳を突きあげるかのごとく反りかえっている。いったい何にこうなっているんだ？　この期に及んで、まだあの女に掻き立てられているとでもいうのか？　歩くうちに萎えるはずだと苦々しく思いながら足取りを速めた。しかし歩けば歩くほど節操を欠いた空想が頭をもたげてくる。見てもいないあの女の裸体が、油でも被ったようなへんにぬらぬらとした光沢をまといつつ暗い脳裏に浮かびあがってくるのだ。いったいこの脳味噌は、いつどこで見た何を材料にこんななまなましい画を描き出すのだろう。バス停を一つ通りすぎたが、昂ぶりは一向に治まる気配がない。肥えた女を目にするたびに心中秘かに眉をひそめてきた彼である。それがいま、あの女の肉体を、喉から手が出るほど揉みしだきたいと思っている。肉だ。あの白い柔らかな肉に埋もれたい。頭から飛びこむように全身で埋もれ、生あたたかい肉の世界を泳いでみたい。包みこんでくるような肉と肉とのあわいに手をぬるりとすべりこませ、たぷたぷと掻きわけ、さらに掻きわけ、さらにさらに掻きわけ、息苦しいぬるい深海のごとき暗がりにやわやわと埋もれてゆき……どこだ？　そこはどこなんだ？　俺はなんなんだ？

　みずからの情欲の迸りに鳩尾でも殴られたかのように、彼は思わず立ちどまった。何を考えているんだ、俺は……。落ち着け、落ち着くんだ。完全にどうかしている。あんな豚のような女を欲しいと思ったことはいまだかつてなかったじゃないか。彼は夜道に眩しくたたずむ自動販売機にふらふらと歩みよった。何か欲しいものを探せ。そして渇きを癒せ。あの女の肉以外のもので……。しかしサンプルを照らし出す白じらとした光までが、あの女の露わな胸元が放つ輝きのように思えてき、財布をズボンの後ろポケットから引き出す格好のまま、しばしその場で凍りついたのだ。

　ドアを開けて玄関に立つと、暗い廊下の先に、居間の光に照らし出された幸枝の姿が現れた。その瞬間、脳裏に不穏な驚き、あるいは違和感が湧きあがった。この女、なんて小さくて、なんて痩せてるんだろう。なんて貧弱なんだろう。

「どうしたの？」と曖昧な笑みをつくり、幸枝がぱたぱたとスリッパを鳴らしながら廊下を歩いてくる。幸枝が手探りで玄関の照明を点けたとき、彼は暗がりで靴を脱ぐことも忘れて立ちつくしていたことに気づいた。

「いや……」という無防備な返事がなんの役にも立たずに足下に落ちた。本当にどうしたのだろう。幸枝の戸惑いを帯びた視線が彼の上を素早く這いまわった。居心地の悪い、どことなく探るような視線にも思え、不意に、新たに胸に巣くいはじめた欲望が外見にまで現れたのではないかという馬鹿げた後ろめたさに囚われた。それをごまかすために彼の口は続く言葉を慌てて掻き集めはじめる。

「いや、なんか……いまドア開けた瞬間、なんか急に、仕事でかけ忘れた電話があるような気がして、なんの件だったかなと……」

「なんだったの？」

「いや、それが出てこなくて……。ああ、気持ち悪い」と言いながら彼は悩ましげに眉根を寄せ、靴を脱ぐ。内心、自分の口から出たなめらかな嘘に驚いていた。こんなにも巧みな嘘を幸枝につけたのは出会って以来、初めてのような気がした。それともそんな気がしただけかと幸枝の顔をうかがったが、そこにはもう戸惑いの色は微塵もなく、

「ああ、そういうの嫌だよねえ。わかるわかる」と親密な相槌が返ってくる。

「しかもほら、きょう金曜だから余計に嫌な感じなんだよな。思い出せても週明けになるから、うぎゃあみたいな……」

幸枝が腹蔵のない笑い声をからからとあげた。その声に安堵しつつも、自分の嘘のうまさがへんに気がかりだった。幸枝の朗らかな笑い声が届かない薄暗がりに、ひんやりと彼の心が浮かんでいた。もちろんその冷えは、たったいま口を突いて出た嘘から、そして何より先ほど抱えこんだばか

りの淫猥な秘密から立ちのぼってくるのだ。
あのことを幸枝に話すことはないだろう。あの女の手をすぐさま払いのけたと筋書きを都合よく変えてみてもよかったが、事実を捩じ曲げていると悟られないにしても、いつにない口ぶりから幸枝に欲情の名残を嗅ぎとられそうな気がしてならなかった。俺も男だからちょっとぐらいは……などと冗談を交えるつもりが裏目に出て、うまく笑いきれずに目元を強張らせる痛々しいおのれの姿までが脳裏に浮かんだ。

食卓で夕飯を口に運びながら、ソファに腰かけてテレビドラマを見る幸枝の姿をそれとなく観察した。化粧っ気のないくすんだ顔色、羽を毟られた鶏のような首、尖った顎に尖った肩、洗濯板のように薄い胸……いや、胸だけでなく、存在そのものがいかにも薄っぺらい感じなのだ。帰宅時に玄関で覚えた違和感が単なる違和感ではない気がしてくる。ではなんなのか。その感覚に名前を与えよ。そうみずからに問いかけるまでもなく答えは明らかなのだが、それを認めるのにはためらいがあった。失望……いったん胸中にそのふた文字を掲げてしまえば、その感覚はみずから堂々と〝失望〟を名乗るようになり、やがて胸いっぱいに溢れかえるようになるだろう。

いったい何が変わってしまったのか。幸枝が昼間のあいだに実際に萎んでしまったはずもない以上、変わったのは自分でしかあり得ない。地軸の向きをぐるりと入れ替えるかのように、あのバスのなかで欲望の向きを入れ替えられたのだ、あの女に……。いや、違う。あの女は掘り起こしただけだ。彼のなかにもともと埋もれていた渇きをあの好色な左手で掘り出し、撫でまわし、目を逸らしようもなくこの股ぐらに隆起させたのである。

以来、あの女が頭に棲みついた。時ところを選ばず、いつでも肥え太った女の姿態が現れ、恥じらうように誇るように艶めかしく肉を揺らす。しかも夢想にありがちな曖昧さや美化がない。だらしなく広がった薄紅色の乳輪、指一本ぐらいなら呑みこんでしまいそうな深い臍、搗き立ての餅のように床でべったりとへしゃげる巨大な臀部……そんな見憶えのない細部までもがくっきりと思い描かれる。以前は通勤電車となると決まって文庫本をひらいたものだったが、いまや吊革にぐったりと身をあずけ、あの女の内なる氾濫を前に呆然と立ちつくすばかりだ。職場でも、会議に出ているつもりが、長テーブルの向こうには女がどってりと身を横たえているのであり、パソコンの画面を眺めているつもりが、女の腹にだぶつく糸を巻いたような深いくびれに視線を這わせている。

家に帰ればさらにひどかった。どうにも幸枝の話に耳を傾けていられず、「ちょっと聞いてる？」と何度言われたことだろう。風呂に入るたびにあの女を脳裏に呼びよせて激しく自慰に耽るようになったことにも忸怩たる思いが込みあげてくるが、まったくやめられそうにない。毎晩、幸枝の横に寝ることは続けているが、まるで案山子と同衾するかのようなかさついた心持ちであり、以前のように口づけを交わしたり触れあったりするのが億劫を通りこし、日に日に苦痛になってきている。

みずからの妄執にだんだんと消耗してきた。こんな獣じみた盛りはいずれ退いてゆくと高をくくっていたが、一週間経っても二週間経っても女の残像は一向に色褪せず、むしろぶくぶくと育って内から頭蓋を押しひろげてくるようだ。こんなことなら、あの夜あの女とどこまででも行くべきだったのではないか。あのふくよかな手を握りしめ、恐るおそる目を合わせ、阿吽の呼吸でバスを降り、二人でどこにでもしけこめばよかったのだ。一度でも抱けば、きっと気がすんだろう。こんなものかと高が知れた気持ちが生まれ、こうまで取り憑かれることもなかったろう。

彼は幸枝以外の女を知らなかったが、こと性に関するかぎり、男の剝き出しの想像力を驚かすような目くるめく経験などありはしないと悟ったような心持ちで生きてきた。自分の人生に幸枝すらいないことも充分にあり得たのだ。足ることを知る。だからこそ浮気の一つもせずにここまで来たのである。が、つまずいた。つまずくとも思っていなかったものに、思ってもみなかったふうにつまずいた。

近ごろは太った女にばかり目が行く。ふと気づくと、目が飢えて勝手に探している。探しあてれば、きっと想像せずにはいられない。衣服のなかで幾重にも折りかさなる、たるみきった肉のありさまを。そしてその肉を引きずり出し、指が埋もれるほどきつく鷲（わし）づかみにし、これでもかと揺すぶってやりたいと思う。女はその揺れをどうにもできないだろう。しかしそのどうにもできない肉はどうしようもなく女の一部なのだ。どうしようもなく肉を揺さぶられた女は、それに引きずられて情欲をも激しく揺さぶられるに違いない。ままならぬ肉の奥深くにじめついた欲望を押し包んで生きる女たち……我ながら薄気味悪い妄想だ。いや、妄想と言うより、ほとんど狂気ではあるまいか。実際、じりじりと正気からずり落ちてゆくような感覚がある。ふっと力を抜くと、何もかもを薙（な）ぎ倒しながら転がり落ちてゆきそうな恐怖がある。そこはいったいどこなのか。そこにはきっと幸枝はいまい。

朝晩とバスに乗るたびにあたりを見まわす嫌な癖（くせ）がついた。尻尾（しっぽ）を巻いてバスを逃げ降りたというのに、いまや思いはあの女の大きな尻に未練がましく追いすがっているのだ。以前は好んで一人がけの椅子を選んだものだったが、真っ先に二人がけの席に目が吸いついてゆくのをどうにもできない。今度からは気をつけますねえ。その今度が鼻先にぶらさがったままずっと揺れている。今度が訪れないに越したことはないのだろう。しかしいざ訪れれば、きっともう先走ったおのれの欲望の背中を後ろから眺めることしかできないに違いない。

あの女に会ってから二カ月ほどが過ぎ、事態が動いた。それはふたたび帰宅時にバスに乗りこんだところで起きた。

「お隣、よろしいですか？」

ぞくりとした。あの夜と同じように彼は二人がけの席の窓際に腰をおろしていた。無駄だとみずからに言い聞かせながらも、一縷の望みに賭けて女を待たずにはいられなかったのだ。そこに声がかかった。まったく同じ、ほとんどこの手でつかみとれそうなひと声が……。

しがみつくように声のほうを見あげた。ほんの一瞬のあいだに様ざまな思いや判断が、早送りのように目まぐるしく来ては去った。まず最初に、あの女だ、と思った。とうとう来た、という衝撃に打たれ、両眼を貫かれたように女を見すえながら凍りついた。薄笑みがにったりと見かえしてくる。目の前の女は確かに肥えていた。あの女に負けず劣らず樽のような肉体でずいと世界を四方に押しやっていた。首から下だけを見せられたならきっと見わけがつかなかったろう。が、何かが違う。二本のビニール傘のように、同じようでもしかと見ればどこかが違う、そんな感じがした。

顔が違うのか。しかしその顔こそが実によく似ているのだ。すまなそうにするりとさがった眉、糸のように細められた黒目がちの巨大な眼、すべすべとした丸い頬、血色のいい大きな唇……そこではっとした。ほくろだ。顎にほくろがない。束の間、女のなだらかな顎を刺すように見つめるが、あの目立つほくろの跡形もない。

そこでさらに目尻の皺に目が行き、またもやはっとした。あの女より明らかに歳を喰っている。あの女を三十ぐらいと踏んだ憶えがあったが、よくよく細部に目を配れば、この女は四十をやや出るのではないか。それに髪型もまるで違う。あの女は後ろで髪を丸く結っていたが、この女はふわりと頬をおおうようなショートカットだ。なんだ、全然違う女じゃないか。瞬く間にぼろぼろと偽装が剝がれ落ちてゆくようだった。もっとも、その偽装は彼自身の卑しい願望がなすりつけたものだったのだが……。

「あの……お隣よろしいですか？」

彼は小さくあっと声をあげ、即座にどうぞどうぞと気持ち奥に詰めた。詰めながら、横目で素早く女の姿に視線を走らせる。いや、やはり似ている。瓜二つの体型に瓜二つの頬笑み……別人であることは間違いないが、何やら胸騒ぎがするほどよく似ている。二人の女を脳裏の舞台に並べてみると、隣どうしの鍵盤を同時に押さえたような薄気味悪い不協和音が腹の底を這いまわるのだ。ひょっとして姉妹だろうか。あり得ないことではない。もし同じ家に住んでいるのなら、当然、同じ路線のバスに乗るだろう。そして偶然、同じ男の横に座ることもあるだろう。

女が横に腰かけると、あの夜と寸分違わぬ感触が体の右側にねっとりと押しつけられてきた。彼の右腕や右脚がそのぬるい柔らかい肌合いを憶えていた。と、昂ぶりの予感がにわかに股ぐらをよぎり、この女でもいい、そんな血走った淫欲が突きあげてきた。きっと同じようなものだろう。同じような肉をたっぷりと包み隠しているだろう。そう思った自分を恥じる気持ちが、心の薄暗い片隅にがらくたのように転がっていた。

いつのまにかバスが動きはじめていた。本当にいつのまにかだ。すっかり頭に血がのぼったおのれの肖像を、夜の町並みの上をすべり走る窓ガラスのなかに見出した。中年のとば口に立った男の口元に、暗い険しいほうれい線がざっくりと割れ走っている。何が、この女でもいい、だ。この女は別人じゃないか。別の女が同じように都合よく股間をまさぐってくるとでも思っているのか。

しかし割り切れない。この女もひょっとしたら……そんな身も蓋もない期待が道理を押しのけて否応なくふくれあがり、彼を呑みこむ。頭ではわかっていても、触れあっている肌のほうが波打っていまにも女につかみかからんばかりだ。が、もちろんそんなことはできない。こちらから手を出すわけにはいかない。そんなことをしたら一巻の終わりだ。世界が押しよせてき、この身に正義に打ち震える指を突き立て、無数の穴を穿つだろう。じっと待つんだ。この女だって手を出してくるかもしれないじゃないか。手を出してくる？　この女が？　なぜ？　お前は本当に狂ったのか？　いや、この女はただの女じゃない。あの女とグルなのだ。でなければ、同じような女がまったく同じ断りを言って隣に座ってくるか？

　降りるまでの十五分間、脳裏にぬらぬらと映し出される淫らなイメージ、その前で延々とくりかえされる一人二役の押し問答、彼は徒に疲れきった。女は手を出してこなかった。指一本触れてこなかった。眠ることもなく、ただぼんやりと虚ろな気配で隣に座っていただけ。当然のことだ。バスでの相席とは本来そういうものだ。

　彼は筋違いの未練を苦々しく嚙みしめながら席を立った。今度の女は前を通れなどと身ぶりで図々しく促してはこなかった。降りる彼に道を譲るために腰をあげ、礼儀正しく通路によけた。そこらじゅうにいる、ごく常識的な、ただの太った女だった。しかしそれが却って理不尽に感じられたのは、女の抱えこんだ肉は内に収めきれぬ淫欲の溢れ出たものに違いないという得手勝手な思いこみが、腹に根を張りはじめていたからだ。

　ほかの乗客に紛れ、どこか腑に落ちない思いのままバス停に降り立った。初秋の冷気がするりと頰を撫で、いよいよ冷静さを取りもどしたように感じた刹那、ふと、こんなことがあるだろうか、というもっともな疑念が、あらためてはっきりとした輪郭を持ってむくりと立ちあがった。瓜二つの体型に瓜二つの頰笑み、そして同じようにくりかえされた相席……果たしてこんなことがあるだろうか。

背後でバスが低く唸り、おもむろに動き出した。はっと振りかえる。刺しちがえるように目が合った。くすんだ光をいっぱいに孕みつつ夜を横切ってゆく車内、くたびれ押し黙った陰鬱な乗客たち、そのなかにあって女は、確かにこちらを見すえ、一人きわやかに頬笑んでいた。いまこそまるで同じ顔に見え、一瞬、悪夢のなかで足を踏みはずしたような不穏な魂のぐらつきを覚えた。つながった視線が長々と糸を引き、やがてちぎれた。

二人目の女の出現は彼を激しく戸惑わせ、いよいよみずからの正気を疑わせた。あんな女が二人といるだろうか。結局、あれは同一人物ではないのか。ほくろだの目尻の皺だの髪型だの、すべてはただの記憶違いだったと考えたほうがまだしも筋が通るのだ。が、彼は最初の女の顎にあったほくろを、頭のなかから摘まみあげられそうなほど鮮明に憶えていた。本当に同じ女だったとすれば、あのほくろはどこへ消えたのか。何かがずれてゆく……そんな危うい感覚に頭の芯を蝕まれつつあった。現実がずれてゆく、記憶がずれてゆく、人生がずれてゆく。世界がずれて彼をずれたバスに誘いこみ、少しずつずれてゆく女と席を共にし、彼自身もまたずれてゆく、ずり落ちてゆく……。

しかもその惑乱はなおいっそう深みを増してきた。四日後、三人目の女が現れたのだ。今度はバスではなく、私鉄T線の電車のなかである。例によって仕事帰り、晩の十時過ぎ、期せずして二人がけの席の窓側を選んでいた。

「お隣、よろしいですか？」という底光りのする決まり文句にびくりと顔をあげると、のしかかるような体軀の上から例の微笑が振りおろされてくる。

同じ目だ。今し方すうっと面相筆で引ききったばかりのような、暗い細長いひたひたと潤んだ目……。不意を衝かれて相応の驚愕に打たれ損ね、しかし視線は迷わず顎に喰らいついた。ほくろはない。しかしこの前の女とも違う。彼はもはや言葉もなく、震えるようにうなずいただけだ。

　三人目は最初の女よりもさらにいくらか若く見えた。二十代だろう。胸元まで届くうねった髪を茶色に染め、馬鹿のようなチークを塗り、ざっくりとしたセーターでいまにも溢れ出しそうな肉をどうにか包みこんでいる。一人目とも二人目とも全然違う、どこか愚かしげな若さを全身から放射していた。

　じわじわと冷たい驚きが胸を浸してくる。こんなのが三人もいるのか。それともやはりこれは一人の女なのだろうか。一人の女が会うたびに少しずつずれてゆくのだろうか。ずれてゆく女？　何を言ってるんだ。もっと筋の通ったことを考えろ。しかし腕に伝わってくるねっとりとした大きなぬくもりと重たい肉の揺れはまったく考え分けがつかず、憔悴してなお涸れる気配のない彼の情欲を下腹から掻き立ててくる。この女に、この肉の塊に、身も世もなくむしゃぶりつきたい。ある一瞬を境に、未来、仕事、家族、理性、そういった一切のしがらみが決壊し、怒濤と化した欲望に身をまかせ、呻り声をあげつつ猛然と女につかみかかってゆく……最寄り駅までの二十分間、そんな気の触れたような光景が幾度となく彼の脳裏でくりかえされた。しかし彼はそれを実行に移す勇気をついに持てなかったし、女もまたいまどきの若者らしく何喰わぬ顔でスマートホンをいじくっていただけだ。

　彼は覚束ない足取りで駅のホームに降り立つと、恐るおそる横目で触れるようにして車内を振りかえった。女が顔をあげ、こちらを見ていた。明らかにこちらを。そして勝ち誇ったように頬笑んでいた。わかっていたことだ。ふと、胸に一つの文字が浮かんできた。罰……これは罰なのではないか。最初の夜、あの女を拒んで逃げ出した罰……。しかしその気づきだけでは赦しには程遠いというように、電車のドアが鼻先でがくりと閉まった。

その後の二カ月間で、彼は十七人もの太った女に出会った。あるいは寸分違わぬ歳格好の女が二度三度とくりかえし現れたかもしれないが、すでに細部を記憶するだけの注意力が失われていたし、そもそも彼の目には顔を合わすたびに少しずつ変容してゆく一人の女としか映らなかった。女が姿を現すたびに、世界がひしひしと狭(せば)まってゆくような圧迫感が募(つの)った。その小さな世界では、彼と日々ずれてゆくあの女との二人だけが血の通った本物の人間なのだ。職場の連中、仕事先で出会う人びと、街をゆきかう老若男女、そして幸枝でさえもが、芝居の書割(かきわり)めいた薄っぺらさで、いつ終わるとも知れない異様な二人芝居を取り囲んでいるだけなのである。

　日に日に眠りが浅くなり、夢うつつの境が曖昧になってゆく。ずいぶんと長い夢を見つづけているような感覚に、日に幾度となく襲われる。仕事の手は止まりがち、みずからの覚束ない運転にひやひやしながら走りまわり、電話をしていても相手の声が遠のいてゆく。当然ほうぼうで小さなミスを犯し、それを取りつくろうために無駄で卑屈な立ちまわりを演じざるを得なくなる。いまはまだ自分で尻を拭(ぬぐ)える範囲で事を収めているが、いつ手に負えない大失態をしでかすかわからない。そしてそんな事態を自分が充分に恐れていないような、すべてにおいてだんだんと投げやりになってゆくような、嫌な冷(さ)めを感じる。このままではまずいと思い、邪念を振りはらうために職場の便所に籠もって慌ただしく自慰に耽ることもしばしばだ。しかしあの女の張りめぐらせた根は深く、ほんの一時間もすれば肉を揺さぶりながら脳裏になまなましく返り咲くのである。

　どうやら幸枝は夫が仕事のストレスから鬱病にでも罹(かか)ったと思いこんでいるようだ。無理もない。能率がここまで落ちれば自然、帰りも遅くなる。帰ったら帰ったでのろのろと切れの悪い食事をし、テレビに投げる視線もどんよりと虚ろ、ベッドに入ればたちまち妻にごろりと背を向け、溢れかえる肉に埋もれながらひと晩じゅう輾転反側する、そんな毎日だ。となれば幸枝も腫れ物にさわるように、しかし冗談めかした口調で深刻さを追いやりつつ「やっぱりいま流行りの鬱病なんじゃないの？」と聞いてくる。そこで気弱な笑みをこしらえ、「そんなんじゃないよ。忙しくて疲れてるだけ……」などと答えてやれば、余計それらしく見えてくるという寸法だ。

ある日、幸枝が望んだほどふざけきれないようなか細い笑みを浮かべて、

「浮気してるんだったら、もっと溌剌としてるだろうしねえ……」とつぶやいた。

ふと、遠いな、と思った。二人は食卓を挟んで向かいあっていた。が、銀の燭台がいくつも並んだ長大なテーブルの両端でかちゃかちゃと無言の食事を永遠に続けているかのように、幸枝がもう決して触れあえないほど遠く感じられた。

「浮気か……。いまさら浮気もないなァ……」

自分の口がぼそぼそと浮気について語るのを聞きながら、彼は心の片隅でぼんやりと、なんで幸枝と話なんかしてるんだろう、と考えていた。なぜ一緒にいるのか。なぜ毎晩毎晩ここに帰ってくるのか。もう終わっているのに……。何げなく浮きあがってきたその内心のつぶやきに、自分ではっとした。いや、まだだ。まだ終わっていない。幸枝を手放すつもりは、そして向こう側へ行ってしまうつもりは、さらさらないのだ。

もう一度、夢中になって幸枝を抱く自分に戻りたかった。それにしてもなんなのだろう、このどうしようもない遠さは……。立ちあがり、腕を伸ばし、何も言わず、いますぐ抱きしめればいい。抱きしめてしまえば、仄かな残り香を嗅ぐように何かを思い出すかもしれない。なのに腕はあがらなかった。あの女の肉を腕いっぱいに抱えこんでいるかのようにどうしてもあがらないのだ。

「ねえ、聞いてる？」と幸枝が遠くからまた言い、目の前でひらひらとおどけたように手を振った。

「おぉい、帰ってこぉい……」

彼は言葉を探そうともせず、ただ幸枝を呆然と見つめていた。幸枝を貶める言葉など何一つ浮かんでこなかった。愛してはいない。しかし愛すべきだ。愛すべき女だ。愛すべきだと思うということは、まだ愛しているのかもしれない。また愛せるのかもしれない。現実の綻びを、あるいは正気の綻びを繕い、この頭いっぱいに満ちあふれるあの女を、淫らな肉を、遠くへと押しもどすことさえできれば……。

それから十日が過ぎた。その日も帰りの電車に女は乗ってこなかった。もう夜の十二時近い。最終のバスを逃してしまった。閑散とした駅のバス停を前に、地を這うような重い溜息が漏れた。もう限界だった。次に相席を求めてきたとき、いよいよけりをつけてやると腹を固めていたのだが、それを見越したかのように女はぱたりと姿を現さなくなった。矢を番えたように張りつめていた決意が日を追うごとにゆるんできた。底に苛立ちの澱んだ嫌なゆるみだった。

けりをつけると言っても、そもそもどうけりをつけるつもりなのか自分でも碌にわかっていないのだ。出会い頭にいきなり、もう二度と姿を見せるな、と怒鳴りつけるとでもいうのか。それともいったん隣に座らせてから、お願いだから消えてくれ、と泣き落としにかかるのか。何をどう切り出すにしても、きっとこちらのほうが気が触れたように見えるだろう。

最終バスに乗り損ねた彼はタクシーの列に並んだ。金曜の晩で、酔顔に千鳥足の酔っぱらいどもが列を徒に長くし、彼をいっそう苛立たせた。しかし、ようやく自分の番が回ってき、後部座席に転がりこんだ瞬間、あきらめかけたあの声に完全に不意を討たれ、身を強張らせることになったのだ。

「お隣、よろしいですか？」

ばっくりとひらいたままの乗降口から、冷たい眩しい頬笑みが身を屈めてこちらを覗いていた。豊満な肉体、三十がらみの容姿、しかし彼の視線はほかでもない女の顎に釘づけになった。ほくろがある。最初の晩にバスのなかで目を引いたあのほくろだ。

一瞬、頭の芯がよろめいた。彼にとってのこの女は、日々たゆたうように少しずつ姿を変えてゆく肉の権化のような存在だった。にもかかわらず、目の前の女は最初にバスに現れた女といよいよ瓜二つに見える。正直、次から次へと多くの姿と出くわすうちに記憶があやふやになりかけていたのだが、いま見た途端、あの晩の画が脳裏に鮮やかに蘇り、細部に至るまでぴたりと重なった。どういうことだ。これは間違いなく最初の女だ。月のように満ち欠けし、その姿がようやく一巡したとでもいうのだろうか。と同時に、腹の底からは噎せかえらんばかりの濃密な欲望が突きあげてき、驚愕と情欲とが彼を上下に分断するのだ。女はその当惑につけいるような粘っこい薄笑みを滴らせ、

「お隣、よろしいですか？」とくりかえす。

どうにかぎこちなくうなずくと、女はそのうなずきによって彼の魂をそっくり買いあげたかのような厚かましさで、でっぷりとした尻を隣に押しこんできた。そして深ぶかとシートの背にもたれるやいなや、彼を差しおき、きんと研ぎ澄ませた声で、

「うちにやってちょうだい……」と運転手に告げたのだ。

運転手はルームミラー越しにほんの一瞬、女と目を合わせると、何やら一切のなりゆきを了解したかのごとく無言のままどすんとドアを閉めた。重たい監獄の扉でも閉ざされたような心持ちがし、思わずびくりとした。彼が先に乗りこんだはずのタクシーだったが、途端に、女に軒を借りたかのような居心地の悪さを感じた。そのあとだ、彼が女の何げない言葉を聞き捨てならぬものとして確

かに意識にのぼせたのは……。

うちに？　いまからこの女の家に向かうというのか？　二人で？　まず立ちあがった疑問がそれだ。しかし次の疑問のほうがよりいっそう彼の心を掻き乱した。なぜ運転手はそのうちがどこにあるかと問わなかったのだろう。

　彼はミラー越しに運転手の薄暗い姿をうかがった。五十代かあるいは六十代か、堅苦しい銀縁の眼鏡をかけ、髪は七三分け、どんな特徴も表に出すまいと腹をくくったような顔をした男だ。乗るときに確認しなかったが、ダッシュボード上に掲示された身分証を見ると、どうやら個人タクシーらしい。一瞬、ミラーのなかで視線がかつんとぶつかった。しかし寡黙であることによって生きのびてきたような硬い視線がふっと前に逃げただけだ。

　車はすでにゆるゆると動きはじめていた。どうやら本当に行き先を尋ねるつもりはないようだ。このまま黙って乗っていれば、そのうちとやらに自然と到着してしまうのだろうか。ここらの運転手がみな、この女の家を知っているわけでもあるまいに。それとも女とこの運転手はグルで、初めから俺を乗せるべく待ちかまえていたのだろうか。彼はいよいよもって混乱してきた。この十日間、どう話をつけたものかとあれこれ思案してきたはずなのに、虚を衝く女の出方にすべての策が卓上から吹き飛ばされた気がした。

　それにしても、うちに？　本当にこの女の家に行くのか？　募る不安とはうらはらに、巨大な期待と揺れ狂う肉のイメージとが、胸を裂かんばかりにふくらんでくる。と、幸枝の力ない笑顔とひらひらと振られた手とが脳裏をかすめ、彼ははっとした。おぉい、帰ってこぉい。そうだ。この女に引導を渡すはずじゃなかったのか？　俺の前から消え失せろと怒鳴りつけるはずじゃなかったのか？　悪夢じみた関係を終わらせて人生を表通りに引きもどすはずじゃなかったのか？　しかしその内なる声はあまりにもか細く、弱々しかった。みるみるふくれあがってゆく肉塊のような欲望に、ちっぽけな幸枝が瞬く間に押しやられてゆく。

毛穴から立ちのぼる欲情の匂いでも嗅ぎとったものか、女がゆらりとこちらを向き、出会ってからの目くるめく煩悶の日々をすっぽりと包みこむかのような大きな微笑を湛え、言った。

「待った？」

後部座席の暗がりに溶けいりそうな女の瞳が、ひたひたと濡れ輝いていた。おのれがごくりと固唾を呑む音を、彼ははっきりと聞いた。

自宅から最寄りのバス停を通りすぎ、タクシーが細い暗いわき道に入りこむと、彼はにわかに土地鑑が働かなくなった。方向感覚を狂わせる微妙に曲がりくねった道をしばらく行ったあと、込みいった住宅街のなかを右へ左へと幾度か折れるに及んで、いよいよ自分の足ではたどれまいとのあきらめが広がった。

女はさっきから口を利かない。となると彼もまた口をひらけない。と言って、刺すような沈黙が車内に凝っているわけでもない。彼としては、二人のあいだで育まれてきた期待がつまらないひと言によって濁ってしまうのが恐ろしいような気がし、不思議なほどの確信を持って、女のほうもきっと同様の心持ちだろうと思うのだ。

突然、タクシーが停まった。夜更けの窪みにでも沈んだようなひっそりとした住宅街のなかだ。後部座席のドアがひらき、女は猫のようにするりと外に出た。あ、この女、カネを払わなかったな、と思い、咄嗟にメーターを見ると、なぜか回っていない。そんなことにいまになって気づいた。運転手の様子をうかがうと、どことなく迷惑げな目顔でさっさと降りろと促してくる。ますます怪訝の気持ちを深めながら、しかし高まる欲望に背中を押され、彼もつんのめるように外に出た。

女が一軒の屋敷の門前に立ち、彼を待っていた。意外だった。アパートで一人暮らしでもしているかと思いきや、高い生垣に囲まれた純和風の邸宅に連れこもうという考えらしい。しかもそんじょそこらの屋敷ではない。このあたりに古くから根をおろしている大地主の牙城といった趣だ。瓦屋根を頂いた門構えも重々しく、一見の客をひそめた眉だけで追いはらうような枯れた厳めしさをまとっている。こんなところに三十かそこらの女が一人きりで寝起きしている様がどうにも頭に馴染まない。まさか家人がぞろぞろと居ならぶなかにどこの馬の骨とも知れぬ男を連れこむつもりだろうか。いや、そもそもこの女は本当にこの屋敷の住人だろうか。そう訝りかけたところで、女は重厚な木の開き戸に手をかけ、いかにも慣れた様子でがらがらと開けきった。そして彼の疑念を見透かすように女は口角にうっすらと笑みをよせ、なかに入れと手ぶりで示してくる。

タクシーが逃げるように角を曲がって姿を消すと、途端に夜が口を噤み、張りつめた静寂が降りてきた。門の向こうには、むらむらとおおいかぶさってくるような暗い庭園が広がっていた。矩形の飛石が左手に向かって点々と弧を描き、その両わきにはぽつりぽつりと頼りない光をともす変に足の細長い灯籠が立っている。その光が何やら異界の喉元に誘いこむアンコウの群れのようにも見えてきて、容易に足を踏み出せない。タクシーでの出現と言い、この屋敷と言い、想像が悉く裏切られてゆく。

じっと足下の敷居を見おろした。これを跨げば、もう引きかえせまい。しかしすでに腹は決まっている。恐るおそる敷居を跨いだ。背後でごとんと戸が閉まる。一瞬、門の向こうから閉じこめられたような気がし、はっと振りかえった。と、女が立ちつくす彼のわきをぬっとすり抜け、飛石をかつかつと踵で鳴らしながら歩いてゆく。慌てて後を追った。丸々と肥えた女の尻が揺れている。

もう少しだ。あと少しでこの女を抱ける。この女の肉という肉を心ゆくまで貪（むさぼ）ることができる。長かった。何カ月ものあいだ、気も狂わんばかりにこの日この時を待ちつづけたのだ。

漆喰（しっくい）塗りの蔵の角を曲がると、聳（そび）え立つ母屋の全容が目に入り、思わず息を呑んだ。一階に電気が点いている。縁側の障子が白じらと明るいのだ。しかもその障子の上で多くの人影が揺れており、まるで座敷で宴会でもひらかれているかのような様子である。しかし妙なことに、耳を澄ませてみても宴（うたげ）のさざめきめいた物音はまったく聞こえてこない。屋敷は相変わらず静まりかえっており、と同時に、十人や二十人では利かない大勢の気配に満ち満ちているのだ。

この女はいったい俺を何の渦中（かちゅう）に誘いこもうというのだろう。あまりの戸惑いに束の間ぽかんと魂が浮かぶようだった。が、次の瞬間、すべてのことがすとんと腑に落ちてきた。そういうことか、と思った。不可解だった事ごとがにわかにすっきりと輪郭を表し、これまでの日々が明瞭な脈絡と奥行きとを持って記憶のなかに立ちあがりはじめた。おのれの宿命の骨組みを一望に収めたかのように……。

銅板葺（ぶ）きの荘厳（そうごん）な玄関先で女が立ちどまり、振りかえった。やはり深く静かに頬笑んでいた。彼は初めて、女たちが浮かべつづけてきた頬笑みの意味を理解したように思った。そしていまや彼もまた同じ頬笑みを浮かべはじめているのだ。

「みんなが待っています……」と女が言った。「さあ、行きましょう」

もちろんそうだ。みんなが待っている。彼は女の目を見かえし、こくりとうなずいた。磨（す）りガラスのはまった格子戸（こうしど）の向こうに仄明るい玄関が垣間（かいま）見えていた。女のふくよかな手がその格子戸をゆるゆると開けてゆく。玄関から漏れる黄金色（こがねいろ）の淡い光が彼を照らすにつれて、陽炎（かげろう）が立たんばかりの生あたたかい空気が全身をねっとりと包みこんだ。

黒光りのする石が敷きつめられた土間があり、飴色に磨きあげられた式台があり、堂々たる上がり框があり、その向こうに女たちがいた。一糸まとわぬ肥え太った女たち、同じ頰笑みを持った女たち、油を引いたようにぬらぬらと白い柔肌を光らせた女たちが、たわわな胸を惜しげもなくさらけ出し、むっちりと丸い膝を揃え、翳りの上に手を添え、一面の肉となって立錐の余地もなくひしめいていた。肉の群れ、頰笑みの群れ、色欲の群れ……いったい何人の女がいるのだろう。ここから目に入るだけでも四十人、いや、五十人はいるに違いない。座敷に足を踏みいれれば、きっと百人を超える女たちが彼を待ちうけているだろう。肉、肉、肉……ここは肉の海だ。まもなくこの肉の海が押しよせてき、俺を呑みこむ。俺はきっとそこからふたたび浮かびあがることはないだろう。

　赤裸の女たちから立ちのぼる、ぶよぶよと蒸れた匂いが鼻を押しひろげてき、肉の海に向かって頭から転がり落ちてゆくような眩暈を誘う。ごとんと音がしたかと思うと、左手に提げていたはずの鞄が三和土に落ち、焦れったいほどゆっくり倒れていった。にわかに大きい鋭い風が立ち、鬱蒼と生い茂る裏の竹藪や仰々しく刈りこまれた庭木たちがざわざわと頭をなびかせて踊りはじめる。ああ、ここは寒いな、と思った。あの女たちはきっと俺を温めてくれるだろう。体の芯まで温めてくれ、俺はもう二度とこんな寒さを感じることはないだろう。

「みんな、わたしの家族、わたしの一族の女たちです」と傍らに立つほくろの女が誇らしげに顔を輝かせ、言った。「わたしたち、みんなであなたを選んだんですよ……」

　どこか上の空で女を見つめた。女もまた見つめかえしてきた。彼の欲望はいまや魂のふちからなみなみと盛りあがり、零れんばかりに瞳に滲んで揺れていたが、まったく同じものを女の瞳のなかに見たと思った。彼はそろそろと両手を持ちあげ、ゆっくりと女の肩を握りしめていった。指が柔らかく温かく溶けいるように沈んでゆく。この肉だ。いまようやくに手にした、この肉がすべてだ。

ほかには何もいらない。過去も、未来も、何もいらない。
「あんたが……あんたが……」と彼は譫言（うわごと）のようにくりかえしたが、自分が何を言い出そうとしているのかまるでわからず、わからぬままに欲望がどよりと波打って魂のふちから零れ落ちると、理性とそれ以上のものとが千々（ちぢ）に砕け散り、彼の輪郭は彼の肉欲の輪郭とぴたりと重なって見わけがつかなくなった。男はとうとう剝き出しの欲望そのものとなって世界の中心に屹立（きつりつ）した。

男は動いた。女の肩を荒々しく引きよせ、狂おしく頭を抱えこみ、眼球が触れあわんばかりに間近できりきりと見つめあうと、どちらからともなく互いに喰らいつき、二人は歯を鳴らしながら血のように真っ赤な舌をむぐむぐと呑みこみあった。そして分かちがたく絡みあったままひと足で敷居を跳びこえ、倒れこむように式台に踏みあがり、もろともにぬたうつ肉の海原へと身を投じたのだ。

掻きいだきあう男と女はどよめく肉の波頭に受けとめられ、伸びてきた何十本とも知れぬ腕の群れが二人のまとう衣服をつかんでは引きむしり、つかんでは引きむしる。そのあいだも男は臓腑を吐き出さんばかりの雄叫びに胸を震わせ、女は歓喜の哄笑（こうしょう）に胸をだぶだぶと揺する。二人は一枚また一枚と生まれたままの姿に近づきながら、いよいよ全身全霊をかけて互いの体にむしゃぶりつき、まだ遠いまだ足りぬもっと近くへもっと奥へと深く深くまぐわってゆく。体の下では、あるいは上では、女の体が血の通った白い生ぬるい沼のように震え、昂ぶり、波打っており、男はその沼の底から化け物じみた巨大な快楽がゆっくりと浮かびあがってき、眼前に迫るのを感じた。そしてその恐ろしいような快楽に天も地もなく呑みこまれ、虚空（こくう）のごとき女の腹中に身が裂けるほど幾度も幾度も精を放った。

男はその後、幾日ものあいだ片時も休むことなく肉の海を泳ぎまわり、押しよせてくる肉という肉を余すところなく鷲づかみにし、まさぐり、揉みしだき、揺さぶり、掻きわけ、押しひらき、顔をうずめ、喰らいつき、舌を這わせ、捏ねまわしたが、その肉はつかんでもつかんでも永遠につかみきれないような、それゆえにこの女たちを抱くには永遠の時間が必要であるような気がした。そんな途方もない恍惚の日々のなかで、次から次へと絶え間なく挑みかかってくるすべての女を幾度とも知れぬほど抱き、跨がり、跨がられ、すべての女の腹に数かぎりなく精を放ち、放ちつくした。男は命をすり減らしながら、この不思議な女たちは歴史の薄暗い足下でこうやって数を殖やしてきたのだ、そしてこれからも果てしなく数を殖やしてゆくのだ、俺はその連綿と続く歴史に織りこまれた、短いがしかし欠かすことのできない無数の糸屑のうちの一本なのだと思った。

　男は肉の海を漂ううちに、いつしか屋敷の最奥に横たわるひときわ巨大な女の胸元に流れついていた。男がまぐわってきた女たちとそっくりな、しかしもはや人の雌とも思えぬ、打ちあげられた白鯨のような大女だった。女たちが波打ちながらその大女を、お母様、お母様、我らが始まりの太母よ、と呼び、その大地の女神のごとき豊饒な美しさを口ぐちに称え、瘦せさらばえた男の体を肉の波上をすべらせてそこまで運んでいったのである。

　涅槃仏のように悠然と寝そべる大女の背丈は、すっくと立てば五メートルを下まわることはなかったろう。ごろごろと動く黒目がちの眼球は赤ん坊の頭ほどもあり、大きいぬるい息の出入りする口は、その気になれば男をひと呑みにできたろう。ただ呆然と女の巨体を眺めるばかりの男の鼻先で、てらてらと真っ白に輝く乳房がひと抱えもある餅のように重たげに垂れひしゃげ、幾重にもくびれた腹の肉は、それぞれの襞がそれぞれに命を与えられたかのように緩慢にうねっている。

　大女が巌のごとき頭をもたげたかと思うと、床を軋らせながらおもむろに身を起こし、遥かな高みから男を見おろした。女たちに受けつがれたのであろう巨大な頰笑みが頭上に仄暗くかかり、精も根も尽きはてた男に死のように濃い影を落とす。大女の口が微笑をまとったままのたのたと蠢き、人の耳ではとうてい聴きとれない地を這うような声で、何も恐れることはないよ……と言った気がしたが、そんなことは言わなかったかもしれない。お前はただ帰ってきただけ、ただ柔らかなところへ、すべての男が生まれたところへ、すべての命が育まれたところへ、ただ帰ってきただけ……。

　大女の丸太のような二本の腕が伸びてき、枯れはてた男の肉体をつかむと、取りあげられたばかりの宿命の赤子のように高だかと差しあげた。男は星ぼしと肩を並べるほどの天空から、大地に座す大女を、そしてそのまわりで肉の海となってざわめく女たちを見おろしている気がした。やがて、屋敷を鳴動させる女たちの歓呼の声に包まれながら、大女が二つの小山を引きはなすかのようにゆっくりと左右の膝頭をひらいていった。

　男は大女の股ぐらの奥深くにひそむ原初の翳りを見た。男は悦楽の予感に打ち震えた。あそこだ。俺はあそこからやって来たのだ。すべての男はすべての災いとすべての喜びとを携えて、あそこからやって来たのだ。ああ、すべての男が女の腹から生み出されたという真実が恐ろしい。すべての物語が女の腹から生み出されたという真実が恐ろしい。男は、もはや何年ともさだかでないそれまでの生涯を、大女の腹のほんの庭先で戯れることで過ごしてきたのだと知った。たとえ地球の裏側へ漕ぎ出そうとも、宇宙の涯へ飛び立とうとも、振りかえればそこにはいつだって女たちの翳りがあり、男たちの一切を見つめているのだ。

　男は大女の股のあいだにそっとおろされた。生ぬるい湿った空気の澱む、深い白い肉の峡谷の底だった。男はよろめき、ひざまずき、くずおれた。立ちあがった。膝を震わせながら、歩きはじめた。大女の内腿がいよいよ聳え立つ二枚の肉壁となって迫り、息苦しく挟みこんでくる。男は最後の力を振りしぼって白い温かい柔らかな肉をだぶりだぶりと掻きわけ、原初の翳りを目指し、白濁した肉の海をただひたすらに泳いでゆく。どこから発せられるとも知れぬ女たちの励ましの嬌声が肉の谷間に木霊し、男にひと掬いの力を与えた。もう少しだ。すぐそこだ。帰ってゆけ。すべての源へ帰ってゆけ……。

　男の目はもはやほとんど光を失っていたが、とうとう指先がぬるぬると潤んだ裂け目を捉えたことを知った。男は赤暗い潤みをがばりと押しひらき、ぬぷりと頭を差しいれ、精虫のように身をくねらせながらずるずると潜りこんでゆく。と、濡れた壁を伝って血肉の揺籃から地鳴りのごとき声が響いてき、どこか懐かしいような震えで男を押しつつんだ。

　また産んでやろう。お前が望むなら、何度でも何度でも産み落としてやろう。世界が終わるまで、何度でも何度でも産み落としてやろう。世界が終われば、新たな世界と一緒に、何度でも何度でも産み落としてやろう。男などいくらでもいくらでも望むだけ産めるのだから……。それまでは、お眠り……。世界の醜さ悲しさ恐ろしさ救いのなさをすっかり忘れはて、もう一度生まれたいと思うときまで、ゆっくりとお眠り……。

　しかし男は、すでに一切の言葉を忘れ去り、うつうつとまどろみながら、それでも休むことなく身を波打たせ、柔らかな根源の暗闇へと遡りつづけるばかりだった。

農場

一

その宿なしの若者は、二日前に誕生日を迎え、二十八歳になったはずだが、携帯電話のバッテリーが切れているせいでまだ日付を確かめておらず、いまだ二十七と八とのあわいを漂っていた。いまや寄る辺なく職もなく喰うものもない。あるものと言えば、捨て場に困る痩せこけた体と、ぽつんと浮かぶ点のような心だけだ。

　昼間は都内の公園のベンチで途切れ途切れの眠りを拾い、陽が落ちれば捨てられた影のように立ちあがって寒さ凌ぎにあてどなく夜の街をさまようことを続けていると、しだいに人間であるということがどういうことかわからなくなってくる。人間のあるべき姿から転落しつつあるのか、それとも人間として生きることの核心に迫りつつあるのか。

　若者は、かつてはがっちりと肉の詰まった頑健な体つきをしていたが、ここ半年ほどの喰うや喰わずの暮らしのなかで牛蒡さながらに痩せ細り、やり場のない怒りと諦念と孤独とを湛えた大きな目ばかりが、ごろりと浮いた頬骨の上で、穴の底から睨みつけてくるように暗い光を放っていた。頑なそうな太い鼻すじは赤く点々と膿んだにきびで荒れており、小ぶりな口はいかにも寡黙そうに固くすぼまっていた。肩まで伸びた髪は鴉のようにべたついた鈍い光を帯びており、着ぶくれした胸元からは饐えたような体臭がしきりに立ちのぼって鼻を突く。なまくらなT字剃刀の痛みに呻きながらも、公衆便所の曇った鏡で髭を剃ることを続けているのは、公園の松林に青テントを張って暮らす連中のなかには沈むまいという最後のひとつまみの誇りがまだ生きているせいだ。

　名は井上輝生と言う。文字どおり輝かしい人生を期待された名だったが、彼はいまやその浮ついた名前が忌々(いまいま)しくてならなかった。もっとも、忌々しいのは名前ばかりではない。弁当屋で働きながら女手一つで彼を育ててくれた母親、事あるごとに贈り物をくれた優しい祖父母、耳に蘇(よみがえ)る郷里(きょうり)の友人たちの陽気な笑い声、二十八年の人生でたった一度だけできた恋人との草津への温泉旅行、そういった目映(まばゆ)いような思い出のすべてが、あらかじめ奪うために与えられた日々であったかのように思われ、忌々しくてならなかった。

　高校を卒業後、輝生は地元の水産加工会社に就職して来る日も来る日も缶詰をつくっていた。生来、華やかな夢を見る質(たち)ではなかったし、根が辛抱(しんぼう)強かったから仕事は苦にはならなかったが、二十三のとき、経営者が突然、行方(ゆくえ)を暗まして会社が倒産し、ろくに仕事のない田舎町に放り出された。その後、東京に出て自動車部品の工場に住み込みの職を得たが、一年半後には雇い止めに遭(あ)い、今度は身よりのない東京に放り出された。望郷の念はあったが、帰る場所はすでに失われていた。彼が東京にいるあいだに母親が職場の便所で倒れ、五十一歳の若さでクモ膜下出血により命を落としていたのだ。百まで生きると豪語していた祖父は輝生が十七のときに大腸癌(だいちょうがん)で他界していたし、綿にでもくるむようにして彼を可愛がってくれた祖母は、惚(ぼ)けが始まって孫の顔も忘れ、富山の伯母(おば)に引きとられていた。もはや故郷に帰っても苔(こけ)だらけの寂(さび)れた墓があるばかりだった。

　その後も首都圏でただ時間と命を切り売りするようなつまらない職を渡り歩いたが、仕事が変わるたびに少しずつずり落ち、二十代にして人生が暗澹(あんたん)たる奈落へと狭(せば)まっていった。そして数カ月前に家電製造工場の寮を追い出され、とうとう宿なしの身となったのだ。日雇い派遣の仕事で食いつなぎながらしばらくはネットカフェを転々としていたが、いっとき体を悪くしたのもあっていつしかカネは底を突きはじめ、いまや銀行口座の残高は五十二円、財布の中身は総額三二四円という身動きすらままならないようなどんづまりに陥(おち)っていた。財産と言えばみすぼらしいリュック一つきり。有り余る時間が真空のように絶え間なく彼を苦しめていたが、それを冗談でも自由と呼べないのは、この野宿生活で、自由とはつまるところ時間を使う自由などではなくカネを使う自由なのだと思い知ったからだ。

それでもリュックにはまだ二冊の本が入っていた。一冊は東京の地図で、もう一冊は昔、古本屋のワゴンセールで手に入れた古今東西の名言集だ。名言集は重くかさばる本だったが、じっくりと取り組めばこの一冊から何十冊分もの人生の味わいが染み出てくるのではと期待し、手放さずにいたのである。しかし次第(しだい)に、名言を吐いた何百人もの偉人たちの亡霊を本に挟みこんで引きつれているような気がしはじめたのだが……。

二月の夕間暮れ、公園の寒ざむしい噴水のほとりで所在なくその名言集をめくっていると、ひらき癖(ぐせ)のあるページでふと手が止まり、そこに記された一つの言葉につい目が行った。

〝彼は、死の観念にとりつかれ、頭のなかで死ぬときの状態を想像して、そのリハーサルを行ない、のっぴきならぬ指令を実行する影武者を養っているのである。それは中毒患者のようなもので、麻薬中毒の患者が麻薬にとらえられているように、死につかれているのだ〟

いつの時代のどこの国に生きたのかもわからないヴァレリーという名の男、それとも女だろうか、とにかくそのヴァレリーという人物の言葉だ。これを読むのは初めてではないどころか、このところ、この本をひらくたびに目が吸いよせられる。輝生の脳裏にもいつのころからか〝死の観念〟が巣くっているせいだろう、〝のっぴきならぬ指令を実行する影武者〟という部分が無性(むしょう)に恐ろしく、ついその禍々(まがまが)しい姿を想像してしまうのだ。

目ばかりが爛々(らんらん)と光る闇の塊(かたまり)のような影武者が、寝ても覚めても背中に鼻面(はなづら)をぴたりとつけて張りつき、彼の死の観念を肥やしにダニのように日増しに太ってゆく。どれほど素早く振りかえろうとも、黒い影がちらりと視界の隅に閃くだけで、全貌を捉えることはできない。ましてや振りはらうことなど無理な話で、自分の影を葬りたければ、もっと巨大な影に沈むほかない。たとえば夜のような、死のような。

〝どうやって死ぬ気だ？　友よ……〟などと影が肩越しに囁きかけてくることもある。

〝まだ決めてない〟

〝首をくくるには縄がいるぞ。いまのお前にはその縄さえ買えまい〟

〝わかってるさ〟

〝電車に飛びこむか？　大勢の人に迷惑をかけることになるな〟

〝そんなつもりはない〟

〝じゃあマンションから飛びおりるか？　お前の血肉でそのマンションが汚れることになるぞ〟

〝それもわかってる〟

〝ならば、川に飛びこむというのはどうだ？　この季節ならたちまち凍えて死ぬだろう。それとも……〟

人生の転機が訪れたのは、名言集を手にしたまま死とそんな言葉を交わしていたときだ。ベンチの背後から不意に何者かが声をかけてきたのである。

「本が好きか……」と。

藁半紙でもこすりあわせたような嗄れ声だった。まさか本当に影武者が話しかけてきたのかとぎょっとし、慌てて振りむいたのだが、生来そういった咄嗟の感情が顔に出る質ではなく、まるで待ちあわせをしていたかのように自然に見知らぬ男と向きあった。

六十がらみの浅黒い顔をした恰幅のいい男だった。一瞬、青テントの連中の一人かと思ったが、そこまでひどい身なりではなかった。野暮ったい柄の垢じみたセーターの上に値の張りそうな分厚い紺色のダウンジャケットを羽織り、脂っぽい白髪まじりの頭にはオレンジ色の派手なニット帽をかぶっていた。袖口には重たげな腕時計が金色に輝いているのに、茶色の革靴はひどくくたびれていた。つまり古手の労務者がつい今し方、昏睡強盗でひと稼ぎしたようなちぐはぐな格好だった。そんな男が目尻を皺くちゃにし、黄ばんだ乱杭歯をずらりと覗かせ、こしらえたような、しかし見ようによっては朴訥と言えなくもない笑みを湛えていた。

「いや……」と輝生はかぶりを振った。昔から本を好むような人間に憧れる気持ちはあったが、読むという行為がまどろっこしくて、どうしても長続きしないのだ。

男はベンチを回りこみながら「隣、いいか？」と聞いてきたので、輝生はリュックを足下に置いた。男が、へへ、とゆるんだ笑いを漏らしながら腰をおろすと、ヤニくさい息が鼻先をかすめた。そして不器用な笑みを浮かべたまま輝生の顔を覗きこみ、

「住むところはあるか」と言った。

輝生はまたかぶりを振った。身なりのいい人間にいきなりそう訊かれたら羞恥心も湧いたろうが、男は右を向いても左を向いてもいまの日本は宿なしだらけだというような低いところから語りかけてくるから、つい正直に答えてしまう。

「じゃあ携帯電話は？」と男は畳みかけてくる。

輝生は無言で首を傾げ、小さく手を広げた。あるにはあるが、カネがなくて利用停止を喰らっているのだ。男はそれを察したのだろう、世知辛い世の中を憂えるふうに渋い面持ちでうんうんとうなずいた。こいつの狙いはなんなのか、輝生があらためて訝しんだとき、男はいよいよ本題といっ

た具合に身を乗り出してき、

「じゃあ仕事はどうだ」と楽園の蛇のように囁いた。「働くのは好きか？」

二

三十分後、輝生は男の運転する白いバンの助手席に座っていた。仕事についての説明をひと通り聞いたあと、まさか命までは取るまいと腹をくくり、乗りこんだのだ。

車内は鼻の奥がつんと来るほどヤニくさく、まるでずっと男に抱きすくめられているようだった。バンの後ろにはいくつもの段ボール箱が雑然と積まれており、車が揺れるたびにがさごそと陰鬱(いんうつ)な音を立てた。何げなく箱に書かれた文字に視線を走らせたが、引越し業者、林檎(りんご)、小松菜、トイレットペーパーなどなど一貫性がなく、これから行くところと関わりがありそうな言葉は見つけられない。

男は篠田(しのだ)と名乗った。善人には見えなかったが、悪人にも見えなかった。食うためには大概のことをやってのけるが、一線を超えるとしばらく悪夢にうなされる、そんな男に見えた。終始ぶっきらぼうな口ぶりだったが、そわそわと不器用に輝生を気づかうようなところもあった。言葉には輝生の知らない訛(なまり)があった。どこかの土地の訛と言うより、若い時分に地方を転々とするうちに、どこの者にもなりきれないまま歪(いびつ)な格好で言葉が固まってしまったような感じだった。

篠田はこれから向かう場所を〝農場〟と呼んだ。輝生はその農場で働く作業員として雇われるらしい。〝農家〟だの〝農地〟だのは当たり前に聞くが、〝農場〟という一見、無害そうな言葉には、なんとなく奴隷(どれい)でも囲うような重苦しい響きがあった。その農場は、とあるバイオ関連企業からの依頼で実験的な作物を育てているという。〝バイオ関連企業〟という言葉が篠田の口から出ると、見え透いた鬘のように吹けば飛びそうに聞こえた。人手集めをまかされているだけで細かい理屈はわからないというのは事実のようだった。

しかし〝ハナバエ〟というのがその実験的な作物の名であるのは確からしい。輝生の頭に浮かんだのは〝花蠅〟のふた文字だったが、作物と言うぐらいだから、やはり虫ではないのだろう。そのハナバエの苗を三月中に植えつけ、九月に収穫するが、その後もなんやかやと煩わしい作業があって、結局一年を通しての地道な辛抱仕事となる。去年、大阪の釜ヶ崎で見つけた若い男は収穫の直後にケツを割って逃げ出したという。ホスト崩れのこらえ性のない男で、田舎暮らしの退屈さに音をあげたらしい。農場にはろくな娯楽がない。若い女もおらず、パソコンも携帯電話もなし。楽しみと言えば、テレビやゲームや本、食うことと寝ることと風呂ぐらいしかない。あとは、まだ生きているということ。

「人間なんてそんなもんじゃねえのか？　早い話がよォ……」と言って篠田は喉の奥でがさごそと笑った。「この歳んなるとよォ、もう毎日が退屈で退屈で……。若いときみたいに夢中になってなんかやるなんてことはもうねえな。昔は人生五十年なんて言ったもんだけどよォ、よくできたもんで、まあちょうどいい塩梅だ。そっから先は線香花火の終わりかけみたいなもんで、ちらっぱ、ちらっぱ、まあ大したことは起きねえな」

輝生も釣られて曖昧な笑みを浮かべながら、この手の話は歳嵩の男たちから何遍も聞かされたがそのたびにどう答えたものかわからなかったのを思い出していた。篠田はそこから長々と十分ほども押し黙ったが、しかし突然、さっきの話題がすぐそこでまだ律儀に待っていたみたいに、

「でもよォ、お前さんはまだ違うわ。若えもんな……」と続きを始めた。「さっきも言ったけどよ

ォ、これから行くとこで、お前さんはちょっとしたもんを見ることとなるよ。ああ、まだこんなもんがこの世にあるかってな。それでも人間、慣れちまうんだけどな。きっと俺たちはよォ、大昔に地獄に落とされちまってここにいるんだけどよォ、もうすっかり慣れちまって、地獄ってのはもっと下にあるもんだと思いこんでんだな。呑気なもんだわ」

確かに〝ちょっとしたもん〟の話は公園でもちらりと聞かされたが、じゃあそれがなんなのかという段になると、篠田は意味ありげに目を細めて苦笑いを浮かべるばかりなのだ。詳しく話す気はないが、懐に呑んだ得物を仄めかすみたいに、いちおう警告はしたということなのだろう。それで腰が引けるならこの話はなし。どうせ跳ぶなら目をつぶれ。

そもそも〝これから行くとこ〟などと言っても、篠田は農場がどこにあるかすらはっきりと明かさないのだ。東名高速に乗ったから西に向かっているのは確かだが、〝関西のほう〟の〝ど田舎〟などとあからさまに行く先をぼかし、何県のどことは明言しない。バイオ関連企業とやらが農場の場所を大っぴらにするのを嫌がっているのだと篠田は言うが、これからそこで働こうという人間にまで所在地を伏せる意図はなんなのか。

関西で働かせる人手をなぜ東京にまで出てきて探すのかと尋ねれば、普段は大阪で見つくろうがたまたま東京に来る用事があったからついでに何人か声をかけてみたまでだと言う。当然のことながら、故郷との縁が切れた天涯孤独の働き手、つまり蒸発しても誰も騒ぎ立てない者が東京にはごろごろいると見越してのことではないのかと恐ろしい勘ぐりも生まれてくる。しかし背に腹は替えられない。財布の中身は三二四円。青テントの群れに埋もれる勇気を持てないなら、別の穴に埋もれるしかないのだ。

いつしか行く手にかかる鰯雲を薄紅色に染めながら陽が沈み、「あ、そう言えば腹減ってるだろ」

と篠田が言った。座席の後ろから引っぱり出した菓子パンだのおにぎりだのを輝生が夢中になって頬張ると、篠田は「全部食え、全部食え。俺はいいからよ」と言ってその日いちばんのからっと抜けるような笑い声をあげた。そして目の前にぐいとステンレス製の魔法瓶が出てきたのだ。いくつもへこみのある年季の入った魔法瓶である。温かいコーヒーが入っているのだと篠田は言った。あとから思えばいかにも不自然だ。運転席側のカップホルダーには缶コーヒーが収まっており、篠田はときおりそれを啜っていたのだから。しかし輝生はひさしぶりにコーヒーを飲みたいという思いが先に立ち、毛ほども疑わなかった。そもそもその手のことが我が身に降りかかるという発想もなかった。妙な味がしたという記憶もない。小一時間ほど経って、瞼を引きずりおろすような突然の睡魔に襲われたときも、まだおかしいとは考えなかった。着いたら起こしてやるという篠田の言葉を意識の片隅で聞いた気がした。

ずぶずぶと眠りの淵に沈みながら、ふと〝のっぴきならぬ指令を実行する影武者〟がもう背中に張りついていないかのような、肩の軽い感じが久方ぶりに寄り添ってきた。それとも、少し距離を取っただけで、飢えた目を暗がりに光らせたまま恨めしげに膝を抱え、まだ後ろの段ボールの向こうにでも座っているのだろうか。

〝いったん俺を産み出したが最後、友よ、決して振りきることはできないぞ〟そんな囁きを夢うつつに聞いた気がした。〝地の涯までも追ってゆく。そしてずっとお前を見ているぞ。たとえ何年でも、何十年でも、何百年でも……〟

三

薄暗がりのなか、ダウンジャケットを着たまま埃くさいマットレスの上で目を覚ました。ひんやりと青ばんだ光がカーテンに四角く滲んでいた。見知らぬ部屋の見知らぬ寝床のなかで、ぎょっとして身を起こした。かと言ってどこにいるはずだったのかもわからず、しばしのあいだ意識がぽかんと宙に浮いた。ほどなく篠田と名乗る男の車に乗りこんだことを思い出したが、出されたものをあれこれ頬張って魔法瓶に入ったコーヒーを飲んだあたりから記憶が途切れていた。農場とやらに連れてゆくという話だったが、ここがそうなのだろうか。

色々と腑に落ちなかった。だいたい篠田は着いたら起こすと言ってはいなかったか。いや、起きなかった自分が悪いのか。それにしても穴にでも落ちたような不可解なほど深い眠りだった。この歳になって、車から担ぎ出されても子供のように眠りこけたまま目を覚まさなかったというのはにわかには信じがたい。ひょっとしたら一服盛られたのではないだろうか。

部屋は六畳ほどの広さで、窓が一つにドアも一つ、そして幅一間の押入らしきものがあった。床は畳で、壁は白いクロス、天井は安っぽい板張りだ。ドアの前の半畳が一段さがって玄関になっており、見なれた小汚いスニーカーが向こうを向いて素っ気なく並んでいた。部屋の隅には小さなテレビとDVDプレーヤーらしきものが畳に直置きされ、その横に空っぽのカラーボックス、さらにその隣に文机のようなものがあり、その下に薄っぺらい座蒲団が押しこまれている。全財産とも言えるリュックは押入の前に転がっていた。どうやってここに連れてこられたのかリュックのほうがよく知っていそうな気がしたが、もちろん何も語ってはくれなかった。

四つん這いで窓際まで行き、カーテンを少し開けた。一階だった。まず目に飛びこんできたのは見あげるような金網だ。高さが四、五メートルはあるだろう。その柵の上では有刺鉄線が螺旋状に張りめぐらされており、さらにその数メートル先には白塗りの鉄板らしきものが塀となって隙間なく立ちはだかっていた。つまり、ここと向こうとは二重に隔てられているのだ。どちらが内でどちらが外かが問題だが、なんとなくこちらが内のような気がした。昔、戦争映画で見た、痩せさらばえた男たちが恨めしげに鉄条網にすがりつく強制収容所の一場面が脳裏をかすめた。いまこの窓から出てあの柵を越えようとしたら何が起きるのだろう。天を割らんばかりにサイレンが鳴り響くのだろうか。牙を剝いた犬の群れでも押しよせてくるのだろうか。

耳を澄ますと、かすかではあるが、遠くでいくつもの足音や椅子でも動かすような鈍い摩擦音などの人の気配がしている。ふと、リュックの向こうに小さな目覚まし時計が転がっているのが目に入った。六時二十分……当然、朝のだとは思ったが、ひょっとしたら二十時間以上も眠りこけてしまい、これからまた陽が沈むところなのかもしれない。

また蒲団に入ると、頭の後ろで手を組み、薄暗い天井を見あげた。ついきのうまでは世界の涯の先っぽに立ち、途方に暮れ、朦朧とした頭で死ぬことばかり考えていた。それがいまはどうだ。右も左もわからない見知らぬ土地の見知らぬ部屋で目を覚まし、残り物のような人生がどこへどう転ぶか見当もつかずにいる。何かを期待する気持ちはもうとうに涸れはてていると思っていたが、それでも漠たる不安を押しのけてひとつまみの希望が芽吹きはじめている。

「これから何かが起こる……」

輝生はこの新しい世界にふさわしい静けさでそうつぶやいてみた。自分の声のようには聞こえず、真実が真実のままの声音で語られたようだった。

部屋が少しずつ明るくなってきていた。やはり朝だったのだ。

四

半透明の赤黒い液体に満たされた、ガラス製の巨大なタンクが眼前に高だかと聳え立ち、輝生を見おろしていた。タンクは蚕の繭を立てたような形状をしており、高さは六メートル近くありそうだ。周囲を測ろうと思えば、四、五人の男が輪になって手をつなぐ必要があるだろう。一見、赤ワインか何かをどうにかする機械のようでもあるが、そうでないことはすぐに知れた。わずかにとろみを帯びた薄い血のような液体のなかを、どことなく気味の悪い形をした無数の不純物が漂っているのが、分厚いガラス越しにちらちらと見えるからだ。

その不純物はどれも五、六センチほどの大きさで、肌色をしているようだが、液体の濁りから現れては隠れを、タンクのあちこちで素早くくりかえし、容易に正体を明かそうとしない。ひょっとしたらこれは、という不穏な推測が輝生の脳裏に頭をもたげつつあったが、そんなまさか、というほとんど願望のような思いがそれを押さえつけようとしていた。

それはそうと、輝生は先ほどから頬を炙るような視線を感じずにはいられなかった。隣に立つ小柄な老人が腹の底で何かを面白がるような薄笑みを浮かべ、まじまじと顔色をうかがってくるのだ。この異様な物体に対するこちらの反応を見ようというのだろう。けろりと当たり前のような顔をしているのが正解なのか、それともこの場で白目を剝いて卒倒するのが正解なのか、いずれにしても輝生は反応らしい反応もできず、ただ心身を静かに強張らせていた。そんな戸惑いを読んだかのように、老人が独特の甲高い声で、にやりと口角を歪めながら尋ねてきた。

「なんに見える？」

輝生はいま一度、ガラスの向こうに目を凝らした。タンクには七割ほどのところまで液体が入っており、鰯の群れを泳がせる円筒形の水槽のように、その液体ごと中身がゆっくりと回転していた。が、もちろん赤黒い液体のなかを転がるように対流しているのは鰯の群れなどではない。何に見えるかと問われれば、思いつく答えは一つしかなかった。

「鼻……みたいな……」

顔から削ぎ落とされた、人間の鼻……。何十という数ではない。おそらくは何百、ひょっとしたら何千か。

「ははっ！」と脳天から声を突きあげるように老人が笑った。「みたいな、やあるか。鼻や、鼻……。空の雲やあるまいし、ほかのもんに見えてたまるかいな」

背後からも喉の奥で捏ねくるようないくつもの笑いが、くつくつと聞こえてきた。七対の目、つまり五人の男と二人の女とが、輝生と老人とのやりとりを先ほどから面白半分で眺めていた。この農場とやらで働く者が何人いるのか知らないが、この七人はどうやら仕事の手を止めてまで新入りの顔を拝みに集まってきた野次馬らしい。輝生は浅葱色の作業着に身を包んだ彼らにさっと視線を走らせる。三十代から六十代と見える男女、一人二メートルはあろうかという愚鈍そうな大男が目を惹いたが、しかしどの顔も倦み疲れたような皮肉っぽい笑みが浮かんでいるだけで、鼻削ぎに目のない猟奇殺人者の集団には見えなかった。

輝生が名前を知っているのは隣に立つ老人だけだ。権田と言うらしい。頭に小豆色のキャップをかぶり、その下から黄ばんだ白髪が溢れている。へらで頬をごそっとこそげたようなしゃくれ顔の渋紙面で、たとえあした死ぬと聞かされても、世界の端っこをくわえて放さないような頑固丸出しの表情は崩れそうになかった。ついさっき、この顔で権田は輝生を部屋に起こしに来たのだ。ドアを開けるなり、「まさか、お前、しょんべん漏らしてへんやろな」と声が飛びこんできた。まるで三人に一人はここへ来た夜にやらかすと言わんばかりに。漏らしてはいなかったが、自分から部屋を出てゆく勇気を持てず、ずっと我慢していたのは確かだ。びくりと身を起こしたところで、権田といきなり目が合った。裏稼業丸出しのむくつけき大男などではなく、労務者風の小柄な老人であったことに内心、安堵したが、ぼんくらの若僧を顎で使うようないきなりの勢いに気圧されて、思わず背すじを伸ばすように「いや、まだです」と答えた。権田はそもそも輝生の若さが滑稽だと言わんばかりに、くかか、と妙な声で笑った。

　輝生はどこを見ていいかわからず、またタンクを見あげた。権田は輝生を便所に案内したあと、いきなり〝保苗槽〟を見せてやると言って、この部屋に連れてきたのだ。入口の鉄扉に張られたプレートにも〝保苗室〟と書かれていた。天井高はおそらく八メートルほど、広さは四十平米ほどと見た。躯体の鉄骨が剝き出しで、工場や倉庫の一角のような雰囲気だ。右手の巨大なシャッターが半分ほどひらいており、この尋常ならざる不気味な光景の傍らに、場違いとも言える健全な陽光が白じらと射しこんでいた。

〝保苗槽〟ということは、この鼻のようなもの、いや鼻が、つまり苗なのか。篠田が言っていたハナバエという言葉を思い出した。となると〝鼻生え〟か。実験的な作物……こんなものから何かが生えてくると言うのだろうか。あれこれ考えるうちに輝生はだんだんと得体の知れないのぼせのようなものに煽られてき、うわずった声で思わず、

「この鼻は……どこから……」と口走っていた。

　権田は、ふん、と鼻で笑うと、けろりとした口調で、

「どこからと聞くなら、当然、顔からやな……」と言う。「夜道で後ろから頭ぶん殴って、生きたまま鼻を削いでくるわけや。〃鼻だけは勘弁してくれ。鼻だけは……〃」

後ろの七人がどっと笑った。どうやらお決まりの冗談らしい。しかし作り話として笑っているのか、それとも実話として笑っているのかがわからない。輝生はいま一度、薄ら笑いを浮かべる七人の顔に視線を走らせ、揃いも揃って同じ狂気に取り憑かれた集団などということがあり得るだろうかと内心、首をひねる。

一瞬、右手のシャッターの下からすべり出て、どことも知れぬ彼方へあたふたと駆け出してゆく自分を想像した。しかし案に違わず有刺鉄線を越え損ねて金網から引きはがされ、やすやすとこの場に連れもどされるのだ。小山のような大男がこの場にいるのは、もしやそのためだろうか。篠田が〃ケツを割って逃げ出した〃と言っていた男はどうやって逃げ出したのだろう。それとも逃げ出そうとしただけなのか。実はそんな逃げ出そうとした男は一人や二人ではきかず、それどころか十人や二十人でもきかず、みんな鼻を削がれてあのタンクのなかをいまもゆらゆらと漂っているのだとしたらどうだろう。

「なんちゅう顔しとんや」と権田がにやにやしながら言った。「自分もあそこに入るん違うか思てんのか？　すっかり鼻で泳ぐ気満々みたいやな」

また七人がどっと笑った。どうやら権田はこのなかでは長老格で、この老人が新入りを茶化すと全員で笑うことになっているらしい。権田はまた、くかか、と笑い、

「まあ、そう固くなんなや」と染みの浮いた拳で輝生の肩をどんと突いてきた。「だァれもお前の鼻なんかいらんわい。このなかの鼻はな、誰の鼻でもええっちゅうわけにはいかん。ちゃあんとまっとうな手続きを踏んで、一つひとつ集められた由緒正しい鼻なんや。ほれ、よう見てみい。どれ

見ても字ィ書いたあるやろ」

　すでに気づいていた。どの鼻にも、薄くではあるが、鼻すじに沿って青黒い文字のようなものが記されている。数字とアルファベットが七、八桁並ぶ管理番号のように見えた。全部、元の持ち主がわかっているということか。ならば、その持ち主はどこのどんな連中だったのだろう。死んでから削がれたのか、それとも本当に生きたままか。権田の言う〝まっとうな手続き〟とはなんだろう。この不気味で冒瀆的な光景を正当化するに足る、法に触れない正しい手続きなど存在するのだろうか。輝生のそんな数々の疑念に先まわりするように、権田は苦々しげに声を低め、

「余計なことは聞くなよ」と言った。「何が知りたいにせよ、ここで働いとったら追々わかってくることや」

五

　ひと月も経たないうちに、多くのことがわかってきた。テレビを1チャンネルに合わせると、NHK神戸の放送が入る。となると、ここは兵庫県内に違いない。塀の上から見えるのは、人の手が入った様子のない、樹々が鬱蒼と生い茂る山ばかり。どうやらこの農場は、東西をなだらかな山並みに挟まれた谷間にあるようだ。

　権田によれば、農場全体の敷地は二〇ヘクタールを超えるらしい。もちろんその大半は畠地だが、建物も点在している。輝生ら作業員が寝泊まりする二階建ての建物は、ただ〝寮〟と呼ばれていた。作業員の個室のほかに食堂や浴場や便所、図書室などがあり、普段の生活は一歩も外に出ずにそこだけで事足りる。寮の北側には〝研究所〟と呼ばれる純白の建物があり、巨大なガラスタンクのあ

る保苗室もそこにあった。研究所のさらに北には、ずどおんと細長い褐色のプレハブのような建物が三棟、軒を連ねており、引っくるめて〝倉庫〟と呼ばれているが、輝生はまだ足を踏みいれたことがなく、それどころか誰かが出入りするのも見たことがない。しかしひときわ目を惹く巨大な建物だから、この農場にとって欠かすことのできない重要な施設であることは察せられた。

輝生は毎朝八時には畠に出て、陽が落ちるまで権田と組になって働いた。土に元肥を施し、畝を立て、そこに黒いマルチフィルムを張る、毎日がそのくりかえしだ。農作業など初めてのことだったが、やはり普通の作物を育てるのとは勝手が違うと素人の輝生にすら感じられた。肥料の量、土との混ぜ具合、畝の大きさや形状、そういった諸々のことに権田はやたらとうるさかった。とくに畝の立て方には鬼気迫るようなこだわりを見せ、一つの畝をためつすがめつしては、ああだこうだと口やかましく輝生に指示を飛ばした。畝は幅も長さも高さも正確に測り、引鍬を巧く使って綺麗なかまぼこ形に盛りあげねばならない。権田が言うには、不格好な心からは不格好な畝が立ち、不格好な畝からは不格好なハナバエが育つとのことだ。そして不格好なハナバエには一文の値打ちもないらしい。

一日の仕事を終えるころには、毎日ぼろ雑巾のようにくたくただった。あるとも知らなかったような筋肉があちこちで悲鳴をあげ、鍬を握る手は、まめができてはつぶれ、できてはつぶれをくりかえし、逆立ちしたまま生きてゆけそうなほどに手の平が固くなりつつあった。権田は面白がるような励ますような口ぶりでしきりに「いまがいちばんきつい時期や」と言うが、そうでなければとうてい続かない気がした。何しろ休日がないのだ。

楽しみと言えば、食事、風呂、睡眠、テレビだけ。食事に不満はなかった。朝昼晩と日に三度、まずまずの料理が食堂のテーブルに並ぶ。天井から吊られたテレビを睨みながら一人黙々と箸を動かす外れ者もいたし、世間話をしながらのんびりと食べる者もいた。寮で暮らす者は輝生を含めて二十一名、研究所で寝泊まりする者も十名ほどいるようだが、一度も口を利いたことがなく、窓辺を横切る姿や敷地内をうろうろするのを遠目に見かけるくらいだ。

　食事どきになると、輝生はいつも権田の隣に座った。輝生のことは端（はな）から権田の領分なのだ。だんだんわかってきたことだが、輝生は、老いて野良仕事が難しくなりつつある権田の補助役として連れてこられたらしい。確かに権田の動きのそこかしこには老衰の影が差していた。背を丸め、肩を左右に揺らしながらぎくしゃくと歩き、作業中に腰を押さえて顔をしかめることもしばしばだ。来る日も来る日も朝から晩まで一緒に働くのだからしだいに情も移ってき、内心、老体を案ずる気持ちも生まれていたのだが、不手際をこっぴどく罵倒（ばとう）されることはあっても、こちらから労（いたわ）りの言葉をかけることはなかった。そんな生ぬるい間柄ではないのだ。権田は権田で歳のせいか、あるいは生来のものか、せっかちで口が悪いし、輝生は輝生で騙（だま）されて連れてこられたという拗（ね）じくれた思いがあるのである。

　しかし本当に騙されたのか、輝生はときおりそう自問した。雨風はしのげるし、食うものにも困らない。食事どきの会話に耳をそばだてれば、どうやら篠田が言ったとおりに給料のほうも月々支払われているらしい。問題はそのカネの使い道だが、研究所の事務室にいる大内とかいう女に欲しいものを申請すれば、大概の品物がこの農場に届くという。しかしこんなどことも知れない辺土の箱庭に閉じこめられて、欲しいものなど何があろう。洒落（しゃれ）た服に出番はないし、車やパソコンは元より禁制品だ。一本百万もするというアコースティックギターを食堂で爪弾く鹿島（かしま）という男がいるが、せいぜいそれぐらいだ。ほかの連中はここを出てからカネを使うつもりでいるのかもしれないが、そもそもここを出てゆくことなんかできるのだろうか。

輝生は夜中にふと目を覚ますと、薄氷の上に横たわっているような底知れない不安に襲われることがあった。ここはいったいなんなのだろう。ここにいる連中はいったいなんなのだろう。いつからここにいていつまでいるつもりなのだろう。輝生の過去について根掘り葉掘り詮索（せんさく）する者など一人もいないし、輝生のほうでももちろんそんな真似（まね）はしなかった。こんな異様な空間に流れ着いた者はみな、多かれ少なかれ臑（すね）に疵（きず）を持つ身に違いないのだ。互いに名前や綽名（あだな）でなんとなく呼びあっているが、名前であっても当然、本名かどうかさだかでなく、凶悪な指名手配犯が偽名で紛（まぎ）れこんでいる可能性もなくはない。

輝生は権田のことすらろくに知らなかった。八十代前半と見ていたが、きつい野良仕事で老けこんだ七十代かもしれないし、九十と言われたらそうとも思える枯れた雰囲気がある。五年十年という仕事のこなれ具合ではもちろんないが、もし仮に三十年ここにいるとしたらどうか。充分にありそうな話だ。ひょっとしたらもっと長いかもしれない。たとえば寮の内装一つ取っても、古くさいプリント合板の壁、便所や浴場の細かいタイル、リノリュームの床、笠（かさ）の黄ばんだ照明器具……そういった諸々のものが、二十八の輝生よりも長い歴史を堪（た）え忍んできたように見えた。

もし権田が本当に三十年もこの農場に閉じこもっているのであれば、もう娑婆（しゃば）へは出てゆけないだろう。動物園の上げ膳据え膳で育った獣のようなものだ。が、それを言うなら権田だけではない。ほかの連中だってここから出たあとの話など決してせず、永遠にこの檻（おり）にもたれつづけるつもりでいるような、皮肉っぽく弛緩（しかん）した顔で日々を過ごしている。しかし彼らは彼らで、ある意味、腹をくくっているに違いない。でなければ、血溜まりのようななかを黙々と漂う無数の鼻、鼻、鼻……あんなおぞましいものに関わって生きてはゆけないはずだ。

権田が畠で一度、「出ていきたくなったら言えよ。すぐに出してやる」と言ったことがあった。

輝生は権田の顔をじっとうかがった。本気かどうかを見さだめるためだが、輝生の呑みこみの悪さにうんざりした様子で眉根を寄せているだけだった。冗談を言ったようにも、怒りにまかせてやりもしないことを口走ったようにも聞こえなかった。しかし真に受けていいものか確信は持てなかった。好きなときに出てゆけるのなら、なんのための鉄条網だろう。なんのための塀だろう。

　新入りが農場に魂を売るかどうかを見きわめるために鎌をかけているのかもしれないと思い、輝生はただ「はあ……」となまくらな返事をしただけだ。あのとき、じゃあいますぐ出してくれと答えていたら、果たしてどうなっていたのか。何しろここはお釈迦様の目すら届かない辺境の監獄だ。身寄りのない流れ者が鉈や鋸で細切れにされて畠に撒かれたところで、外の世界に波風一つ立つまい。そして彼らは、またもや期待外れに終わった新入りについてもはや語ることもない……そんな悪夢がこの地でくりかえされているのかもしれない。

六

　輝生は権田と二人きりで保苗槽の前に座って一時間ほども漂う鼻の群れを黙々と睨みつづけるという、ほとんど苦行のような退屈な作業を何度か経験していた。保存状態の悪化した苗を早期に発見するための監視当番らしい。しかしそれもきょうで終わりだ。

　冬が行きつ戻りつしながら農場から遠ざかり、三月の下旬、研究所の裏にある大きな辛夷が真っ白な花を咲かせはじめた。辛夷は苗の植えつけの時期を知らせる花だと言う。もっとも、実際に植えつけの日をさだめるのは月だ。新月の日が選ばれる。いよいよその日が来て、早朝、作業員たちが一人残らず保苗室に集まっていた。いよいよ保苗槽から鼻が取り出されるのだ。

輝生はタンクの蓋が開いているのを初めて見た。半球形のステンレスの蓋が、ペダルを踏んだゴミ箱のようにがばりと口をひらいていた。まさかあそこからたも網のようなもので一つひとつ掬いあげるのではあるまいななどと考えていると、左手のガラス管から来る赤黒い保苗液の供給が止められ、タンクの水位が徐々にさがってきた。それに伴い、鼻がなお一層ひしめいて芋を洗うようになってき、やがて排出しきれなかった保苗液に浸されたまま、夥しい鼻が丸みを帯びたタンクの底にずっしりと溜まった。いかにも窮屈そうに身を寄せあう鼻たちは、液中を巡っていたときより遥かに生き生きとして見え、生ぬるい鼻息を互いに浴びせあうようなくすぐったい感触すら想像させた。

　大男の津田が、タンクの下部にあるハンドルを回してゆくと、すべり台のように傾斜した排出管からちょろちょろと残った保苗液が漏れはじめ、管の下に置かれたステンレス製の巨大なティンパニのような形状の容器に流れこむ。ぽろりと鼻が転がり落ちてきた。一つ、二つ……あとは勢いよく、びたびたと濡れた音を立てながら、槽内の鼻たちがステンレス製の容器に落ちてゆく。その巨大な容器は下に車輪がついているせいか、〝ワゴン〟と呼ばれている。わきからそっと覗きこむと、ワゴンのなかにはコーヒーのペーパーフィルターのように白い袋状の布がすっぽりと収まっており、そのなかで鼻がうずたかく盛りあがっていた。どうやら鼻だけを濾しとり、残りの保苗液を切るための仕組みらしい。

　すべての鼻が残らず落ちてくると、ワゴンは部屋の中央に動かされ、みなでそれを取り囲んだ。そしてワゴンのへりの鉤に引っかけられていた縄を外し、八人がかりで八角形をなすようにつかむ。鼻の載った布がトランポリンを張ったように持ちあげられ、その隙にワゴンが動かされ、部屋の隅にまで押されていった。そして布が御輿のようにそっとおろされ、床にこんもりと鼻の山が出現した。
そこからは輝生もゴム手袋をはめ、権田に教わりながら作業に加わった。鼻を一つひとつ拾いあげ、〝パレット〟と呼ばれる平べったい透明なプラスチックの箱のなかに丁寧に並べてゆく。パレットの内部は十掛ける十で仕切られているので、一つのパレットにちょうど百個の鼻が収まる計算だ。しかし手当たり次第にどこにでも押しこんでいいわけではない。どのパレットのどの区画にどの鼻が収まるか、すっかり決まっているのだ。そのためにすべての鼻に管理番号が記されているのである。

最初の一個を拾うのに思いきりが要った。摘まみあげた瞬間、背すじに悪寒の走る気配が湧き起こったが、しかし肌にまでのぼりきれずにやがてどこかへ退いていった。手袋ごしに指先に伝わってきた感触は、やはり人間の鼻以外の何物でもなかった。肉の柔らかさの向こうから軟骨がこりこりと押しかえしていた。それは単に軟骨の持つ弾力性と言うよりも、むしろ人間の命そのものが本来的にそなえた弾力性とも感じられた。輝生は一瞬、この鼻はまだ顔につながっている、人間につながっている、という強烈な錯覚に抱きすくめられ、ひざまずいて鼻を摘まみあげた格好のまま、しばし息をするのも忘れて凍りついた。「これがほんまの鼻摘まみ者……」と権田が傍から茶化すと、みなが作業をしながらも上目づかいでくすくすと笑い、輝生もなぜか照れ笑いのようなものが込みあげてきた。

しかし五つ六つと拾ううちに落ちついてき、様ざまなものが見えてきた。まず気づいたのは鼻の多様さだ。老人のものと思われる染みの浮いた鼻もあれば、見ているだけで泣けてくるようなこぢんまりとした幼児の鼻もあった。あるじが大酒飲みであったことを推測させる赤いぶよぶよとした鼻もあれば、美しい女のものであってほしい繊細な鼻すじを持った白い鼻もあった。要するに、老若男女どんな鼻であれ分け隔てなくここに含まれているように思えた。そして驚くべきは、どの鼻もつい今し方、隣の部屋で削ぎ落としてきたかのように新鮮に見えることだ。ずっと保苗液に浸(つ)かっていたにもかかわらず、ふやけた様子もなく、いまからでも持ち主に返せば、造作なく顔のまんなかに収まるのではないかと思われた。

次に気づかされたのは、鼻を削ぎ落とした者の卓越(たくえつ)した技術だ。どんな刃物が使われたのかはわからないが、鼻の切断面は、一切(いっさい)の迷いやためらいを感じさせない、それぞれの鼻が背負った宿命とも思えるような見事な曲線を描いていた。小鼻の根元からすっと奥に入り、鼻孔が形づくる輪を崩すことなく、硬骨と軟骨との境を綺麗に掬いあげる。それをおこなう者の熟練した腕前は言うまでもないが、これを可能にするには、削ぎ落とされる側が微動だにしないことが求められるだろう。死体であるとか、麻酔で眠らされているとか、でなければ手術台のようなものに頭部を完全に固定されているとか。

最終的に、鼻はすべて十五個のパレットに振りわけられた。つまり、鼻は総数千四百個余りということだ。なんとなくもっと多いように想像していたのだが、削ぎ落とされた鼻が千四百個以上もひとところに集まってまだ足りないと言う道理もない。

誰かがシャッターをあげると、青白い蛍光灯の光を蹴散らすように澄みきった陽光が押しよせてき、保苗室のなかを心地よい春の風が巡りはじめた。早朝のひと仕事を終えたみなの顔が、眩(まぶ)しげに目を細めつつ、わずかにほころんだように見えた。一歩離れたところから彼らを眺めていると、何を恥じることもない、誰から逃げ隠れすることもない、もっとまっとうな仕事に携(たずさ)わる平凡な労働者のようだった。しかしすぐそばの長テーブルの上には、切りとられた鼻のずらりと収まったプラスチックケースがいくつも並んでいるのだ。目が狂ってくるような拗(ねじ)れた光景だった。そんなこ聞こえたが、植えるのはもちろんあの鼻なのだ。

とを考えていると、権田が厳めしい面持ちで近づいてき、

「パレットを一つ持て……。きょうじゅうに全部植えんならん」と言った。

それもまた、陽の当たる場所で堂々と発せられるべき、もっと崇高な、もっと深みのある言葉に聞こえたが、植えるのはもちろんあの鼻なのだ。


「畝の一つひとつに人が埋まってると思え」と権田は言った。

鼻の植え方について輝生は幾度となく想像を巡らしてきたが、まさに思っていたとおりだった。畝が人間の鼻を生やしたかのように断面を下にして植えてゆくのだ。しかしただ土の上にぽんと置けばいいわけではない。まず畝をおおう黒いマルチフィルムを部分的に切りとり、そこから覗いた土に窪みをつくる。その窪みの底に植えてゆくのだ。

「鼻がまだ息をしてると思え」と権田は言った。

つまり鼻孔が土で塞がらないように気をつけねばならない。なおかつ、鼻のへりがわずかに土に埋もれるように、絶妙な深さで植えねばならないのだ。

それにしても、権田が鼻を扱う手つきのなんと優しいことだろう。まるで巣から落ちた雛鳥でも摘まみあげるようなのだ。この柄にもない繊細さを発揮するためには、案外、つね日ごろの口の悪さが必要なのかもしれない。

しかしほとんどの鼻を植えつけたのは輝生だ。それを権田が覗きこみ、ねちねちと欠点を残らず指摘しながら指先で修正を施してゆく。が、夕方に一つのパレットをすべて植え終えるころには、権田の手直しが入ることもほとんどなくなっていた。植えつけに求められるのは、技術ではなく、ちょっとした慣れと、何より気持ちであることがわかった。一つひとつ丁寧に丁寧に植えてゆく。

ちょっとでも雑な気持ちで植えると、必ず権田の手直しが入ることになる。

　農場について不思議に思っていることは数限りなくあるが、頭上にかかる鬱陶しい網もその一つだった。と言っても、農場の敷地全体に網がかかっているわけではなく、畝のある畠地の部分だけだ。地面から三メートルぐらいの高さで緑色の網が張られ、その網を支えるためにそこかしこに支柱として鉄パイプが打ちこまれている。その網の目が二センチほどと案外細かいので、つねに頭を押さえつけられているようで気の塞ぐ思いだったのだが、鼻を植えているとき、ふと鳥除けだと気づいた。雀や鳩は狙うまいが、鴉や鳶なんぞが来たら嬉しそうに鼻をくわえて持っていってしまいそうだ。

　いったんそういう考えが湧くと、敷地を取り囲む鉄条網や鉄板までが違う一面を持っているように思えてきた。人の出入りを制限するという役割もやはりあるのだろうが、ひょっとしたら獣除けにこそ重きがあるのではないか。猪や猿が入りこもうものなら、点々と零れるチーズに小躍りする鼠のように、まだあるまだあると次から次へと鼻を食ってしまうだろう。そう思ってあらためて見まわすと、畝の上に突き出ている鼻はいかにも無防備な危なっかしい姿をさらしていた。しかしそんなふうに感じるということは、輝生もまた、鼻に愛着のようなものを持ちはじめているのかもしれなかった。

　日が暮れるまでに、すべての鼻の植えつけが無事に終わった。寮に戻る道すがら、前を歩く権田が肩ごしにちらりと振りかえり、宙にぼそりと言葉を置くように、

「お疲れさん……」と言った。

　そんなことを言われたのは初めてだった。驚きのあまり、「はあ……」とうなずくことしかできなかった。この仕事にはいくつもの関門があり、その最初の関門がタンクのなかの鼻を見せられた

ときだったとすれば、もしかしたら鼻の植えつけは、二つ目の関門だったのかもしれない。

　翌日から野良まわりが始まった。朝夕と日に二度、権田とともに自分たちが受け持つ区画を見てまわり、鼻の状態を確認するのだ。

　頭上の網や鉄条網で鳥獣を防ぐことはできるが、小さな虫は好き勝手に動きまわる。毎朝、霧吹きで白く濁った殺虫剤を鼻に吹きかける。それでも虫がたかっていたらピンセットでいちいち取り除かねばならない。赤いダニのような虫がついていることが多い。鼻を食うわけではないらしいが、鼻が傷(いた)む。鼻が傷むともちろんハナバエの出来にも影響が出る。雨風も馬鹿にならない。強い雨が降ると、〝傘〟と呼ばれる特殊なおおいを鼻の上にかけてまわらねばならない。一度でも畝から流れてしまうと、その鼻はもう今年は使い物にならず、伸びかけた根を切って保苗槽に戻すことになる。もちろん草むしりも忘れてはならない。権田によると、〝大農は草を見ずして草を取る。中農は草を見て草を取る。小農は草を見ても草を取らない〟という言葉があるらしい。草を見ずにどうやって草を取るのだろうか。

　それでも仕事は格段に楽になった。朝夕と二、三時間ずつ働くだけなのだ。急に時間ができ、図書室の本を読むようになった。図書室は二十平米ほどだが、壁じゅうがぎっしりと本の詰まった書棚におおわれ、暇(ひま)にあかせてざっと計算したところでは、一万冊近くありそうだ。一〇〇〇〇割る三六五……毎日一冊ずつ読んでも二十七年かかるとわかったとき、なんとなくひやりとした。二十七年後もまだこの部屋に通う自分の後ろ姿が脳裏をよぎったのだ。二十七年間、一歩も農場から出ないまま五十五歳になっている自分……その想像はすぐ目の前にぶらさがっており、そのうちきっとと手をこまぬいていれば、じわじわとのしかかるようにこの身に重なってくるに違いない。

輝生が読むのはほとんどが漫画と推理小説だが、古い小難しいようなのに手を伸ばすこともある。ハーマン・メルヴィルの『白鯨』、夏目漱石の『明暗』、高橋和巳（かずみ）の『邪宗門（じゃしゅうもん）』……そういうものを手に取ると、決まって蔵書印が押されていることに気づいた。素人の手作りなのか相当不格好な印だが、どうにか〝大崎巌〟と読める。その気になって調べてみると、蔵書の五冊に一冊ぐらいはその大崎巌のものだったとわかり、少々驚いた。いまの農場にそれらしき人物は見あたらない。しかしこれだけ大崎巌の名が図書室に溢れているということは、かつてここにそういう名の読書家がいたということなのではないだろうか。

〝巌〟という名前から、厳めしい面がまえの大男だったという勝手な想像が生まれてくる。権田よりも古株か、あるいは一緒にこの地へやって来たのか。誰かに聞けばすんなり教えてもらえるのかもしれないが、あれこれ詮索しないという癖がすでに染みついているし、得体の知れないもののしっぽを踏むような恐れもないではない。なぜかはわからないが、大崎巌がここから出ていったようには思えなかった。いつだったかはともかく、この農場で死んだに違いない、そんな気がした。

七

九月に入り、なんとはなしにみなの心がざわつきはじめたのが輝生にもわかった。収穫の時期が近づいているのだ。植えつけは新月の昼間におこなったが、収穫は満月の夜になるという。なぜわざわざ夜に、という思いは当然あるが、それを言うなら新月や満月が選ばれることすら不可解なのだ。予定日は九月九日である。八日の可能性もあるが、「まあ九日に来るやろう」と権田は渋い顔で言った。何が来るというのか、それを考えているうちに、だんだんと察しがついてきた。と言うより、そんなことはだいぶ前からわかっていた気がした。わかってはいたが、現実にそんなことが起こると認めたくなかったのだ。

植えつけをおこなった当初、輝生は鼻から小さな芽が出て、みるみる枝葉が茂るさまを思い描いていた。が、そんなことはまったく起こらなかった。数日が過ぎ、数週間が過ぎても、鼻はただ植えつけられた格好のまま、畝から頼りなげな姿をちょこんと覗かせているだけだった。しかし切断面から根を生やしていることはわかっていた。鼻のへりから土が少しでも崩れ落ちると、絹糸のように細い白い根がびっしりと隙間なく生えそろい、養分を求めて貪欲に畝に潜ってゆくのが見えた。

八日のまだ陽の照るうちに、すべての畝からマルチフィルムが剝がされた。そして夜になると、作業員が全員、食堂に集まり、テレビを見たり茶を啜ったり雑誌をめくったり何もしなかったりと、それぞれに落ち着かない待ち時間を過ごした。ひと晩じゅう交代で畠を見まわったが、みな寮に戻ると一様にかぶりを振った。空が白みはじめると、長老の権田がおもむろに腰をあげ、「ということで、今晩もよろしく……」と言った。みなが眠そうな目顔でうなずき、ぞろぞろと気怠い足どりで部屋に帰っていった。輝生も部屋に戻り、カーテンを閉めて蒲団に寝転がったが、すぐそこに漂っている気がする眠気をなかなか捕らえられず、仰向けになって目を見ひらき、しばらく青暗い天井のそばに意識を浮かべていた。

いつしか輝生は夢を見ていた。農場から逃げ出す夢だ。あまねく銀光の降りそそぐある満月の夜、なぜか外界への門が開いていることに気づき、隙間からそっと外にすべり出るのである。押しよせてくるような絶大な自由に笑い出したい衝動を必死に抑えながら、ほとんど小走りになって暗い山道を進んでゆくと、やがて道沿いに一軒の民家を発見した。近づいてみると、その家の裏手には畠が広がっており、その畠をおおいつくしているのは農場で見るのとそっくりな不気味に盛りあがった畝だ。その上に点々と小さく覗いているのは、もしや鼻ではないのか。輝生は後ずさりし、先を急ぐ。しかし左右に視線をやれば、次から次へと見なれた畝が目に入ってくる。少しでも平らな土地があれば、どこもかしこも畝ばかりなのだ。もしや山全体が、さらにもう一重の鉄条網に取り囲まれた巨大な農場と化しているのではないか。いや、しばらく世間から遠ざかるうちに世界じゅうを鼻の畝がおおいつくしてしまった可能性だってある。今夜の月は一片の翳りすらまとわぬ紛う方なき満月だ。溢れんばかりの月光が畝うねに染みわたり、いまにも収穫が始まるに違いない。輝生は戦いてふたたび小走りになり、やがて全速力で、坂を転げ落ちるように駆けおりてゆく。

　しかしなんだろう。何かに追われているような切迫感が背中にひたと貼りついてき、慌てて振りかえった。すると、視界の隅で夜の塊のような影が翻ったではないか。自分のしっぽを追いかけつづける狂った犬みたいに何度も何度も振りかえるが、そのたびに影が素早く背後に回りこんでくる。あいつだ！　あいつが帰ってきた！　輝生はなすすべもなく呆然と立ちつくす。ずっと待っていたのか？　農場の外で俺が出てくるのを？

〝友よ〟と影が肩越しに囁きかけてくる。〝ちょうどこの先にもってこいの崖がある。そこから飛びおりるというのはどうだ？　頭が柘榴のように割れ、全身の骨が砕け――〟

「離れろ！　俺はもうお前なんかに用はない！」と輝生は叫びながら泥浴びをする獣のように地面を転げまわる。

〝そうか。痛いのは嫌か。それならそれで別の手があるというもんだ。ほら、見ろ。あの林のなかに分け入って、樹々のあいだに横たわるのがいいだろう。横たわって横たわってひたすら横たわりつづける。何日かかるかは知らないが、いずれ飢え死にすることができるだろうな〟

「わかった！　俺は戻る！　農場に戻る！」と輝生は仰向けになって喘ぎながらゆるしを請う。

「戻ればいいんだろ？　戻れば！」
〃お勧（すす）めはしないな、友よ。お前は自分があそこで何を育てているか、わかってるのか？　わかってないんだろうな。わかっていれば、あそこに戻るだなんて言いだすはずがないからな〃
「お前は知ってるのか？　あれはいったいなんなんだ？」
〃知りたきゃ自分の目で確かめるんだ。ほら、そこらじゅうに畝があるじゃないか。自分で埋めた暗い秘密は、自分で掘り出すのがすじってもんだ。その勇気が持てないなら自分で自分を埋めるしかない。そうだろう？　心配するな。お前だけじゃない。どいつもこいつも、自分で埋めた暗い秘密の隣に、自分の墓穴（はかあな）を掘りながら生きてるんだ。あそこに戻るって？　ああ、戻ればいいさ。俺は急がない。何年でも何十年でも待ってやる。いくら強い光が射したって、影は消えたりしないんだ。人間の腹のなかはいつだって真っ暗なんだからな……〃

　悪夢から自分を引きはがすように目覚めた。部屋の天井を見あげていた。蒲団の上で、かすかに息が荒かった。まるで本当に農場を抜け出て、おめおめと逃げ帰ってきたようだった。いまだ影の囁きが首すじを這いまわっている気がしたが、やがて自由と恐怖が、名残惜しげに彼方に引いてゆくのを感じた。

　時計に目をやると、七時過ぎ。寝過ごしたかと思い、はっとしたが、カーテン越しに青白い陽が射しこんでいる。まだ朝なのだ。その後もうとうとしては夢に追いかえされることをくりかえし、昼飯どきになってようやく眠りをあきらめる決心がついた。

　晩の六時半ごろ、陽が落ちるやいなや、山向こうで一杯やりながら待っていたと言わんばかりに、爛（ただ）れたように赤い巨大な満月が、暈（かさ）をかぶった姿でじわじわと昇ってきた。作業員たちはみなすでに畠に出ており、点々と散らばってたたずみながら、それぞれにその月の出を睨むように見つめていた。雲が出ていたが、紗幕を広げたように朧で弱々しく、その向こうから図々しいほどの月光が農場の隅ずみにまで降りそそいでいた。

最初のハナバエが目を覚ましたのは七時過ぎごろだった。石川という名の五十代と思しき痩せぎすの女が、輝生から二〇〇メートルほど離れたところで出し抜けに、

「おはようさーん！」と甲高い声を張りあげたのが長い一夜の始まりだった。

息づまる静寂のなかにいた輝生はぎょっとし、声のほうに目をやった。傍らにいた権田がこちらを見、小さくうなずくと、無言で石川のほうを指さした。行けということらしい。輝生が駆けはじめたときには、すでにほかの作業員たちも石川のほうへ向かっていた。

石川の足下の畝がひとりでに盛りあがってゆくのを、輝生は駆けよりながら見た。真っ黒な土が蠢きつつゆっくりと持ちあがって左右に崩れ落ち、なまなましいような白っぽい塊がぬっと姿を現す。ハナバエが畝のなかで上半身を起こしたのだ。やっぱりだ！　やっぱり人間のようなものが埋まっていたのだ！　とうに察しはついていたが、いざ目の当たりにすると背すじに震えが這いのぼってくる。頭部はまだ土まみれで風貌は判然としなかったが、広く張り出した肩の様子から男であることが知れた。

輝生より早く駆けつけた鹿島が「おはようさーん」と声をかけながら、身を起こしたハナバエの土まみれの顔を覗きこむと、首にかけていたタオルでその顔を拭いはじめた。ハナバエはそれが嫌なのか、半ば埋もれていた腕をあげて鹿島の手を払いのけようとするが、その動きは緩慢かつ不器用で、すっかり惚けはてたようにほとんどされるがままだ。次々とみなが集まってき、口ぐちに「おはようさーん」とハナバエに声をかける。どうやらそういう習わしのようだが、ハナバエのほ

うは言葉を返す気配がないどころか、聞こえているそぶりすら見せない。
輝生はみなの隙間から、崩れた畝のなかに背を丸めてへたりこむハナバエの姿を恐るおそる見おろした。四十代ぐらいに見えたが、綺麗に全身を洗えば、もっと若い男が現れるのかもしれない。土のからまった髪が頭にへばりつくように肩まで伸びていた。もちろん一糸まとわぬ生まれたままの姿であり、半年近くも陽の届かぬところに埋もれていたせいか、その肌は月光のもとで蠟燭のようにぬめぬめと青白く浮かびあがって見える。鼻だけがやや赤らんで見えるのは、やはりひと夏の陽射しを受けてそこだけ焼けたのだろう。

しかしもっとも輝生の目を惹いたのは、ハナバエの表情だ。と言うより、無表情だ。両の目が蛇口を覗いたように冷たく虚ろで、表情筋が未発達なのか肌は全体にたるんで見えた。口はだらしなく半びらきで、ときおり小さく咳きこんでは、ぼろぼろと黒い土塊を吐き出す。外見こそ人間にそっくりだが、そこらを這いまわる虫ほどの魂すら持ちあわせているようには見えなかった。これではただの土人形だ。きっと出来損ないに違いない。そんなことを考えていると、いつのまにか後ろに立っていた権田がハナバエに目をやりながら「まずまずやな」とつぶやいた。別の作業員も「充分ですよ。むしろいいぐらいです」と喜色を滲ませた顔つきで言った。

ハナバエの横にひざまずいていた鹿島が顔をあげ、集まった面々を見わたした。そして輝生を見つけると、素早く手招きし、「新入り、手伝え！」と言う。権田が後ろから、やってみろ、という感じで軽く肩を小突いてきた。輝生は鹿島に促されるままにハナバエの左側に回ると、ハナバエの左腕を抱えるようにわきに手を通した。ほとんど勢いでそうしたものの、正直ぞくりと身震いが走った。まったく人間と変わらぬ肉の柔らかさであり、その奥には確かに硬い骨の感触が通っている。脳味噌の芯に巨大な疑問が突きあげてきた。いったいこれはなんなのだろう。俺はいまいったい何に触れているのだろう。人間か？　植物か？　土塊か？

とにかく左右から腕を取り、鹿島と二人がかりでハナバエを立ちあがらせる。まさかこの格好のままずっと引きずってゆくのかと今夜の先行きを危ぶみはじめたとき、ふっと軽くなった。ハナバエがみずからの足で大地に踏んばったのだ。やや前屈みではあったが、いまやなんの支えもなくおのれの足ですっくと立っていた。次に怖ずおずと足を前に出しはじめると、これで今年の豊作の確かな手応えが得られたというふうにみなが安堵の笑いを交えながら拍手した。確かにその様子に生まれ立ての草食動物にも似た健気さを見ることもできそうだったが、しかし輝生の脳裏に真っ先に浮かんだのは、泥まみれの全裸で徘徊する認知症老人の痛ましい姿だった。

「ほら、倉庫まで連れてくぞ！」と鹿島が言った。輝生は我に返り、鹿島を真似てハナバエの二の腕をつかむと、三人並びで畝間を倉庫のほうへゆっくりと歩きはじめた。ハナバエは、呆然とした面持ちは相変わらずだが、特段嫌がるふうでもなく、促されるままによろよろと足を前に出してついてくる。ハナバエの二の腕を握りしめる右手に、つい振りはらいたくなるようなおぞましさの気配があったが、そんなことより遥かに激しく輝生の不安を掻きたてるのは、このハナバエがまだ一体目に過ぎないということだ。こんなものがあと千四百体以上も畝から立ちあがってくるのである。これまでの人生でもっとも長い夜になることは確実であり、もし胸に張りつめた糸を切らしてしまえば、形がないようなところまでぐずぐずと理性が崩れ落ちてゆきそうな気がした。

倉庫に向かいながら、鹿島がハナバエの向こうからこちらの様子をちらちらとうかがってくるのがわかった。つまりこの瞬間こそが、新入りが本当に使い物になるか否かの試金石なのだ。これまでの七カ月間は試用期間に過ぎない。輝生の前に雇った男も収穫のあとにケツを割って出ていったと篠田がぼやいていたのを思い出した。会ったこともないその男がそこらで腰を抜かして震えているさまが、目に浮かぶようだった。それとも正気を失い、奇声を発しながら金網をよじのぼっていったのだろうか。

背後でまた「おはようさーん！」と誰かの朗らかな声があがった。

倉庫のある区画は農場の敷地のなかでも趣が違う。農場そのものが、鉄条網に囲われた強制収容所を髣髴させるつくりだが、倉庫周辺がさらにその内部につくられた収容所内収容所といった殺伐とした雰囲気なのは、そこだけがさらにもう一重の鉄条網で囲われているせいだろう。その内側は地面全体にコンクリートが打たれているせいで草一本生えておらず、どこか冷えびえとしている。今夜は鉄条網の上に設置されたいくつもの照明が煌々と倉庫の前庭を照らしており、そこだけが夜を蹴散らすふうに農場のなかで白じらと浮かびあがっていた。輝生と鹿島が腕を取っているとは言え、ハナバエがおとなしく倉庫のほうへ歩を進めるのは、飛んで火に入る夏の虫さながらに光に誘われているせいかもしれない。

輝生は倉庫周辺を囲う鉄条網の門がひらいているところを初めて見た。両びらきの門が大きく内側に押しあけられ、これから続々と雪崩れこんでくるであろうハナバエたちを待ちかまえている。前庭にはすでにいくつか人影があり、早くも別のハナバエが何体か連れてこられたのかと思ったが、よく見ると、普段ほとんど交流のない研究所のほうの連中だとわかった。彼らはいつもなら白衣を着ていることが多いのだが、今夜ばかりは作業員と同様、Tシャツに浅葱色の作業ズボンという格好だ。

ハナバエを連れて門をくぐると、すぐ左手に長テーブルがあり、その上にあるプラスチックケースに白い細長い短冊のようなものがびっしりと立ててある。白いマスクをした女の所員がこちらに近づいてき、「Dの四十一……」とハナバエの鼻梁に記された管理番号の頭の部分を読むと、プラスチックケースから〝D－41〟と印刷された短冊状のものを抜き出し、きちきちと音を立ててハナバエの左手首に巻きつけた。短冊ではなく、管理用のタグなのだ。そのタグをつけられたハナバエはどうやら作業員の手を離れるらしく、鹿島は、高圧洗浄機のようなものを持った所員たちのほうへハナバエを押しやると、戻るぞというそぶりで手を振りながらいそいそと門から出てゆく。輝生はその背中を追いながら振りかえった。D－41が洗浄機で盛大に水をかけられ、ひゃあと弱々しい悲鳴をあげながら、逃げることも思いつかぬふうにその場で身を縮め、よじり、震えていた。どうやら人並みに冷たさを感じるばかりでなく、声まで出せるようだ。

畠のほうに目をやると、何体ものハナバエがほかの作業員に連れられてこちらに向かってくるところだった。手を引かれて泣き泣き歩いてくる五歳ぐらいの女の子、背を丸めた八十ぐらいの老爺、六十ぐらいの小肥りの女、二十歳そこそこの痩せた青年……一様に素っ裸で土まみれだが、まさに老若男女が入りまじり、共通するものが見あたらない。あらためて思わずにはいられなかった。こいつらはいったいなんなんだ、と。まさかこれを本当に作物として食する鬼畜のような連中がいるのでは、という恐ろしい考えも脳裏をよぎったが、子供や若い女ならともかく、肉のたるんだ老人や小肥りの年増女を食いたいなどと考える食人鬼がいるだろうか。いるのかもしれない。どんな人間だってこの世にはいるのかもしれない。輝生は、考えるな、と自分に言い聞かせた。考えるのはあとだ。いまは心を石にしろ。しかしきっと、考えるのをあとにしたせいで、目の前にあるいまを乗りきろうとしたせいで、取りかえしのつかない過ちを犯した人間が、この世には掃いて捨てるほどいるのだろう。

あの夜、何体のハナバエを畝のなかから引きあげたかなどもちろん憶えていない。何体のハナバエを追いかけまわしたかも、何体を金網から引きずりおろしたかも憶えていない。疲れきって何度、土の上にへたりこんだかも、畝に足を取られて何度転倒したかも憶えていない。しかし正確にわかっていることもある。夜明けまでに一四三六体のハナバエが自分の力で畝から起きあがってき、土を洗い落とされ、病院の患者衣のようなものを着せられ、倉庫に収容された。そして七体のハナバエが、月が沈み陽が昇っても、土に埋もれたまま立ちあがってこなかった。嵐の過ぎ去った畠が朝焼けに照らされるなかで、作業員たちはしきりに深い溜息を漏らしながらその七体を掘り起こした。どうやら腐っているわけでも死んでいるわけでもないようだった。肉体はすっかりできあがっており、呼吸もしているらしいのだが、自分から動き出そうとはせず、薄目を開け、棒のように身を固く強張らせていた。七体すべてがまったく同じ状態だった。

「ま、こんなもんやろ」と権田が言うと、みなが無言でうなずいた。どうやら毎年これぐらいの数はこういう出来損ないが出るようだった。わかってはいるが、納得はできない、そんな苦い空気が底知れぬ疲れの上に弱々しく漂っていた。結局、その七体は担架で研究所に運びこまれたが、やはり柩(ひつぎ)を運ぶ葬列のような陰気な気配を免(まぬか)れることはできなかった。その後、作業員たちは寮に戻り、風呂に入った。みな湯船のなかで悦楽とも苦悶ともつかない呻きをしきりに漏らし、口数が少なかった。

　輝生は腹のあたりに漬物石(つけものいし)でも呑んだような凝(こご)りを感じ、何も口にしないまま、九時過ぎに倒れこむようにして床に就(つ)いた。血の代わりに鉛でも流れているかのように体が重く、蒲団ごと地の底にずぶずぶと沈んでゆくようだった。夢になりきれない、ほとんど狂気のようなものが群れをなして部屋を訪れ、代わるがわる添い寝してきた。狂気の一つは、あすからは毎日毎食ハナバエが食卓に並ぶのだ、千四百体のハナバエをこれからひと冬かけて食いつくすのだ、とずっと囁きつづけていた。

八

目を覚ますと部屋が薄暗く、陽が沈みかけているのがわかった。晩の六時をやや過ぎていた。小便をしてから食堂に行くと、すでに何人かが晩飯を食べはじめていた。寮母が食べるかと聞くので、輝生はうなずき、いつもの席に着いた。

ふと、テレビにいちばん近い席に見知らぬ老人が座っていることに気づいた。そこはなぜか誰も座ろうとしない、いつも空いている席なのだが、いいのだろうか。老人は七十代後半に見えた。中肉中背、ごま塩頭で四角くえらが張り、黒目しか見えないほどのひどい垂れ目だった。顔色が悪く、なんとなく病み（や）あがりに見えた。その老人の前には料理が並んでおらず、ただ水の入ったコップを一つ置き、何をするでもなくテレビ画面をただぼんやりと眺めている。その表情にはどこにも意識の焦点が合っていないような頼りなさがあり、座り具合も尻でも濡れているみたいに落ちつかなげに見えた。まさかこんな年寄りを新入りとして連れてきたんじゃあるまいなと考えたとき、老人の鼻がへんに赤いことにようやく気づいた。魂の抜けたような表情、そして青白い肌に赤い鼻……ハナバエだ！　この老人はハナバエなのだ！　しかしなぜか鼻に管理番号がない。刺青（いれずみ）のようなものかと思っていたが、どうやら何かで消せるものだったようだ。

輝生は食堂にいる作業員たちの顔をうかがった。みないつもと変わらぬ様子で料理を口に運んだりテレビを見たり雑誌をめくったりしている。ハナバエがこの場にいることを気にかける気配は微（み）塵（じん）もない。輝生が不審に思っていることはみなも感じているはずだが、にもかかわらず目を合わせようとしないのは、老人についてわざわざ新入りに説明するつもりはないということだ。例によって、黙ってろ、そのうちわかる、ということか。

　実際そのうちわかってきた。老人はみなから〝イワさん〟と呼ばれていた。輝生の脳裏で一本の線がつながった。蔵書印の名前、〝大崎巌〟……きっとそうだ。あの老人はかつてここの作業員だったに違いない。それがどういうわけかハナバエになった。やはり死んだのだろうか。病気か事故で死亡したが、誰かが死体から鼻を削ぎ落とし、それを保苗槽に放りこんだ。そういうことなのか。ということはつまり、死人の蘇ったものがハナバエなのだろうか。

　そこまで考えたとき、頭の芯がぐらりと揺らぐようなおぞましい想像が脳裏でむくりと首をもたげた。あの老人だけがハナバエだとどうして言えるだろう。権田も、鹿島も、津田も、石川も……いや、実はこの農場にいる自分以外の全員がハナバエだという可能性だってあるんじゃないか。いや、待て。なぜ自分だけがそうじゃないと言える？　篠田の車に乗せられたが、途中から記憶がない。目覚めたらすでにここにいた。眠っているあいだに篠田に絞め殺され、鼻を削ぎ落とされ、実は鼻だけがここにたどり着いたんじゃないか？　しかしそんな突拍子もない疑念はすぐに退いていった。大崎が決してものを食べないことがすぐにわかったからだ。水は飲むが、何も食べない。まるで植物のように。

　とは言うものの、大崎にほかに植物めいた点があったわけではない。白く透けるような肌の向こうには青暗い血管が張りめぐらされ、口をひらくとへんに白い小粒な歯がずらりと綺麗に並んでいた。陽に焼けた鼻だけは本物だとしても、理屈で考えれば、それ以外の部分はすべて切断面から生えた根ということになる。その根が人間のように歩き、テレビを見、風呂に入り、口を利く。水を浴びせられて悲鳴をあげるだけでなく、ちゃんと言葉を話すのだ。

実際、大崎は日に日に口数が増えていった。みなから声をかけられても初日こそろくに返事をしなかったが、翌日には戸惑いつつも、おう、と声を発し、ぎこちなく手をあげるようになっていた。一週間が経つころには、目鼻が生き生きと立ちあがってくるとでも言おうか、顔つきまでが凜としてき、鼻が蓄えていた記憶が脳に逆流しつつあるかのように、ぽつりぽつりとみなの名を思い出しはじめていた。

寮の廊下で大崎が権田の眼前ではっと立ちどまり、しげしげとその姿を眺め、「おう、ゴンちゃんか……」と言ったとき、輝生はすぐそばにいた。権田はにやりとし、大崎の肩をぽんと叩いてから、「だんだん元気になってきたなあ。やっぱりイワさんはそうやないと……」と言った。権田が次の作業のためにその場で大崎と別れてからも、少しのあいだうっすらと笑みを口に含みつづけていたのを、輝生は見逃さなかった。権田は明らかに喜びを噛みしめていた。権田のそんな様子を見たのは初めてだった。

一夜の嵐のような収穫を終えたとは言え、農場が暇になったわけではない。作業員たちは二十四時間、交代で倉庫内の見まわりをしなければならないのだ。倉庫の内部が何かに似ているとしても、それを刑務所や拘置所だと言えるだろうか。輝生の頭に真っ先に浮かんだのは、そのどちらでもなく、ペットショップの壁にずらりと設えられたショーケースだ。なかに子犬や子猫などが入っており、客がそれをガラス越しに眺める。と言っても倉庫に客が訪れるわけではなく、ハナバエたちを房の外から眺めるのは作業員だけだ。

倉庫のなかにはU字を描く長い廊下があり、その両側にずらりと監房が並んでいる。房の広さは三十平米ほどで、一室に六人のハナバエが収容されるのが基本だ。廊下に面した側の壁は強化ガラス張りで、出入口となる扉だけが鉄格子になっている。房の内壁と床は水色の発泡ゴムのようなものでおおわれており、適度に柔らかい。倉庫のなかにはいつも管弦楽風のゆったりとした音楽が流れており、もしかしたらモーツアルトかもしれないと輝生は考えている。音楽の知識などろくにないが、農作物や乳牛にモーツアルトを聴かせると、育ちが早くなったり乳の出がよくなったりするという話をテレビで見たことがあるのだ。

音楽のおかげかはさておき、ハナバエたちはベッドが並んでいるだけの殺風景な部屋でいがみあうこともなく穏やかな時間を過ごしていた。それでもガラス張りの部屋に人間のようで人間でない者たちが押しこめられているのは異様としか言いようのない光景だ。地獄と聞いて人びとが思い浮かべるのは、もっとおどろおどろしく、もっと暗く、もっと熱く、もっと寒く、もっと汚らしく、もっと荒々しく、そして何より断末魔の叫びがそこかしこから絶え間なく聞こえてくる世界だろう。しかし巡回をしていると、地獄の一画にはこんな場所も用意されているのではないかとも思えてくる。熱くもなく寒くもない。痛くもなく苦しくもない。絶叫や慟哭の代わりに響きわたるのは、果てしなくくりかえされる癒しの音楽だ。そのなかで人びとは同じ服を着せられ、ベッドに寝そべったり、壁際にへたりこんだり、延々歩きまわったり、ときおり目を合わせては、どこか恥ずかしげにゆるんだ頰笑みを交わしたりする。本来の地獄がどこまでも引きのばされた死の躍動という袋小路だとするなら、この倉庫は、どんな躍動も柔らかい壁に吸収されてしまう、永遠に続くかのような死の凪という袋小路ではないか。

しかし幸い、それは錯覚に過ぎない。ここは地獄の具え持つ絶望や永遠性をまったく欠いている。初めのうちこそ末期的な認知症患者を掻き集めて押しこめただけのような救いのない世界に見えたが、大崎が日一日とかつての心を取りもどしたように、ほかのハナバエたちもまた顔には表情を、口には言葉を少しずつ取りもどしていったのだ。それと並行し、ハナバエたちは毎日数十人単位で農場から運び出されてゆく。つまり出荷だ。一日に何台も乗りいれてくるマイクロバスやバンにハナバエを押しこむのも作業員の仕事である。と言っても、手当たり次第に押しこむわけではない。どのハナバエをどの車に乗せるのかは事前に決まっている。出荷される方面によって乗せる車が違うのかもしれないが、輝生にはよくわからない。ときおり普通の乗用車が来て一体だけを連れていったりするのだが、その一体がほかのハナバエとどう違うのかもわからない。

やがて同じマイクロバスやバンがハナバエを連れていっては戻ってくるのをくりかえしていることに気づいた。運転手が同じなのだ。そのなかの一人が例の篠田だった。輝生と目が合うと、見憶えのあるバンにもたれた格好でにやりと口を歪めた。バツの悪そうな笑みと見えなくもなかったが、東京で初めて会ったときもそんな笑い方だったかもしれない。きっとあの日もずっとバツが悪かったのだろう。複雑なわだかまりをひと言で解きほぐす魔法の言葉を知っているとでもいうふうに、

「どうだい、調子は……」と聞いてきた。

こっちが知りたいぐらいだった。どうなのだろう、俺の調子は……。

「まだ生きてますよ。いまのところは……」とぶっきらぼうに答えた。

「へえ。なんとなく鼻が赤い気がするけどな」

輝生は思わずにやりとした。篠田が大口を開けて声もなく笑いながら、ばしっと肩を叩いてきた。後ろにいた権田も、くかか、と笑った。

運び出されるハナバエの数はだんだん減ってゆき、十月になると、広大な倉庫に残されたのは五体だけになった。その五体はテレビのある房に移された上、暇つぶしのために本や雑誌も与えられたが、ある日突然、五体が同時に姿を消した。誰も何も教えてくれなかった。きっとあの五体には

引きとり手がいなかったのだろう。行く当てのなくなったハナバエがどうなるのか、輝生にはもちろんわからない。翌日から一週間をかけてすべての房が清掃され、その後、倉庫が閉鎖された。来年の九月まで、また長い眠りに就くのだ。

九

とは言え、農場からハナバエが一人残らずいなくなったわけではない。大崎はそのままずっと寮にいた。寮に大崎の個室があることを輝生はもう知っていた。作業員だったころに使っていた部屋がそのまま残されていたのだろう。しかし大崎は自室に籠(こ)もることを好まないようで、何を食べるわけでもないのに食堂に出てきてはみなと雑談し、朝夕は欠かさず敷地内を散歩した。その散歩には作業員たちもつきあうことがあったが、輝生が誘われることはなかった。もし誘われたら行くだろうかと考えてみたが、正直、大崎のことがまだ薄気味悪かった。毎日のように顔を合わせるが、その存在が目に入ったゴミのようにごろごろと違和感を醸(かも)しながら転がりつづけていた。しかしほかの作業員たちはみな、大崎がただ長旅からふらりと戻ってきただけのように平然と接している。そして大崎について輝生に教えてくれる作業員は一人もいない。

おそらく大崎は死んだのだろう。本物の大崎は。鼻以外の部分は。ならば食堂にいるあの物体はなんだ。ハナバエだ。人間の模造品だ。しかし大崎のハナバエは、自分が模造品であることをすっかり承知しているように思える。自分がハナバエであるという認識がなければ、きっとみなと同じように食事どきに何かを口に入れようとするだろう。食欲がないのなら、なぜいつまでも食欲が湧かないのかと不審に思うだろう。しかしあの大崎にはそれがない。おのれの体調を訝しんだり、満たされない欲望を抱えて苛立ったりする様子がまるでない。ただもう水の入ったコップだけを前に置き、好々爺然として枯れた頰笑みを湛えながら、みなの話に耳を傾けたり、テレビを見あげたりしている。つまりこれは作業員たちにしろ大崎にしろ何もかも承知の上でくりひろげられる茶番なのだ。

と言うことは、ほかの千四百体余りのハナバエたちもまた、同じような茶番のなかに送り出されていったということになるのだろうか。そしてかつての家族に囲まれながら、幸福な時代の残り香として、薄ぼんやりとした頰笑みを浮かべているのだろうか。いや、そうとばかりは言えまい。それこそ奴隷のように鞭を振るわれながら、普通の人間ではとうていやりとおせない危険な仕事や汚い作業に従事させられている可能性だってある。倉庫で美しい娘のハナバエを何体も見たが、彼女らを思うと、どんな男に買われてどんな欲望の捌け口とされるかと惨たらしくも淫らな画を思い浮かべずにはいられない。こういった想像は下衆の勘ぐりに過ぎないのだろうか。いずれにしても、蘇った亡者にカネを払う人間がおり、そのカネによって農場で働く者たちが口を糊しているということだけは確かなことだ。

輝生は、一度は空っぽになった保苗槽がもうすでに赤黒い液体で満たされていることを知っていた。一見、中身は保苗液だけのようだが、じっと眺めていると、ときおりふっと鼻がガラスのそばを横切る。すでにいくつか鼻が入っているのだ。それはひょっとしたら、首尾よく育たずに畝のなかで固まっていたハナバエのものかもしれない。もし新たにやって来た鼻だとしたら、きっとその数だけ、日本のどこかで鼻のない遺体が荼毘に付されたことになるのだろう。

しかし、あれこれ想像を巡らしてわかったような気になってきたことも多いのに、大崎がここにいる理由はいまだに腑に落ちないままだ。みなが大崎がハナバエとして戻ってくることを望んだのだろうか。それとも大崎のほうが？　そのどちらでもないとすると、ハナバエの出来具合を測るサンプルが必要だったとか？

　いずれにしても、生前の大崎を知らない輝生としては、自分のほうからハナバエに近づく気にはなれなかった。もっとも、その思いは大崎のほうも同じだったようだ。廊下ですれちがっても、新入りか、などと聞かずもがなのことを尋ねてきたりしなかったし、食堂でときおり目が合っても、いつも向こうから先にふっと視線を外してきた。こちらに興味がないわけでもないのだろうが、一度死んだことによって、新たなものとの関わりを築く力を失ったと言おうか、生前の自分を知る人びとの思い出のなかでしか生きられなくなったと言おうか、とにかくそんな感じの脆（もろ）い雰囲気が大崎にはあった。

　それでもたった一度だけ、輝生は大崎と二人きりで言葉を交わしたことがある。ある日ふと図書室に足を踏みいれたら、そこに大崎がいたのだ。輝生ははっとし、思わず入口で立ちどまった。大崎はこちらに背を向けて窓際に立ち、射しこむ陽光を頼りに本を読んでいるらしかったが、ドアが開くのを聞き、年寄りくさいもさもさとした身の運びで振りむくと、どこか媚（こ）びを含んだような締（し）まりのない笑みをへらっと口元に浮かべた。輝生はほとんど反射的にこくりと頭をさげた。

　大崎は、死者が本を読むことに後ろめたさでも覚えるのか、なんとなく決まり悪げに、

「いや……」と言った。

　ろくに言葉を交わしたことのない輝生に対し、いきなり何かの言い訳を始めるような出だしだった。が、そこから沈黙が続いた。ハナバエとして寮に戻ってからふた月ほどが経っていたが、大崎にはまだそういうところがあった。反応が鈍く、表情もどこか遠かった。何かを言おうとしても、言葉をすぐに横風にさらわれたかのように途方に暮れ、力なく笑ってごまかす場面をたびたび見か

けた。生前はきっとこんなではなかったろう。もっときびきびと動き、もっと明晰な受け答えができていたに違いない。初めのころの回復こそ目覚ましかったが、やはり模造品は模造品ということなのか。しかし輝生は、バツの悪い沈黙のなかに放り出されたその模造品に憐れみが湧いてき、

「どうしたんですか？」と尋ねながら近づいていった。

身を屈め、大崎が手にしていた本の表紙を見ると、『旧約聖書』と書かれてあった。紙の黄ばんだハードカバーの本だった。きっとこれも大崎のものだったのだろう。輝生は話の糸口をつかもうと、

「聖書ですか」と言ってみた。

途端に大崎の顔にきらりと生気が差し、「そうや、そうや。この『創世記』っちゅうとこやねんけどな……」と言葉が舌に乗りはじめた。「ほら、ここや」

輝生は本を覗きこみ、大崎が指さすところを見た。そこにはすでに赤鉛筆で線が引かれており、〝主なる神は、土（アダマ）の塵で人（アダム）を形づくり、その鼻に命の息を吹き入れられた〟と書かれていた。

ページの端が手垢で茶色く汚れていた。大崎は生前から幾度となくこのくだりを読んできたのだろう。いや、大崎だけではないかもしれない。ここで働く者はみな、秘かにこの図書室を訪れては、何かを確かめるようにこの文章を読み、非道とも言える日々の仕事に戻ってゆくのではないか。輝生もまた、そうすることで何かが少しでも変わるかのように、

「〝その鼻に命の息を吹き入れられた〟」と声に出してみた。

するとにわかに、曖昧さのない得意げな笑みが、大崎の顔の隅ずみにまで理知の描く波紋のように広がった。そして次の瞬間、大崎はすっと右手をあげ、命の息が吹き入れられたのかもしれない

その鼻を軽く摘まむようにさすりあげた。その仕草があまりにさり気なかったので、大崎がおどけてわざとそうしたのか、それともかつての癖がそうさせただけなのか判断がつかなかった。

十

薄々わかっていた。こんなことがいつまでも続くはずがないということは。十一月も下旬になると、吹きすさぶ木枯らしに当てられたかのように大崎の具合がみるみるおかしくなってきた。

寮へ来たばかりのころは抜けるように白い肌だったのが、日に日に黄ばみ、見た目においてもまわりの人間に近づいてゆくような印象すらあったのだが、しかしいまや、それこそ花が萎れてゆくように茶色くくすんできた。それに伴い、動きもさらにぎこちなさを増し、表情も固くなり、話しかけられたときの反応も鈍くなった。相変わらず食堂で目の前に水の入ったコップを置いていたが、たびたび口をつける割には一向に中身が減らないように見えた。そういう酔っ払いを昔よく見かけたが、コップを持つ手の覚束なさも、不意に長々と押し黙る様子もそっくりだった。

大崎に寿命が近づきつつあるのは明白だ。とくに指先の衰えがひどく、茶色を通りこし、凍傷にでも冒されたように黒ずんできていた。心の退行も著しく、日一日と多くのことを忘れてゆくようで、誰に話しかけられているのかわかっていないような場面が増えていた。大崎がこの調子なのだから、当然、運び出されていった千四百体余りのハナバエも同様の経過をたどっているに違いない。日本じゅうでこんな、一度咲いた花が目の前で腐れ落ちてゆくような痛々しい現象が起きているのだ。終わりのときはどのようにやって来るのか。ただ腐敗するにまかせ、寝床にでも放っておくのか。そして死んだら夜陰に乗じて秘かに庭にでも埋めるというのか。

そんな疑問を歯がゆい思いで捏ねくりまわしていると、ある日、答えのほうからこっちにやって来た。全国に散ったハナバエたちが続々と農場に帰ってきたのだ。行ったときと同じようにマイクロバスやバンが次々と到着しはじめた。ハナバエたちは程度の差こそあれ、みな劣化が進み、畝から起きあがってきたときの透きとおるような青白い肌は見る影もない。瞳は一様にどんよりと曇り、ときおり譫言（うわごと）を言うようにもぐもぐと口を動かす。帰ってきたハナバエは一時的に倉庫の前庭に収容されたが、もはやそんな待遇には値しないということなのか、倉庫のなかに戻されることはなかった。

鉄条網に囲まれた前庭に、寒風（かんぷう）にさらされながら閉じこめられる萎れたハナバエたち。ある者は幽鬼のごとく呆然とうろつき、ある者は金網に力なくもたれかかり、ある者は死んだように地べたに横たわり、ある者はどこか恨めしげに金網に指をかけて外を眺めていた。送り出したときはまだ幸福だったのだ、あれはこれから育ってゆくところだったのだ、と輝生は気づかされた。それにしても、このハナバエたちをこれからどうするのか。そう訝りながら金網の向こうを眺めていると、権田がいつになく険しい面持ちで、立てた人さし指をちょいちょいと動かし、「ついてこい」と言った。

権田は研究所に入ると、保苗室の隣にある、〝回収室〟というプレートの張られた扉を開けた。初めて足を踏みいれる部屋だった。四十平米近くあるだろうか、保苗室とよく似た殺伐とした雰囲気はあるが、もちろん保苗槽はなく、代わりに大きな椅子のようなものが五つ並んでいた。それは床屋の椅子のように一本の太い柱でコンクリートの床にしっかりと固定されていたが、そんな洒落たものでないことはひと目で知れた。真っ先に頭に浮かんだのは電気椅子だ。もちろん本物の電気椅子を見たことがあるわけではないが、年季の入った黒っぽい革張りの座面と、座る者の頭部を固定するらしい仕組みが、陰鬱を通りこしてむしろ禍々しく、死にまつわる道具として避けようもなく脳裏で重なったのである。

そしてもう一つ、嫌な空気を立ちのぼらせているものがあった。椅子の横にステンレス製の台が置かれており、その上にずらりと刃物らしきものが並んでいたのだ。手術でも始まるような様子だったが、それはメスや鋏（はさみ）ではなく、見たこともない形状の刃物だった。細長い刃の両端に十センチほどの木製の柄（え）がついており、両手で使うもののように見えた。薄く鋭い刃の部分は幅が五ミリ、長さが五センチほどで、スプーンの断面のように湾曲している。想像を巡らすまでもなかった。これで鼻を削ぎ落とすのだ。一本一本刃の長さや湾曲の度合いが微妙に異なるのは、きっと鼻の大きさや形状に合わせて使いわけるためなのだろう。

回収室に先に来ていたのは鹿島だけで、権田と目が合うと、無言のまま互いに重々しくうなずいた。権田は部屋の隅にある洗面台で入念に手を洗うと、椅子のところに戻ってき、小声で輝生に「しばらく見てろ」と言った。

回収室は隣の保苗室と一枚の扉で行き来することができるようになっていた。反対側の壁にもスーパーマーケットのバックヤードに入るような観音びらきの扉がついており、まだ輝生が入ったことのない隣室とつながっていた。鹿島はその扉を押しあけ、隣室にいる誰かに向かって手招きをした。するとまもなく、車輪のついた何かがごろごろと動かされるような音がしてき、続いて白衣を着た二人の所員が押す一台のストレッチャーが扉から入ってきた。ストレッチャーの上には、五十代と思われる頭の禿（は）げあがった男のハナバエが全裸でぐったりと横たわっていた。そのハナバエは半びらきの虚ろな目で天井を見あげるばかりで、まったく身動きする様子がなかった。すでに死んでいるのだ。ふと鼻すじを見ると、一度は消されていた管理番号がふたたび色濃く刻印しなおされており、それによってまた保苗槽を漂うものに戻ったかのような、素っ気ない冷えた気配が生まれていた。

一人の所員と鹿島が二人がかりでそのハナバエの死体を抱えあげ、獲物を待ちうけるかのような椅子に座らせた。権田が椅子の背後にあるハンドルのようなものを素早く回すと、クワガタムシの大顎を思わせる細長いパッドのようなものの間隔が狭まり、ハナバエのこめかみのあたりを両側から挟んでしっかりと固定した。ハナバエの顎をつかんで揺すり、顔が動かないことを確かめると、権田はいよいよ、鼻削ぎナイフとでも言うのか、台から専用の刃物を一本選び、手に取った。一年ぶりにおこなう作業なのかもしれないが、緊張する様子も気負う様子もなかった。

権田は鼻削ぎナイフを人さし指と親指だけで左右から持つと、ほかの三本の指はハナバエの頬骨に添えるようにし、弾力性のある湾曲した刃を鼻の下にぐっとあてがった。ためらいのようなものはなかった。刃が鼻の奥に向かってすっと入っていったかと思うと、眉間に向かって掬いあげるようにナイフを押しあげた。ほんの二、三秒のことだったろう。その後、権田がそっと鼻を摘まみあげると、なんの抵抗もなく持ちあがった。代わりに顔のまんなかに現れたのは、赤黒くぬらぬらと光る三角形の傷口だ。骸骨じみた細長い鼻孔が暗い口を開けていた。すでに心臓が止まっているせいか、血が溢れてくることもなく、寡黙とすら言える静かな傷口だった。

鼻を削がれた顔……初めに保苗槽を漂う鼻を目にして以来、執拗なまでに想像を巡らしてきた光景だったが、想像を遥かに超えておぞましいというわけではなかった。しかしそれにしてもこの鼻を失ったハナバエの虚ろな姿はなんだろう。ハナバエというものを知っているせいだろうか、鼻のない死体を前にして真っ先に浮かんできたのは、〝抜け殻〟という言葉だった。

保苗液らしき液体で満たされたステンレス製のバケツのようなものが、椅子の後ろの壁際に置かれており、権田はそのなかにぽちゃりと鼻を落とした。鹿島と一人の所員が椅子の上のハナバエを抱えあげ、またストレッチャーの上に横たえた。二人の所員が今度はそのストレッチャーを廊下のほうへ押してゆき、そのまま姿を消した。

その後も次から次へと死体が運びこまれ、権田によって手際よく鼻を削がれ、またどこかに運ばれていった。途中から所員に代わって輝生が、鹿島とともに死体を椅子に移してはストレッチャーに戻した。やがて、運ばれてくるハナバエの二の腕に小さな点のような傷があることに輝生は気づいた。注射針の痕に違いない。寿命を迎えたハナバエは何かの薬剤を注射され、次々に死を早められているのだ。もし自然に衰弱死するのを待っていれば、来期にもまだ使えるであろう鼻にまで傷みが及んでしまうのかもしれない。

午後になると、若林という男の作業員と組んで権田を手伝った。鹿島は隣の椅子に移り、自分でもハナバエの鼻を削ぎはじめた。夕方の五時ごろにその日の作業が終わった。バケツのなかに数十個にはなるであろう鼻が入ったはずだが、保苗液に沈んでいて数えることはできなかった。しかしバケツは二重構造になっており、鹿島が内側の笊状のものを引きあげると、そのなかに鼻が山となって盛りあがっていた。その鼻の一つひとつをステンレス製のバットに並べてゆき、管理番号を確認してから、また笊に戻した。若林はその笊を持って隣の保苗室へ行き、壁に設置されたレバーをあげて保苗槽の蓋を開けると、梯子を昇り、きょう回収した鼻を残らずなかに放りこんだ。

それからは来る日も来る日も鼻削ぎの作業が続いた。徐々にわかってきたことだが、鼻削ぎの場に決して立ち会わない作業員が何人かいた。きっと生理的に受けつけないのだろう。昔の貴婦人のように気を失って倒れるとか、新米刑事のように殺人事件の現場で嘔吐するとか。輝生は倒れもしなかったし、吐くこともなかったが、少しずつ命の芯を削りとられてゆくような、得体の知れない消耗を覚えはじめていた。特段、疲れているわけでもないはずなのに、腹の深いところから一日じゅう気怠い溜息が湧きあがってくるのだ。殺しては鼻を削ぎ、殺しては鼻を削ぎ……そもそもなぜ俺はこんな狂った世界にいられるのだろうか。ひさしぶりに篠田の言葉が耳に蘇ってきた。〝もうすっかり慣れちまって、地獄ってのはもっと下にあるもんだと思いこんでんだな〟。その通りかもしれない。ここが地獄なのかもしれない。ここへ来てから、何かの本で〝阿鼻地獄〟という言葉を目にしたのだが、それは八大地獄のなかでも、もっとも苦しい地獄であるらしい。なぜそこに〝鼻〟の字が含まれているのだろうか。

鼻削ぎについてもう一つ気づいたことがあった。どうやら鼻を削ぐ技術を持った者が四人しかいないらしいのだ。権田を筆頭に、鹿島、八幡、木村の四人だけ。若林と及川はまだ見習いのようだ。その見習いのなかに自分もまた組みいれられつつあるのではないかと輝生は薄々感づいてきた。きっとひと冬のあいだ作業を手伝わせてみて、音をあげるかどうか様子を見ようというのだろう。しかし権田がそんな悠長なことを考えていたわけではないとすぐに思い知らされることになった。

ある日、なんの心がまえもできていないときに、見憶えのある死体が運ばれてきた。大崎だった。その日の朝いつものように食堂で姿を見かけたのだが、午後にはストレッチャーの上に素っ裸で横たわっていた。ぎょっとし、思わず権田を見たが、権田は顔色一つ変えずに「どうした。早う椅子に移せ」と言った。まさか大崎であることに気づいていないのではと思ったが、あっという表情を一瞬見せた若林も結局は何も言わず、あえて淡々と事を進めようと努める覚悟でいるらしかった。なんとなく大崎にはもっと特別な最期が用意されているのではと思いこんでいたのだが、まったくそんなことはなかった。等し並みに殺され、等し並みに鼻を削がれるのだ。そのうえあろうことか、大崎を椅子に移すと、権田が言った。

「井上、お前やってみろ」

権田はいつのころからか、輝生のことを新入りと呼ばなくなっていた。が、嬉しいとは思わなかった。むしろ名前を呼ばれることで、自分という存在にかっちりと焦点を合わせられたような息苦しさを感じた。井上、お前やってみろ。

「何を……ですか？」

「俺が手ェ添えてやるから、お前、イワさんの鼻、削いでみろ。どうやったらええか、さんざん見てきたやろ」

なぜ大崎がハナバエにされたのか、突然わかった気がした。練習台なのだ。もしかしたら引き取り手がなかったのではと推測した数体のハナバエも、練習台として使われたのかもしれない。ちらりと若林と及川のほうに視線を走らせた。この二人も大崎の鼻を削いだことがあるのだろうか。去年か、おととしか、もっと前に……。大崎はおそらく、蘇っては鼻を削がれ蘇っては鼻を削がれを、練習台として永遠回帰のようにくりかえしているのだ。いや、もしかしたら練習台としてだけではなく、ハナバエというものがどんなものであるかを新入りに学ばせるための生きた標本でもあるのかもしれない。ろくに話せない状態からみるみる往年の明晰さを偲ばせるところまで登りつめ、しかし徐々に醜く萎れてゆくハナバエの惨めな姿……それを身を以て後生に示すべく、延々と蘇りつづけているのかもしれない。

にわかに動悸がしてきた。耳の裏から自分の鼓動が、どく、どく、と響いてくる。権田は失望するだろうが、きっと拒否することもできるのだろう。しかし輝生は、自分の心がすでにある一線を踏みこえていることに気づいていた。この動悸は迷いから来るのではなく、俺はきっとやるのだろうという思いから来るのだ。これは勇気などでは決してなく、陽の当たる場所を歩きつづけられなかった者のあきらめとして、この地獄に流れ着いた者の暗い宿命(さだめ)として、輝生は怖ずおずと次の一歩を踏み出したのである。

　権田はほんの一瞬だけ口元に薄笑みをよぎらせたあと、ずらりと並ぶナイフに視線を落とし、

「さて、どれを選ぶ？」と言った。

　輝生はもう、決めていた。

十一

　それから四十四年の歳月が流れた。多くのことが変わった。しかし振りかえれば、すべての変化は起こるべくして起こったかのように自然に見え、むしろ変わらなかったもののほうが不自然なまでの頑迷(がんめい)さを発揮したかのように見えた。そして変わらなかったものの一つが農場だった。その敷地は広くもならず、狭くもならなかった。四十四年前と同じような巨大なガラス製の保苗槽が、赤黒い保苗液を湛え、そのなかを夥しい鼻が輪廻(りんね)のごとく巡っていた。その光景は四十四年前ですら仰々(ぎょうぎょう)しい上に古めかしかったが、いまやそれを通りこし、かつて海に沈んだ大陸の神話めいた科学技術が、この地のみで細ぼそと命脈(めいみゃく)を保っているかのようだった。

　農場では多くのものが昔のままの姿を残していたが、ある意味では、井上輝生もまたその一つだと言えるかもしれない。師である権田のように皮肉めいた姿勢を輝生が身につけることはついになかった。七十二になるいまもまだ、初めてこの地に連れてこられたときと同じように寡黙で、無表情で、勤勉だった。変わったことと言えば、押しも押されもせぬ一流の知識と技術を得たことと、柘植(つげ)の端材(はざい)を手に入れて自ら蔵書印を彫(ほ)り、本を買いあつめはじめたことぐらいだろうか。実際、

輝生は初めて鼻を削いだ大崎に似てきつつあった。みなの話になんとなしに耳を傾ける様子も、ときおりふっと浮かべる、目尻が肩にまでさがりそうな笑みもそっくりだった。

しかしもう何度収穫の時期が訪れようとも、大崎が農場に戻ってくることはない。大崎は四十年も前にその任から解放されたのだ。あとを継いだのは権田である。権田はとある冬の朝、便所で倒れているのを発見された。すぐさま鹿島が鼻を削いだ。後継者となることは前々から決まっていたようだ。「さんざん人様の鼻削いどいて、いざおのれが死んだら、我がのは削がさんというわけにはいかんやろ」と言っていたそうである。以来、秋が来るたびに権田が農場に戻ってくるようになった。

三十年前、たまたま食堂で二人きりになったとき、権田のハナバエが生前には言いそうにもなかった不思議なことを言った。

「自分のことを指さすとき、鼻を指すのはなんでやろな」

輝生が知るはずもない。が、面白いと思った。言われてみれば確かに、鼻にこそ魂が宿っているかのような奇妙な仕草だ。しかし輝生は、

「鼻が出っぱってるから指しやすいんじゃないですか」とつまらないことを言った。すると権田はにやりと笑い、自分の顎を指さした。権田の顎はしゃくれ気味で鼻より前に出ているぐらいなのだ。権田は人さし指で顎を下から削ぎあげる仕草をし、しばらくにやにやしていた。しかしそのあとに突然、真顔になり、

「今年で十年か……」とつぶやいた。

その通りだった。目の前の権田はちょうど十体目のハナバエだった。

「憶えてるんですか」と聞いてみた。

「いや……」と権田は言った。「カレンダーという便利なもんがあるからな」

今度は輝生がにやりとした。しかし権田の言うとおりなのだろう。ハナバエは毎年毎年、初めての復活のような心持ちで驚愕とともに蘇ってくるに違いない。日一日、刻一刻と生きていたころの記憶を取りもどし、その時間は世界が目の前で拓けてゆくような目眩く奇跡の連続みたいに感じられるのかもしれないが、ハナバエとしてくりかえす秋の記憶は決して積もることがないのだろう。しかし、それでも何かが、と思わずにはいられなかった。蘇るたびに何かが蓄積してゆく。十年分の何かが権田の魂の底に澱のように暗く沈んでいる。それがいいものなのか悪いものなのか輝生にはわからなかったし、いまもわからない。

「そろそろ疲れてきましたか」と聞いてみた。

権田は、ふんと鼻で笑った。そしてまた冬が来、見習いがその鼻を削ぎ落としたのだ。


権田のハナバエは今期で四十回目の秋を迎え、先日、また保苗槽のなかへ帰っていった。四十回目……恐ろしい響きだ。どこか牢獄を思わせる歳月である。そしてその四十回目の鼻を削ぎ落としたのは吉本理亜夢という名の若者だ。浅黒い肌に縮れた髪、彫りが深く、複雑な顔立ちをしている。きっとアフリカや中南米の血が混じっているのだろう。正直ひどい名前だと輝生は思うが、最近の若者はこんな浮ついた名前ばかりだ。とは言え、理亜夢が作業員として使い物にならないわけではない。理亜夢は今年でもう四年目だ。

最近は理亜夢と組んで保苗槽の監視をすることが多い。理亜夢は喋るのが好きで、監視に飽きるとすぐに話しかけてくる。輝生としては漂う鼻を黙って眺めるのが好きなのだが、適当に相槌を打ってやることにしている。ここは若者にはあまりに退屈だから、年寄りが話ぐらい聞いてやっても罰(ばち)は当たるまいと思うからだ。その理亜夢がインフルエンザに罹(かか)って寝こんでいる。ほかにも三人が動けない。二人で監視当番だったが、理亜夢には寝ていろと言った。言われなくても寝てますよ、と生意気な口を利くから、じゃあ起きろ、と言ったが、理亜夢は笑っただけだった。

　輝生はパイプ椅子に座り、一人きりで保苗槽を見あげていた。蟻(あり)の子一匹見逃すまいと喰い入るように見つめる必要がないことはもうわかっていた。肩の力を抜き、脚を投げ出し、なんとなく眺めていればいい。それでも傷みかけた鼻が横切れば、はっと思うものだ。昔はこの当番が嫌で嫌で仕方がなかったが、歳を喰ったせいか、いまではむしろこの時間が好きになっている。刻々と変化しながら、しかし全体としてはくりかえされている、そういうものを眺めることが苦にならなくなってきたのだ。

　理亜夢がいないおかげでいつになく静かだった。腹の下にすべりこんでくるような低い音を立てて、鼻の群れがタンクのなかを巡っている。それにしても、なんと寡黙な者たちだろう。光を奪われ、音を奪われ、言葉を奪われ、肌ざわりを奪われた者たちが、いつ明けるとも知れない赤黒い夜を漂いつづけている。しかし、ときおり本当にそうなのだろうかとも思えてくる。本当に彼らは何も感じていないのだろうか。彼らは保苗液のなかで、ゆるやかにではあるが一つにつながり、生者が想像だにしなかった、霊魂の坩堝(るつぼ)のような世界を形づくっているのではないだろうか。彼らが生前に蓄えた一切の記憶が液中に残らず溶け出し、それを元に壮大な疑似世界が創造され、彼らはそこで、亡者だけにゆるされた儚(はかな)いまどろみを貪(むさぼ)っているのではないだろうか。

　それから三十分ほどのあいだ、輝生は黙々と保苗槽を見あげつづけた。身じろぎもせずに座っているのはやはり体がつらく、背もたれに身をあずけて浅く腰かけてみたり、膝に手を載せて深く腰かけてみたり、ときおり体のどこかを掻いてみたり、腕時計に目を落としたりすることもあった。が、それだけだ。もし物陰からそんな輝生の姿をそっと覗いている者がいたとしても、いつもと異なる気配を読みとることなどできなかったろう。しかしもし、その覗いていた者が充分に注意深かったなら、輝生のもとに一人の訪問者がやって来たことに気づいたかもしれない。

輝生の左隣には、理亜夢が座るはずだったパイプ椅子が斜めを向き、虚ろに投げ出されていた。しかし突然その椅子の脚がざりりと耳障り（みみざわ）な音を立てて地面をこすり、前を向いた。そして何者かがそこに腰をおろすと、苦しげにフレームが軋（きし）んだ。輝生はその音に気づいたが、何事もなかったかのように保苗槽を見つづけていた。視界の隅に訪問者の黒ぐろとした脚らしきものが見えていた。しかしその脚があまりにも完全な黒さを具えているために、むしろ眼球のほうが暗闇にじわりと侵（おか）されたかのようだった。輝生の影は、夜の腹の底に横たわる沼からたったいま這いあがってきたかのような、暗さ滴（したた）る姿だった。

そのとき輝生は腕を組み、膝を半ばひらいて脚を投げ出していたが、隣に座る影もまたまったく同じ姿勢を取っていた。輝生が手を膝にやると影も手を膝にやり、輝生が鼻の下をさすると影もまたそうした。影の動きは寸分の遅れもないどころか、ともすれば影のほうがほんのわずかに先んじているように見えるほどだった。二人はしばらくそうして、静かに実と影を演じていた。しかし次の瞬間、輝生が取った行動を影が真似ることはなかった。影に声をかけたのだ。

「ひさしぶりだな」と輝生は言った。

〝ひさしぶりじゃないな〟と影は答えた。子供の時分に埋めた缶の箱から飛び出してきたような、懐かしさと仄かな気恥ずかしさを誘う声音だった。〝友よ、俺はずっといたんだ。お前のそばにずっといた。知ってるだろ？〟

「ああ、きっと俺は知ってるんだろうな」

〝ずいぶんと月日が経ってしまった。四十四年もの月日が……〟

「そうだな。でも、まだきのうのことのようだよ。最近、ふとした瞬間に、はっと目を覚ましてしまいそうな気がするんだ。あの公園で。あの絶望のなかで……」

〝そうだ。お前はいまもまだ夢を見てるんだ。お前はまだ二十八歳で、東京の公園でベンチに寝転がり、二月の冷たい風が吹きすさぶなか、浅い貧しい眠りに顔をうずめ、悪い夢を見つづけてるんだ。地獄からの使者に見初(みそ)められ、地獄の獄吏(ごくり)になった夢を。亡者の鼻を削いでは生きかえらせ削いでは生きかえらせを続けることで、みずからの死を先送りにする夢を。でももうそんな夢も終わりだ。人は生きているかぎり何度でも目を覚ます。どんな夢であれ、いつかは覚めてしまう。でもいくつもの夢を剝いでは捨て剝いでは捨てをくりかえし、最後に目を覚ましたとき、そばにいるのは俺だよ。決して裏切ることのない、故郷のように懐かしい友の俺だ〟

　輝生は少しのあいだ声もなく笑った。しかし影は笑わなかった。お前だって本当はそんなに可笑(おか)しくないはずだとでも言いたげに。影は笑う代わりにふたたび椅子を軋らせ、おもむろに立ちあがる。そしてゆらりと輝生の前に立つと、握手でも求めるように真っ黒な腕を伸ばしてきた。

〝さあ、立て。俺たちも行こう〟

　輝生は影を見あげた。影の目は夜空のような高みからまっすぐ輝生を見おろしていた。その背後で、保苗槽の蓋がカラカラとチェーンを鳴らしながらひとりでにひらき、二人を待ちかねたようにあんぐりと口を開けた。

　輝生の笑みは醒(さ)め、もはや何も言わず、四十四年の歳月をかけて養ってきた影の手を取った。影はすでに充分な力を蓄えており、あるじの手を握りしめると、受話器でも取るようにやすやすと輝生を立ちあがらせた。影はいまやあるじよりもひと回り大きな存在にまで肥え太っており、ほとんど包みこむようにこちらを見おろしてくるのだった。

　輝生は自分の足首が埋まりそうなほど大きい溜息を一つつくと、保苗槽に歩みより、タンクに掛かった梯子の一段一段に語りかけるように、ゆっくりと昇っていった。昇りながら、現れては姿を消してゆく鼻の群れを間近に眺めた。このなかに一度も自分が削いだことのない鼻が一つでもあるだろうか。彼らを、自分の人生の傍らを通り抜けてゆくだけの名もなき亡者の群れだなどと考えることは、もはやできなかった。彼らの一つひとつに、輝生が振るいつづけたナイフの軌跡が刻まれているのだ。それは果たして亡者を叩き起こす鞭の痕だったのか、あるいは深い暗い眠りから引きあげる慈愛の手だったのか。

　輝生は梯子の上にたどり着くと、タンクのふちに手をかけ、なかを覗きこんだ。薄紅色の泡の浮いた保苗液がとろとろと円を描いて流れており、そこはまるで地殻の下に広がる亡者たちの世界へと通じる小さな泉のようだった。その証拠に、ときおり鼻たちがちょこんと姿を現しては戯れるように輝生を誘っているではないか。いまふっと権田の鼻が眼前を横切った気がした。

「権田さん。四十年経ったよ。長かったなあ……」

　そう語りかけながら、輝生は上着のポケットから使い慣れた一本の鼻削ぎナイフを取り出すと、薄くしなやかに研ぎあげられたその刃の輝きをしばし見つめ、それからまた保苗槽のなかに視線を落とし、つぶやいた。

「そろそろ代わろうか……」

　輝生は顔に手をやり、命を吹きこまれた名残を確かめるように、老いた鼻を軽く摘まんでさすりあげた。そしてナイフを両手で持ちなおすと、保苗槽のなかを覗きこむ格好でおのれの鼻の下に刃を押しあてた。その刃は、いままで削ぎ落としてきた鼻という鼻のすべてが長い回り道でしかなかったかのように、そして今夜とうとう本来の使命を果たすかのように、輝生の鼻の下に寸分の狂いもなくひたとあてがわれた。

渦巻く液面に、夜を切りとったような影が落ちていた。それはみずからの影法師に違いなかったが、いまだかつてこんなに濃い深い影を落としたことはなかった気がした。輝生は目を閉じた。しばらくそうしていた。何十年もこの日を待ちつづけた影が、梯子の上に立つ輝生の背中におおいかぶさって抱きすくめるように貼りつき、両わきから太ぶととした腕を回し、輝生と一緒にナイフの柄を固く握りしめていた。次の瞬間、その影がすっと吸いこまれて輝生の身に重なると、鼻の奥を刃が一瞬で走り抜けていった。

輝生が、自分の鼻が赤黒い世界に落ちてゆくところを見とどけたかどうかは誰にもわからない。梯子の上でびくりとのけぞると、鮮血に濡れたナイフを眼前に掲(かか)げて祈るような格好で、輝生は束の間、天を仰いだ。そして森の奥深くでひっそりと倒れる古木(こぼく)のようにゆっくりと後ろに傾いでゆき、頭から硬い冷たいコンクリートの上に落ちていった。しかしもしかしたら、それはもはや輝生ではなく、ただの抜け殻に過ぎなかったのかもしれない。

髪禍（はっか）

子供のころから髪を切られるのが嫌で嫌で……。中学にあがるぐらいまでは浴室で母に髪を切られていたのだが、終わったあと、散らばった髪を自分で掻き集めて始末しろと言われる。それがもう身震いするほど気持ち悪くて、いつも全身に鳥肌を立てながら拾っていた。ひょっとしたら母も私の髪に触れたくなくて年端もいかない娘に後片づけをさせていたのではないかと疑っている。こういう生理的な嫌悪感は、血に溶けこんで脈々と受け継がれそうな気がするから。

それにしても髪は不思議だ。いまのいままで自分の頭から生えていたものが、鋏で切りとられて床に落ちた途端、もうすっかり死体みたいに見えてくる。同じようでも爪や歯ではこうまで不気味にはならない。髪の毛だけが持つ、あの独特の死の翳り。生身の体から裏切られ、生者の世界から追放されたとでも言わんばかりの、あの薄暗い恨みがましい散らかりよう。いつだったか、自分が死ぬことを知っているのは人間だけだという話を母から聞かされ、そこに、頭だけからこんなに毛を生やすのも人間だけだという思いつきが重なり、人間というものは頭に死を載せて生きる唯一の生き物だという突拍子もない考えに囚われたこともあった。奔放な想像力で退屈と孤独を紛らす一人っ子だったから。

母は男を見る目がなかった。二度結婚し、二度離婚した。その痕跡は、戸籍だけでなく、体にもしっかりと刻まれていた。左の手の平の生命線をざくりと断ち切る傷跡は、最初に結婚したトラック運転手が振りまわした包丁によるものだし、左上の前歯が差し歯だったのは、二度目に結婚した配管工の拳のせいだ。母はアルコールがないと夜の重さに堪えられない人で、馬鹿でかい紙パックに入った甘ったるい赤ワインをがぶがぶ飲みながら、娘である私にときおりそんな生臭い話をした。暴力を振るう男を見わけるすべを発見したとも言っていた。

「男とつきあうときはな、まず握り拳を見んねん。女を殴る男は、この骨の出っぱったところに肉がつぶれたみたいな傷があるから。そういう男はかーってなったら、女だけやなくて、壁殴ったり電柱殴ったり郵便ポスト殴ったりするからな、傷が残んねん」

その法則を見つけたおかげかどうかはわからないが、のちにつきあった私の父は殴らない男だったそうだ。そのかわり結婚はできなかった。不倫だった。母の体に傷は残らなかったが、私というお荷物が残った。堕ろせばいいものを、堕ろさなかった。母はきっと自分が子供好きだと勘違いしていたのだろう。いざ私が生まれてみると、子供という生き物にがっかりし、そんな自分にもがっかりしたに違いない。高校に入って私が朝帰りするようになると、娘が自分のぬかるんだ轍をたどっているとでも言いたげな、どこかあきらめたような口ぶりで「ちゃんと避妊はするんやで」と言った。

「あんた、あたしによう似てるわ」というのが母の口癖だった。牛乳嫌いも椎茸嫌いも、お玉で鍋の底をこする音が駄目なのもウールのセーターが苦手なのも母と同じだった。思春期になると、似ていると言われるたびに嫌な気持ちになったが、脱ぐに脱げない肌のような似方で、どうにもならなかった。

実際のところ、容姿まで似ていた。背が高く、目鼻立ちが派手で、男受けは悪くなかった。顎が細いせいで歯並びが悪く、母同様、口を開けて笑わない癖がついたのだが、それがなんとなく男の目には謎めいたふうに映るらしかった。私の場合、おまけにこれ見よがしな泣きぼくろがあり、〝夜の女の顔〟などとクサいことを言われたのも一度や二度ではない。つきあっていた男に陽射しが似合わないと言われたこともあるし、白い下着が似合わないと言われたこともある。でもいちばん嫌だったのは、四年前に別れた夫に、幸せが似合わないと言われたことだ。自分が浮気した癖に、責めたてたらひらきなおって、そんな呪いみたいなことを口走った。馬鹿と幸福は紙一重、どうやら夫の目には、頭のネジが二、三本抜けたおめでたい浮気相手が、幸せの似合う女に見えたらしい。夫は拳の綺麗な殴らない男だったが、浮気をしない男はどこを見たらわかるのだろう。

夫の呪いが功を奏したのか、三十三歳になったいま、壊れかけた人生を生きていた。二十五のときから介護の仕事に就いていたのだが、目も眩むような過酷な職場で、骨の髄まで鉛のような疲れが沁みいり、原因不明の淡い眩暈がずっと脳を揺らしていた。たまの休日となると、独裁者の妻みたいにつまらないものを山ほど買いあさり、夜が来ると死にたくなった。母と同じように飲まないと眠れなくなり、やがて飲んでも眠れなくなった。脳味噌が石のように硬く重くなり、晴れない意識を引きずりながら夢から夢へ渡り歩くように働いた。来る日も来る日もそれが続いた。そしてある朝、とうとうベッドから起きあがれなくなり、仕事をやめた。その後、何カ月経っても脳味噌はほぐれず、眠りは水溜まりのように浅いままだった。わずかな貯金は通帳に穴でも空いているかのようにみるみる数字を減らしていった。仕事を探さねばと焦る気持ちはあるのだが、魂の底が抜けたみたいに何もする気が起きず、朝から晩まで寝間着のまま溜息ばかりついていた。

そんな折も折、悪魔の誘いのような電話があったのだ。その悪魔の名は脇田と言った。恥ずかしながら若いころ、体を売るような仕事をしていたことがあり、そのときに知りあったのが、風俗店のマネージャーをしていた脇田だ。中東あたりの血が入ったみたいな浅黒い奥目の男で、確か七つ八つ歳上だった。目が回るような早口で頭も切れるのだが、笑うと赤黒い歯茎が馬のようににゅっと剝き出しになり、またその笑い声がへらへらと軽くて、笑うたびに誠実さが漏れ出してゆくような信用のならない感じの男だった。おまけに脇田の両の拳にははっきりと傷があった。路上に出たいくつもの飲食店の看板を、酔った勢いで立てつづけに殴り倒すところを見た友達もいた。これは私がその店をやめてからの話だが、何回も店の子に手を出し、結局、馘になったそうだ。

そんな男から突然、十年ぶりぐらいに連絡があった。ぎょっとして無視しようかという考えがまず立ちあがったが、もしかしたらカネになる話かもしれないという勘があとから追い抜いてきて、恐るおそる電話に出た。自分から動き出せないなら、向こうから来るものを受けいれるしかないという弱りきった心持ちになっていたのだ。「おう、サヤカ！ 最近どない？」と、いきなりあの軽い早い薄っぺらいの三拍子が揃った声がスマホから飛び出してきた。この十年をひと跨ぎにするような馴れ馴れしい口ぶりで、やはりこいつには気をつけねばという思いが胸に張りつめた。でも次の言葉「いまどんな髪型してる？」にはさすがに不意を突かれ、「え？」と無防備な声を漏らしてしまった。

結局、私の勘は当たっていた。一泊二日の仕事で、十万円になると言う。本番なし、男にさわるのもさわられるのもなし、撮影もなし、向こうの用意した衣装に着がえる必要はあるが、そもそも裸を見せる必要すらなし、つまり性的な仕事ではない。となれば、じゃあいったいなんなのか、と余計に怪しむ気持ちが募ってくる。ひと言でいえば、とある宗教儀式のサクラだ、というのが脇田の答えだった。その儀式がおこなわれるあいだ、ひと晩じゅう何もせず、宗教施設のなかでただ座って見ているだけで、十万円が手に入ると言う。ただし、その儀式は建前上、秘儀として部外者の立入りが禁止されているので、その日、目にしたこと耳にしたことはいっさい他言無用とのことだった。つまり、十万円の内には口止め料も含まれていると……。

当然のことながら、宗教と聞いて、早速、雲ゆきが怪しくなってきたと思わずにはいられなかった。その宗教団体の名を問えば、〝神〟ではなく〝髪〟と書いて〝惟髪天道会（かんながら）〟との答え。もちろん見たことも聞いたこともなかった。髪と聞いた瞬間、脳裏に死んだ髪が散らばり、ざわりと嫌な感じがした。あんたも信者なのかと脇田に聞くと、便宜（べんぎ）上、信者として籍を置いているが、実際は雑用係としてあれこれ仕事を請（う）け負っているだけだ、と言う。この手の人集めも仕事のうちなんだとか。

　これはあとでネットで調べたことだが、教祖は髪読日留女（かむよみひるめ）なる九十の坂を越えた老女で、その名の通り、人の頭髪から様ざまのことを読みとる不思議な力があり、過去に降りかかった災難から将来に選ぶべき道までずばりずばりと面白いように言いあてるのだとか。発会（はっかい）は昭和三十二年、教祖が三十四歳のとき。北大阪市の下町に住んでいたが、夫と子供二人の住宅火災による死をきっかけに、原因不明の病（やまい）に倒れ、三日間生死の境をさまよい、どうしたわけかそのあいだに全身の毛がすっかり抜け落ちたという。その際、夢のなかに大髪主（おおかみぬし）と名乗る黒い太陽のような神が現れ、教義の核心となる〝髪は神なり。人の心は髪より生まれ、髪に帰る〟というお告げがくだった。その黒い太陽と見えたものは、実はそれ自体が髪の毛の塊（かたまり）で、人間が戴（いただ）くすべての頭髪は、そもそもそこから分けあたえられたものだという。ウェブサイトには教祖の次のような言葉が紹介されていた。

「わたしは一度、病で体じゅうの毛という毛を一本残らず失いました。そのあと、生まれ変わったみたいになって、頭から黒ぐろとした太い毛がどんどん生えてきたんです。それまでのわたしの毛は、細くて艶（つや）もなくてまったく頼りないものでしたが、その新しい髪の毛は全然違うものでした。ああ、これはただの髪の毛やない、神様から頂戴した大事な大事な髪の毛や、そう思いました。わたしらの頭から生えてる髪の毛が、神様から賜（たまわ）ったものやという、大事なことに気づいてる人はほとんどおりません。そういう人の髪の毛は、やっぱりただの髪の毛で、言わば死んだ髪の毛です。でも、ちゃんと気づいた人の髪の毛は、だんだん変わってくるんです。神様とのつながりを持った、生きた髪の毛になってくるんです。その生きた髪の毛を、わたしらは〝霊髪〟と言うてます。その霊髪を手に入れた人は、いつの日か神様からお声がかかり、一段高い人間に生まれ変わることができます。その新しい段階の人間を、わたしらは〝髪人〟と言うてます」

霊髪だの髪人だの胡散くさいことこの上ない。新興宗教といえども、仏教系だの神道系だのと一応の根っこがありそうなものだが、この教団は何もないところにまるきり新しい神話を打ち立てたようだ。そして話はさらに異様になってゆく。

「髪人は、霊髪を、神様とつながった生きた髪の毛を、世界に広めてゆくための使者です。髪人は霊髪を人びとに分けあたえる力を持っておりますので、一人の髪人は百人の髪人を、百人の髪人は一万人の髪人を生み出します。そうやってわたしら人間は、霊髪によって一つにつながることができます。大髪主様の慈愛が、霊髪を通じてつねにわたしらに降りそそぎます。そうなった世界にはもう、孤独はありません。憎しみもありません。争いもありません。ただ、常しえの平和だけがあります。そこへ至る道すじを、わたしらは〝惟髪の道〟と言うてます」

でも喜ばしいことに、髪人なる使者はまだどこにも存在していないらしい。

「残念ながら、わたしらの時代にはまだ髪人は生まれておりません。これから生まれてくるんです。大髪主さまの大いなる力をその身に宿した救世主が、いつの日かこの地に降臨し、最初の髪人、大髪人となるのです。ここではっきりさせておきますが、わたしは違います。わたしにそんな力はありません。わたしはただの露払いに過ぎません。わたしの仕事は、大髪人のために道を切り拓くことです。そしてこの老いさらばえた身をその道に捧げることです」

読めば読むほど薄気味悪い教義だが、でも一番の問題は、なぜ宗教儀式に私のようなサクラが必要なのかということだ。脇田が言うには、今度執りおこなわれるのは惟髪天道会の発会以来、最大のイベントで、〝髪譲りの儀〟という、教祖の後継者のお披露目の儀式であるらしい。だから絵面的に若くて美しい、そして何よりここが重要らしいのだが、髪の長い女の賑やかしが必要になってくる。でもどうしても信者のなかから充分な数だけ適合者を揃えられない。髪の長い女が必要なら、じゃあどれぐらいの長さから合格なのかとなるが、本来は鳩尾ぐらいまでは欲しいところだけれども、胸あたりまであればまあよしとしている、あと、もう一つ条件として黒髪でなければならないので、もし茶髪なら当日までに黒く染めてきてほしいとのこと。その点においては私はなんの問題もなく、毛先はちょうど乳首に触れるぐらい、しかも濡れ鴉のように黒ぐろとした髪だった。ここ何年ものあいだ、髪をどうこうして色気を出そうなどという気力がまるで湧き起こらなかったのだ。

　脇田の話を聞くうちに、ひさしぶりに他人と長話をした私は、会話酔いとでも言うのか、だんだん頭がごちゃごちゃになってきた。だから、ちょっと考えさせてくれと言ったのだが、ならばあしたまでに絶対に返事をくれと膝を詰めてくる口ぶりで、ただひと晩じゅう座っているだけで十万が手に入るなんていまどきまたとない美味しい話だとしつこく口説いてくる。それを振りきるようにしてやっと電話を切ると、なんだかすっかり疲れきってしまい、しばらくベッドの上にへたりこんでいた。

　ネットで調べると、教団本部は三十年ほど前に、北大阪市から和歌山県のH町に移っていることがわかった。ぐるりを山に囲まれた僻遠の地だ。ウェブサイトの案内地図を見ると、かなり広い敷地を有しており、〝宗教施設以外にも、遊歩道や大浴場やスポーツ施設などがあり、大自然が秘めた善と友愛と進化の力が一帯にみなぎっております〟などと気持ち悪いことが書かれてある。考えれば考えるほど怪しい話だ。宗教が女の長い髪にこだわるというのも、なんとなく淫らで、汚らわしい感じがした。他言無用の宗教儀式とのことだが、淫祀邪教とでもいうのか、篝火に照らされながらぬらぬらと涯なき乱交をくりひろげるとか、禍々しい祭壇の前で赤ん坊を殺してその鮮血をみなで回し飲みするとか、そんなおどろおどろしい想像ばかりがふくらんではじけた。脇田のなんとしてでも女を集めねばという焦りの滲んだ話しぶりも、十年も関わりのなかった女にまで手を広げて連絡をよこすという見境のなさも、不安を煽るものだった。でも電話を切った瞬間からなんとなくわかっていた。私はきっとこの話を受けるだろうと。この怪しげな仕事でどうにか弾みをつけ、もう一度、顔をあげて社会に漕ぎ出してゆこう、生きてゆこう、そんな思いが芽吹いていたのだ。

大阪市内にN公園という大きな公園がある。そこの北駐車場に〝KTツアー御一行様〟と紙を貼り出したバスが来るので、それに乗ってくれ、と脇田は翌日の電話で言った。〝惟髪〟の〝K〟に〝天道〟の〝T〟ということなのだろうが、宗教団体であることを隠すような企みが透けて見え、嫌な感じだった。

　午後の六時前、黄昏どきの駐車場に着いてみて驚いた。バスが迎えに来ると聞いて、なんとなくマイクロバスを思い描いていたのだが、待っていたのは五十人は乗るであろう立派な大型バスだ。フロントガラスの内側には、確かに〝KTツアー御一行様〟と貼り出されており、乗降口の外で脇田が待っていた。

　十年ぶりに見る脇田は、紺色の地味なスーツに身を包み、小綺麗なネクタイを締め、トレードマークとすら言えたスケベったらしい無精髭まで剃り落とし、昔を知る私としては、〝猫をかぶる〟ならぬ〝堅気をかぶる〟という言葉が真っ先に浮かんだ。そして私の顔を見た途端、にんまりと滴るような笑みを湛(たた)え、ぬるりと嫌らしく肩に手を置いてきて、「おう、サヤカ！　よう来てくれたな。きょうはほんまありがとう、ほんまありがとうな」と声をかけてきた。そのくどい言い方がまた〝人類皆兄弟〟〝日々是感謝(にちにちこれ)〟などと言い出しかねない親しみの押し売り具合で、こいつはそうとう荒れた仕事をしてるな、と思い、あらためて苦いような気持ちになってきた。

　そんな私の不信感を読んだかのように、脇田は横のテーブルに置いてあった手提げ金庫から封筒を取り出し、「これが例の……」と言ってまたにんまりと笑った。〝例の〟というのは、先に五万を渡し、帰りに残りの五万を渡すという手筈(てはず)になっていたからだ。そしてその段取りにはもう一つ重要な点があり、前金を受けとるときにスマホや携帯電話やカメラなどの撮影可能な機器を脇田にあずけるという話になっていた。秘儀という建前上わからない理屈ではないが、一時的とはいえ、外部との連絡手段を断たれるというのはそもそも怖いことだし、得体の知れない教団にスマホを渡すのは赤の他人に心臓をあずけるぐらい不安だった。

　脇田に鞄のなかまで探られた上でようやく封筒を受けとり、本当にこれでいいのかという疑念を抱えたままバスに乗りこんだ。でも運転手の様子を見ると、六十がらみのちゃんとそれらしい制服を着こんだ男なので、大丈夫大丈夫と自分をなだめすかしながら座席のあいだの通路に足を踏みいれた。座席はすでに七割がた埋まっていた。通路を進みながらそれとなくみなの様子に目を走らせると、なるほど、どの女もどの女も長い黒ぐろとした髪ばかりで、だいたい十代後半から三十代までといったところだ。水商売丸出しのけばい女もいれば、夫に内緒で借金をこしらえた主婦が決死の大冒険といったかちこちの顔つきの女もいる。四十に手が届くかとも見える貧乏たらしく荒(すさ)んだなりの女もいれば、家出少女がもうどうにでもなれと身を投げるように乗りこんできたみたいなのもいる。お世辞にも脇田が条件とした〝若くて美しい女〟ばかりとは言いがたい面々だった。でも彼女たちの頭のなかを覗けばきっとどれもそっくりで、〝十万円、十万円……〟という切迫した思いがびらびらと音を立てて巡っているに違いない。

窓際の席はもう一つも空いていなかったので、ふと目が合ったのを何かの縁と思い、「ここ、よろしいですか？」とひと声かけて、二十代前半と思われる女の横に座った。腰をおろすときに女の風体をさりげなく視線でひと舐めしたが、まるで化粧っ気のない青白い瓜実顔、服装も安っぽくて地味、うぶな女が悪い男に引っかかってカネを吸いあげられているという背景を想像した。そつのない様子で「どうぞ」と返してくれたものの、その姿にはそこはかとなく病んだような気配が漂っており、リストカットの常習者ではないかという考えが不意に浮かんだ。ちらりと左手首を盗み見て、はっとした。まったく予期しないものを目にしたのだ。

女の左手首には、あれもミサンガと言うのか、とにかく組紐のようなものが巻かれていた。しかも真っ黒な組紐だ。見た瞬間、髪の毛だ、と思った。人間の髪はどんな糸とも違い、独特の暗い重苦しい色艶をしているものだ。脂っ気ですべりをよくするためか、昔は針刺しのなかに髪を入れたそうだが、手首に巻くなどという話は聞いたこともない。うわあと怖気が来て、気づかれなかったとは思うが、つい尻をずらし、距離をつくってしまった。ちらちらと何度か目をやって確認すると、何度見ても髪は髪、髪で悪いかと睨みかえしてくるようだった。そこでようやく、そうか、この女は信者なのか、と気づいた。なんとなく、このバスには信者は乗っておらず、全員サクラだと思いこんでいたのだ。

ひょっとしてと思い、ほかの女たちにも視線を走らせたが、当然のことながら林立する背もたれが邪魔で左手首が見えない。そもそも信者であれば必ず巻く決まりなのかどうかもわからない。そうするあいだにも次から次へと新顔がバスに乗りこんできて、座席が埋まってゆく。私の横を通ってもっと奥に座る女もいたので、そのたびに左手首を喰いいるように見た。結局、組紐を巻いているのを確認できたのは、隣の女ともう一人の三十代と思しき野暮ったい小太りの女だけだった。どうやら、信者も交じっているようだけれども、やはり大半はサクラらしいという印象を持った。バスに乗りこんで通路を歩いてくるときのみなのそわそわとした不安げな様子も、その見方を裏づけているように思えた。

席があらかた埋まったところで、脇田がみなのスマホなどを入れた段ボール箱を抱えてバスに乗りこんできた。やはりドタキャンした女が何人かいるらしく、苛立たしげに頰を引きつらせており、その表情が昔のままというより、老けた分、さらに荒んで危なっかしく見えた。脇田は段ボール箱をいちばん前の席に押しこむと、「みなさん、きょうはお忙しいところをお集まりいただき——」などと薄っぺらい笑顔で馬鹿丁寧な口上を述べ、スマホをあずかる際に渡した番号札をなくすなだの、返却の際に残りの〝お礼〟をお渡しするだのと、ひと通り説明したあと、「では、出発します」と言った。でもその脇田は「わたしはまだここで仕事がありますので。みなさん、いい旅を……」とバスを降りてしまった。乗るときに脇田が持っていた名簿らしきものをちらっと見たが、バスはまだ何台かこの駐車場から出るような雰囲気だった。脇田のようなチンピラじみた男に頼ってカネに困った女を大量に掻き集める宗教組織というのはいかがなものかと考えると、あらためて気が重くなってきた。

やがてバスが動きだした。到着までに三時間近くかかると聞いていたが、スマホを取られてしまったので何をしたらいいかわからない。一応、読みさしの文庫本を鞄に入れては来たものの、そもそも作り話に入りこめる状況ではなかった。それよりも、やはりまず隣の女が気になった。左手首の組紐はいったいなんなのだろう。自分の髪を切って自分で編むのだろうか。それとも誰とも知れない他人の髪なのか。どっちにしても、切りはなされた髪を黙々と編む何者かの陰気な背中を想像するだけで背すじが寒くなる。

私の怪訝な心持ちが態度に出ていたのか、女がその靄を払うように出し抜けにこちらを向き、

「お手伝いの方ですか？」と声をかけてきた。

その顔には申し分ない微笑が浮かび、口調も飽くまで柔らか、宗教の恩寵により自分は真理と幸福の側に立っている、だからこの蒙昧な女を根気強く正しき道に導かねばならない、まさにそんな様子だった。でも薄暗いような風采と、突然露わになったにこやかな態度とが、なんとなくちぐはぐで、危なっかしい感じもある。

「ええ、知りあいから頼まれまして。さっきバスの外に立ってはった脇田さんなんですが……」

ああ、と間延びした声を漏らしながら女はうなずいたが、その様子がなんとなしに訳知り顔にも思え、私のかつての後ろ暗い職業まで胸の内でたどられたような嫌な感じがした。でもどうせ私のようにサクラとして呼ばれた女はみな大なり小なりワケありに違いないから、ここへ来て恥じる気にもならない。話しかけられたのを好機と思い、

「実は、あまり詳しいことを聞かずにここまで来てしもたんですけど、きょうはどういう儀式をするというお話なんでしょう？」と尋ねてみた。

すると女は申し訳なさそうに眉根をよせ、

「実はわたしも詳しくは知らんのです。まだ第七髪位なもので……」と言う。

「ダイナナハツイ？」

「そうです。信者になるとまず第八髪位から始まるんです。そしてお一人で第一髪位に立っていらっしゃるのが、教祖の日留女様です」

「はあ、なるほど……。でも今夜は、その日留女様の後継者のお披露目があるとか……」

女は藤野と名乗った。その藤野が言うには、信者のなかに髪読の力を持った者がほかにいないため、長らく教団存続の危機が囁かれていたけれども、最近になってようやく第一髪位を継ぐ力を持つ後継者が見つかったとのこと。となると、髪読というものが具体的にどういう能力なのかと気になるところだが、聞いてますます嫌悪感が募った。一本の髪を水の張った椀に入れて、ひと息に呑むのだそうだ。まるで蕎麦でも啜るみたいにするりと……。藤野も一度そうやって髪を読んでもらったことがあるらしく、そのとき教祖は、十四のときに藤野の身に降りかかった〝大きな災厄〟とやらをぴたりと言いあて、肩を抱いてしばらく一緒に泣いてくれたそうだ。どんなからくりかは知らないが、感じやすい娘の肩ごしに舌を出しながら泣くふりをする醜悪な老婆の姿を、想像せずにはいられなかった。

ところで、藤野が手首に巻いていたものは、髪輪というらしいのだが、なんと九十を超えた日留女様の御髪だと言う。当然、それにしてはずいぶん黒ぐろとしていると訝らずにはいられなかった。でも藤野が言うには、教祖の頭には白髪が一本もないらしい。今夜みなの前にその奇跡のような姿を現すはずだから、自分の目で確かめるといいとも言った。分け目にすら染めたあとが見あたらず、まるで乙女のような緑の黒髪なんだとか。藤野は、その髪輪を買わされたとは言わなかったが、まず間違いなく少なくないカネを払っただろう。十万円を受けとって百万円のゴミを買わされたのでは話にならないから、気を引きしめてかからねば、と身がまえる思いだった。

でも藤野と話すうちにいくらか気持ちが軽くなってきたのも確かだ。信者である藤野が無害そうな女というのもあったが、ぼんやりと事態の底が見えてきたとでも言おうか、脳裏を巡っていた様ざまな地獄絵が遠のき、最悪、心霊グッズを売りつけられる程度かと高をくくる心も生まれたのである。

　阪和道を南下するあいだにすっかり陽が落ち、バスはいつのまにか右を見ても左を見ても黒ぐろとした森の伏せる暗い山道を走っていた。時間こそわからなかったが、藤野がそろそろ到着だと耳打ちしてきたので、いったい何が待ちうけているのかと居ても立ってもいられない心持ちになる。いっそバスから降りた途端、行方をくらましてやろうかとも考えたが、人里はなれた僻地からまるで土地鑑のない夜道を歩くのは恐ろしいことだし、そもそもスマホを人質に取られているので、そうとうな覚悟でないと逃げられない。ひょっとしたら、スマホで録画させないというのは口実に過ぎず、本当に人質に、いや、物質に取られたのではと思うと、ここに来てまたもや嫌な予感が背すじを這いのぼってきた。

　そんなとき、とうとう惟髪天道会の本部らしきものが前方に見えてきた。四方を鬱蒼とした山々に囲まれた辺鄙な土地なのだが、その深い濃い闇の懐に、いくつもの建造物が不夜城のように煌々と照らされて建ちならんでいた。脇田からは信者数は二十万などと嘘くさいざっくりとした数字を聞かされていたし、ウェブサイトでもそう謳っていたが、まんざら誇張でもないかもしれないと思わせる、寺社建築もどきの堂々たる鉄筋コンクリートの建物だった。なかでもひときわ目を引いたのが、日本武道館を髣髴させる山型の屋根を持った八角形の建物だ。武道館よりやや小ぶりだが、てっぺんにはやはり玉葱型の黒光りする飾りを戴いており、どことなくふてぶてしい様子でつんと天を指していた。これを見た瞬間、あそこで例の儀式をやるんだな、と直感した。

　やがてバスは鋳鉄製の大きな門を通り抜けて、五階建てほどの建物に取り囲まれたロータリーに到着し、停車した。あたりは鄙びたリゾートのような風情で、ロータリーの中央には赤い御影石を彫りあげたらしい女神ふうのオブジェが立っており、肉づきのいい腕で丸い大きな時計を掲げていた。時刻は晩の九時四〇分ごろ、儀式は夜を徹しておこなわれると聞いていたから、まだまだ序の口とも言えない時間だった。ロータリーにはすでに同じような大型バスが二台停まっており、乗客が続々と降りて目の前の事務棟ふうの建物に吸いこまれてゆく。仮にあの武道館みたいな建物に五千人を収容できるとしたら、一台五十人の計算で、バス百台分だ。もし本当にそんなに参加者がいるとしたら、想像よりも遥かに大がかりな儀式で、心霊グッズの押し売りとはまた違ったふうに胸騒ぎがしてくる。藤野にきょうはどれぐらい人が集まるのかと聞いてみたが、彼女も首を傾げるばかりで頼りにならない。藤野が言うには、今夜の儀式に参加できるのは信者のなかでもほんのひと握りだけ。準備も教団の上層部によって内々に進められ、彼女のような下っ端はほとんど情報を与えられないまま呼びつけられたらしい。だからといって部外者の私のような不安はないらしく、参加者に選ばれたことがよほど光栄なのか、むしろ晴れやかな顔つきを見せていた。

ロータリーに降り立つと、〝誘導員〟と書かれた白い腕章を巻く生真面目そうな男女がそこらじゅうにいて、〝第一天道館〟なる建物に入れとみなに促していた。バスから降りてくるのは若い女ばかり、しかもほとんどの者はこの場が初めてらしく、どの顔もどの顔もそわそわと落ちつかない様子だ。言われるままに藤野と一緒に建物に入ってゆきながら、それとなくみなの左手首に目を走らせたが、やはり髪輪を巻いた女は滅多にいない。藤野が言うには、信者でも髪輪を巻いているとは限らないそうだが、どう考えても〝手伝い〟のほうが多い。宗教団体の秘儀とやらに参加するのが部外者ばかりというのはいったいどういうことかと、どちらに首を傾げたらいいのかもわからなくなってくる。

私たちは結局、〝竜胆の間〟と書かれた、宴会場のような広びろとした部屋に通された。畳の上には段ボール箱が等間隔で点々と並べられていて、どれでもいいから自分の箱を選んでその後ろに立てと、六十がらみの女の誘導員から指示される。その部屋だけでも三百人ほどの女がいて、みな訝しげな面持ちで自分の段ボール箱を選んでいた。私は、信者である藤野と一緒に動けばひどい目には遭うまいという変な甘えた気持ちが起こってきて、彼女の隣の段ボール箱の後ろに立った。さっそく誰かが箱を開けようとしたらしく、誘導員からマイクで「まだ段ボールには手を触れないでください！」と注意が飛ぶ。

　私は足下の段ボール箱を見おろした。外側に何も印刷されていないミカン箱ふうのただの段ボール箱だ。私はまだ箱に触れていなかったが、ほかの人が足に当てた様子から、中身がぎっしりというわけでないけれども空っぽでもないと踏んだ。ふと、向こうで着がえてもらうという脇田の話が思い出され、中身はその衣装に違いないとぴんと来た。

　しばらくすると、部屋がいっぱいになり、すべての段ボール箱に一人ずつという状態になった。でも廊下のほうから絶えることなくざわめきが聞こえていたので、また新たな女たちが到着し、ほかの部屋に案内されているのだとわかる。いよいよ大ごとになってきたとあらためて考えたとき、誘導員が話しはじめた。

「みなさん、すでにそれぞれの案内員のほうからお聞きだとは思いますが、ここで儀式に欠かせない特別な衣装に着がえていただきます。箱を開けて、中身をご覧ください」

　段ボール箱が開けられるがさごそという音がいっせいに起こり、すぐさまそこかしこから、うわあ、だの、ひゃあ、だの悲鳴とも呻きともつかない声があがった。私も恐るおそる蓋を開け、ぎょっとした。箱の底に浴衣のような単衣の着物が綺麗に畳まれて入っていた。問題はその材質だ。一面真っ黒、つまり髪の毛で織りあげたものだったのだ。背すじを悪寒がきりきりと這いのぼった。

この部屋だけでも何百人もいるのだから、まさかこれもすべて教祖の髪だとは言わないだろう。ほかのみなの顔も大なり小なり嫌悪で歪(ゆが)んでいたが、そもそも切られた髪の大嫌いな私は、誰のものともつかない髪の毛で織られた服を身につけねばならないと想像しただけで骨にまで鳥肌が立つようだ。

でも左隣の藤野の様子をうかがうと、さすがに信者だけあってひと味違う面持ちなのだ。さっそく衣装を手に取り、これが例の、と言わんばかりの興味深げな目つきで眺めている。しかもこちらを向き、

「これは髪衣(はつえ)と言って、普通は第四髪位からでないと着ることがゆるされへんのです。しかも特別なときだけ……」などと言いだす始末だ。

よくされるものだと思った。脇田から事前に髪衣のことを聞かされていれば、この仕事は受けなかったろう。でもすでに五万は受けとってしまったし、スマホも人質に取られたままだ。十万十万と唱えながら死ぬ気で着こんで、ひと晩、堪えぬくしかない。女たちのざわめきを押しのけるように、誘導員が髪衣の説明を始めた。

「みなさん、静粛に！　髪衣は素肌の上から着ていただく必要はありません。ですが、なるべくなかに着ているものが見えないように――」

私物はすべて髪衣が入っていた段ボール箱に詰めてガムテープで蓋をし、黒マジックで箱の外側に名前を書くように指示された。儀式は明け方まで続き、この部屋に戻るまで髪衣を脱ぐことはゆるされないと念押しされて、いよいよ気が遠くなってきた。

髪衣は想像をまったく裏切らない最悪の着心地だった。肌着の上に薄手のセーターを着ていたの

だが、無数の毛先がそれを突きぬけて、それこそ針の筵(むしろ)のように全身をちくちくと刺してくるのだ。しかも濡れたようにずっしりと重たく、ほんのりと他人(ひと)の頭皮の匂いらしき脂っぽい臭気まで立ちのぼってくる。サイズは大柄な私にすら大きすぎて、袖(そで)が手の甲をしきりに刺すし、裾(すそ)も長すぎて歩くたびに足の甲をこすってくる。とりわけおぞましかったのが首すじだ。つねに地肌に触れているのだから、まるで剝(は)いだ頭皮でも首に巻きつけているような感触である。信者である藤野までが眉をひそめてしきりに首に手をやっていたから、生理的にどうのこうのいう以前に、人間の髪などというものはハリネズミなんかと同じようにそもそも衣服に適さないものなのだ。

　私たちは誘導員に率いられて〝竜胆の間〟をあとにしたが、まったく奇怪な光景だった。何百人もの女が一人残らず鈍く黒光りする単衣の着物をまとい、血の気の失せた顔を気色悪さに強張らせながら、亡者の群れのようにぞろぞろと裸足で廊下を歩いてゆくのだ。それぞれの長い黒髪と髪衣の境もさだかでなく、どの女もどの女もまるで黒い怨念の塊のようである。

　誘導員によると、バスのなかから見た武道館のような建物は〝霊髪殿(れいはつでん)〟と言い、思ったとおりそこで〝髪譲りの儀〟なる秘密の儀式が執りおこなわれるらしい。第一天道館から霊髪殿まではどこかで渡り廊下のようなもので連絡しているらしく、私たちは玄関に向かわず、不吉な黒い流れとなって無言のまま屋内を進んでゆく。しかもほかの部屋からも続々と髪衣をまとった女たちが合流するので、黒い流れはどんどん太く長くなる。その大河の一滴として歩みを進めるうちに、地獄のどこかに死者の髪の毛が流れる黒い川があって、いまそれを再現しているのではないかなどと恐ろしい空想が湧き起こってくる。

　第一天道館から第二天道館に抜けて屋外へ出たところで、目の前に吹き抜けの柱廊(ちゅうろう)が現れた。柱廊の両側には鬱蒼とした竹林が広がっており、風が強いのか、まるで私たちの運命への憐れみを囁きかわすように絶え間なくざわめいている。屋内の廊下はずっと冷たい板張りだったが、ここからはさらに冷たい石張りで、私たちはひたひたと頼りない足音をさせながら歩いてゆく。柱廊は左に大きく弧を描いており、進むうちにだんだんと竹林の向こうに霊髪殿の偉容が垣間見えてきた。さっきはバスの窓から遠目に眺めただけだったが、こうして奴隷が引き立てられるように近づいてゆくと、まるで柱廊が巨獣の胃の腑につながる長い舌のように思えてくる。

長かった柱廊を歩ききると、眼前にはもう霊髪殿が聳え立っていた。外壁はどこもかしこも木炭のような艶のない暗灰色で塗られ、扉や窓枠などの金属部分は漆塗りのように黒光りしている。十五段ほどの幅の広い階段を登ったところで裏口と思われる大きな扉が開けはなたれており、私たちはそこからぞろぞろと足を踏みいれてゆく。エントランスを抜け、暗い廊下を横切ると、そこには八角形の巨大な空間ががらあんと広がっていた。

その空間は中央に向かってゆるやかに傾斜しており、その底に十メートル四方ほどの小高い舞台らしきものが設えられていた。そしてその舞台を取り囲むように夥しい座席が幾重にも並んでいる。天井は八角形の山型で、一輪の巨大な菊の花を思わせる複雑な紋様がうねうねと浮彫になっている。私たちはみな口をぽかんと開け、お上りさんのようにきょろきょろしながら、中央の舞台に向かってゆるい階段をおりていった。振りかえると二階席が見え、千人以上はいるだろうか、髪衣を着た人びとですでに黒ぐろと埋まっている。どうやら二階席の面々は信者のようで、男女を問わず、年輩者が多い。彼らはおそらく藤野の言う第四髪位以上の人びとなのだろう。それにしても位の高い信者が二階席に座り、今夜かぎりの〝手伝い〟に過ぎない私たちが舞台に近い一階席を占めるのはどういうわけなのだろうか。

私たちは到着した〝手伝い〟のなかでも早いほうだったらしく、前から五列目に座ることになった。私の席は台形の島のいちばん右端で、左隣には藤野が座った。藤野がいささか興奮気味に小声で話しかけてきた。

「見てください。あなたの右にあるのが花道です。ということは、日留女様がすぐそこをお通りになるんです。私たちは運がいいですよ。こんな間近から日留女様と新たな後継者を見ることができるんですから……」

いかにもありがたそうな口ぶりだったが、信者でない私としては、教祖とお近づきになりたいなどという気持ちはこれっぽっちもない。それどころか、つい目が合って、髪を一本よこせ、お前の魂を丸裸にしてやる、などと言われたらと想像すると、よりによってまずい席に座ったという思いが込みあげてきた。

それからずいぶん待たされた。どこにも時計がないので時間はわからないが、儀式の始まりまで二、三時間は待たされたのではないか。そのあいだに次から次へと髪衣を着た女たちが入ってきて、しだいに一階席も真っ黒になっていった。驚くべきことに、最終的には席のほとんどが埋まったので、結局、数千人の女が集まったのではないだろうか。仮に五千人の〝手伝い〟を掻き集めたとすると、一人当たり十万円払って五億円にもなる。でもそれ以上に私を寒ざむしい気持ちにさせたのは、五千着の髪衣だ。いや、二階席の信者も合わせれば、六千着といったところか。いったい何人の女がどれほど髪を切れば、六千着の髪衣を織れるだろう。一着の髪衣の背後には髪を提供した何人もの女がいて、その髪にこびりついた念のようなものがこの霊髪殿という空間にみなぎっているのではないか、そう考えると、ひと息ひと息がねっとりと糸を引くような気がし、胸苦しいようだった。

さて、儀式の始まりを告げたのは、突然の会場の暗転だった。映画館のようにふっと照明が落ちたかと思うと、まんなかの舞台と花道だけが照らされ、闇の底に煌々と浮かびあがったのだ。舞台には屋根こそなかったが、和風の板張りになっており、へりに低い欄干のようなものも立っていて、なんとなしに能の舞台を思い起こさせた。いよいよ始まる、と思い、みなの固唾を呑む気配が暗闇のなかで細波のように広がっていった。

〝ただいまより、惟髪天道会、幾星霜ものあいだ待ちに待たれし秘儀中の秘儀、髪譲りの儀を執りおこないます。神聖なるこの殿宇に集いしみなみながた、今宵こそ新たなる時代の幕開けのとき、喜ぶべし、祝うべし、称えるべし……。神は上より降りきたり、髪も上より降りきたり……。髪は神なり、髪は神なり……〟

　謡を思わせる独特のもったりとした節まわしでそうアナウンスが流れたあと、すうっと地の底から浮かびあがるように徐々に音楽が聞こえだした。太鼓と鉦と笛、つまり祭囃子のような賑やかな曲調なのだが、笛の奏でる旋律がなんとなく据わりが悪いと言うか、こちらの首すじを舐めるようにひょいと音程をあげさげしたり、調子っ外れに駆けのぼっていったかと思いきや、すとんと元のところに落ちてきたり、とにかく気持ちをあずけた途端にはぐらかされるような薄気味悪い音楽だ。

　そこで花道のほうから、どん、どん、と踏み鳴らされる幾対もの足音らしきものが聞こえだした。あ、とうとう人が出てくるな、と恐るおそる振りかえると、漆黒の幕を颯爽と掻きわけて、八人の踊り子が次々と姿を現した。踊り子たちは白い帷子の上にやはり髪衣をまとっているのだが、私たちのものよりさらに裾が長く、飛んだり跳ねたりするたびにひらりひらりと翻り、袖も振り袖のように長く垂れていて、腕を振りまわすたびに黒ぐろと弧を描く。右手には白い扇子、左手には御幣のようなものを握り、さらさらと乾いた音を立てる。でも何より目を引いたのは、やはり彼女たちの豊かな髪だ。緑の黒髪が腰のあたりまで伸びていて、それを獅子舞のように巧みに振りまわすのである。幅二メートル足らずの花道を存分に使った流麗な身のこなし、一糸乱れぬ荒々しい足踏み、私は踊りだの舞だののことなんかろくに知らない女だが、彼女たちがきのうきょう始めたにわか仕込みの踊り子でないことはすぐにわかった。そしてその恍惚とした表情、このまま命尽きるまで踊りぬく宿命のような忘我の面持ちだ。

　踊り子たちが花道から方形の舞台に躍り出て、ふた回りほど舞ったところで突然、音楽がやみ、彼女たちの、どん、どん、という激しい鼓動のような足音だけが響きはじめた。そのとき、ひときわ目映い光芒が花道を照らしたので、みながそちらへ目を戻す。黒い幕が左右に掻きわけられ、また新たな二人の踊り子が、一脚の木製の椅子を両側から恭しく抱えて花道に姿を現した。が、その二人は先導役に過ぎなかった。というのも、その後ろから、藤野が「あれが日留女様です」と耳打ちしてくれたのでわかったのだが、教祖その人がしずしずと歩み出てきたからだ。

　ひと言でいえば、小柄な老婆ということになる。俯き気味の顔つきは、九十代という歳相応。瞼がひどく垂れさがった、闘犬のような暗い鋭いまなざしだ。眉は薄く、ぼってりと目袋がふくらみ、口角はへの字にさがっている。染みを隠すためだろうか、ひび割れんばかりに白く塗りたくっているのが薄気味悪い。が、やはりもっとも目を引くのは髪だ。藤野が言ったとおり、髪の毛ばかりが無闇に真っ黒なのである。しかもその髪の長いこと長いこと……。あ、顔が見えた、と思ったら、その後ろにまるで彗星が尾を引くように長々と黒髪が伸びていた。誇張ではない。背後から新たに現れた二人の踊り子が、教祖の嘘のように豊かな髪を両手で抱えてついてきていたのだ。

　あの髪は偽物だ、とすぐに思った。何しろ五メートルほどもある。あり得ないことだ。頭髪はひと月で一センチ伸びるという話をよく聞くが、それが本当なら一年で一二センチだ。髪の寿命を仮に十年と見ても、最長で一二〇センチということになる。人によって髪の伸びや寿命にばらつきはあるだろうが、五メートルなどというのは、宗教的な演出としてもやりすぎというものだ。そんな私の疑念を嗅ぎとったのか、藤野が「日留女様は、大髪主様のお告げを聞いてから、ただの一度も御髪をお切りになったことがないそうです。ですから、髪輪は自然と抜けた御髪から編まれるのだとか……」と囁いてきたが、百歩譲って事実だとしても、あの化け物のような長髪の説明にはならない。でもふと、昔、インドだかどこだかの世界一髪の長い男の映像をテレビで見たのを思い出した。あの男は髪をとぐろのように頭に巻きつけていたが、確かに何メートルもあった気がする。ということは、これも本物なのか？

　教祖は白足袋を履いた足でするすると私のすぐ横を通っていった。教祖の先を歩いた二人の踊り子が、抱えていた椅子をどんと舞台上におろす。高い背もたれに緻密な透かし彫りのほどこされた大きな椅子だ。肘かけにも彫刻がなされ、脚もどっしりと踏んばり、いかにも玉座という荘厳な押し出しである。教祖は舞台上をゆっくりとひと巡りしたのち、その椅子にぎこちなく腰をおろした。長大な髪は、踊り子の手で竪穴式住居のような円錐形に広げられ、そのなかに石膏のように白じらとした顔の老婆が鎮座しているというなんとも滑稽で不気味な光景ができあがった。教祖はどうやら体調が万全というわけではないようで、ひと足ひと足がたどたどしく、所作も気怠げで、顎が前にがくりと落ち、全身から老衰の気配が濃く立ちのぼっている。なるほど後継に道を譲りたくなるわけだと一人胸の内で納得した。

　さて、教祖は登場したが、黒い踊り子たちは何かを煽り立てるように足を踏み鳴らすのをやめない。まだ何か出てきそうだ、と思ったところで、スポットライトのつくる明るみがまた花道のほうへすっと動いた。しばらく焦らすように何も出てこなかったが、突然どわあんという銅鑼のような轟音（ごうおん）とともに黒幕が左右にひらかれ、今度は髪衣をまとった若い四人の男が四角い陣形を組んで姿を現した。四人の男はまるで鳩（はと）のように前後に体を揺らしながら、足踏みのリズムに乗って少しずつ前に歩み出てくるのだが、その肩は太い棒を担（かつ）いでおり、どうやら今度は御輿（みこし）が出てくるようだと察しがついた。そして実際、小さいお堂のような御輿が現れたのだが、自分が何を見ているのか気づくのに十秒ほども時間を要した気がする。

御輿に乗っていたのは一人の人間だった。八人の男が担ぐ御輿は、一面に金細工をあしらった絢爛（けんらん）たる屋根を戴いていた。そしてその下の四隅（よすみ）を柱に囲まれた空間に、お鈴（りん）を載（の）せるような分厚い座布団らしきものが置かれ、その上に一人の人間がちょこんと座っていた。すぐに人間だと気づかなかったのにはいくつか理由があるが、まず意外に思ったのはその大きさだ。幼児ぐらいの大きさで、しかも一糸まとわぬ素っ裸。でもそれが幼児ではないと気づいた瞬間、近づいてくる御輿が自分の脳味噌をめりめりと掻きわけてくるような驚愕（きょうがく）をおぼえた。

あれが女であったのは間違いない。決して豊かとは言えないが、確かに胸にふくらみが見えたからだ。そして股（また）ぐらには無毛のつるりとした女性器があった。であれば、まだあどけない少女だったのかと言うと、それはわからない。陰部だけでなく、その女には体のどの部分にもいっさい毛が生えていなかったからだ。頭髪は元より、脇毛、眉毛、間近で確認したわけではないが、おそらく睫毛（まつげ）もなかったろう。全身がもう蠟燭（ろうそく）のようにすべすべした青白い肉の塊……。

が、体毛がないだけではこれほどの驚愕には打たれなかったはずだ。女の姿はもっと重要なものを完全に欠いていた。手足が一本もなかったのだ。ああいうのを蛭子（ひるこ）と言うのだろうか、肩はなだらかに脇腹に続き、腰もまたなんの取っかかりもなく陰部につながっていた。かつて四肢（しし）があったような痕跡は一切なく、手足の存在こそが人間本来の美しさを損ねているのだと言わんばかりの妖（よう）

艶ささえ湛えて、女は静かに御輿のなかに収まっていた。初めは美術などで使うトルソーのような作り物かとも思ったが、首がゆっくり左右に振れていたし、唇も息づくようにかすかに動いていたので、結局、生身の人間だと認めざるを得なかった。これは藤野にとっても予期せぬ事態だったのだろう、目を瞠るばかりで女についてついに口をひらかなかったが、もしやこの女が例の後継者なのではないか、と私ははたと気づいた。髪を神と崇める全国二十万の信者の上に、四肢を欠いた無毛の女が君臨する、なんたる光景だろう。

そしてこれは御輿が近づいてきてようやく気づいたことなのだが、女は目も見えないようだった。半眼の具合に瞼をいくらかひらいているのに、その奥に眼球の濡れた光がなく、ぽっかりと暗い洞になっているように見えた。ひょっとしたら手足と同じように眼球も生まれつきなかったのかもしれない。それでも女は、空っぽの眼窩の奥に真理をじかにつかみとる感覚器を隠しているかのように、悠然とした首の振りを続けていた。綺麗な顔立ちだった。すうっと通った控え目な鼻すじ、小ぶりな口、つんと尖った顎、皺一つないしっとりとした肌、そしてほっそりとしなやかに伸びた首、可憐な曲線を描く鎖骨、慎ましやかな乳房……。少女というほどの幼さではなかっただろうが、せいぜい二十歳ぐらいだったに違いない。この若い女が人の髪を呑みこんで様ざまなことを読みとるのだろうかと想像してみると、不思議とありそうな話に思えてきた。これほど多くのものを欠いていれば、それぐらいのことができて初めて命の帳尻が合うような気がしたのだ。

御輿が花道をゆっくりと進むうちに、どこかでお香でも焚きはじめたらしく、酔っぱらいの吐息にも似た甘ったるいような生臭いような香りが鼻先に漂ってきた。なんの匂いだろうと強く嗅ぐと、そのたびに脳髄にじわりと沁みるようで、わずかにくらりと眩暈が来る。眼前でくりひろげられる異様な光景に、得体の知れない匂いが重なって、ますます悪い夢を見ているような心地になってきた。

と、御輿の後ろから、二人の男がもう一脚の椅子を抱えあげてついてきていることに気づいた。教祖の椅子は全体に茶色がかった年季や渋みを感じさせる逸品だったが、今度の椅子は似たような意匠でもまだ明るい朗らかな生木色で、まさに後継者のために新たにつくられた生娘のような玉座という印象だ。御輿が舞台上に着くと、その椅子も教祖と対峙する格好でおろされた。そして二人の男の手によって、後継者の女が大きな座布団ごと御輿から持ちあげられ、椅子の上に運ばれた。こうして豊かな黒髪に埋もれた老教祖と若き無毛の後継者が舞台上で向かいあったのだ。

黒い踊り子たちの執拗な足踏みが突然ぴたりとやみ、祭囃子のような音楽の再開とともに、また華麗な円舞が始まった。しかも今度の音楽はより激しく扇情的で、そんなはずもないのにどんどんテンポが早くなってゆくように感じられる。そこにお香のもたらすほろ酔いのような心地が交錯して、早いような遅いような、眩しいような暗いような、暑いような寒いような、裏腹な感覚に意識を揉みしだかれる。

ああ、なんだかおかしいな、とうとう危なっかしく思いはじめた。頭がぐうらりぐうらり揺れはじめたような気がし、はっとすると、頭なんか少しも揺れていない。踊り子たちの振りまわす黒髪が鼻先をしきりにかすめるような気がし、はっとすると、舞台からはやはり五メートル以上はなれている。向かいあう教祖と後継者を横から眺めているはずなのに、意識が舞台上にぐうっと吸い出されていって、二人のあいだに座っているような気になってくる。左を見ると、教祖がどんよりと瞼の垂れた双眸で氷柱でも押しつけてくるように冷たく睨みつけてくる。右を見ると、無毛の女が埴輪のようなぽっかりとした目で虚無のまなざしを向けてくる。そんなはずはないと慌てて頭を振ると、そのたびに意識が自分の座席に戻ってくるが、気を抜くと、またすぐ舞台上に引っぱられてゆく。どうやらそれは私だけではないようで、隣の藤野を見ると、顎を前に出し、目は虚ろ、口は半びらき、間近から顔を覗きこんでも反応がない。振りかえって場内を見わたすと、どの女もどの女も判で押したような呆然たる面持ちで舞台に見入っていた。

そうこうするうちに、低い唸り声のようなものがかすかに聞こえてきた。初めは流れている音楽そのものにそんな声が交じりはじめたのかと思ったが、意識が舞台上に吸いよせられたときに、教祖の口がしぼしぼと蠢いていることに気づいた。耳を澄ますと、ただの唸り声ではなく、何やら言葉をつぶやいているようだ。お経だか祝詞だか呪文だかはわからないが、その声がまた薄気味悪いざらついた感触を持っていて、賑やかな祭囃子の合間を縫って蟻の行列のようにぞろぞろと耳に入ってくるように感じられる。嫌な声だと思って耳をふさぐと、いっときは聞こえなくなるが、隙間を見つけられたかのようにまたすぐにじわじわと耳に侵入してくる。

そうして声を振りはらえずにいると、さらに不愉快なことに、もう一つの声がそこに重なりはじめた。後継者までが同じように何かをつぶやきはじめたのだ。教祖の声よりも高くなめらかなのだが、その声もまた、ぞろぞろと列をなして耳に忍びこんでくるので、どうにも身震いを抑えられない。まわりを見まわすと、そこかしこで、はっと我に返ってはしきりに耳を拭うような動作がくりかえされている。

ますます持っていき場のないようなおかしな心持ちになってきた。二人のつぶやきが二本の行列となって頭のなかをぐねぐねと巡りはじめる。舞いあがり、這いずりまわり、こすれあい、絡まりあい、果てしなく続く。眩暈が激しくなってきて体をどんなふうにしてもしっかりと支えていられず、必死で椅子にしがみつくばかり……。

そのときだ。それまでの一切が序章に過ぎなかったかのように、異様な現象が静かに起こりはじめた。笠状に舞台まで垂れていた教祖の黒髪が、風を孕んだかのようにふわりふわりと浮きはじめたのだ。でもどこかから風が吹きこんでくる気配はなく、実際、教祖の髪衣にも、踊り子たちの頭髪や装いにも、空気の動きを感じさせる様子はない。ただ教祖の髪だけが、波間に漂う海藻のように広がり、ゆらゆらと舞い狂っているのだ。

やがて教祖の髪の動きが一つの方向性を持ちはじめた。前方に、つまり後継者に向かって、墨汁を含んだ巨大な筆先のようにぞろりぞろりとなびいてゆくのだ。でもあと一メートルほどだろうか、長さが足りず、届かぬ、まだ届かぬ、とどこか恨めしげに空中でざわめいていた。これは奇術だ、何かからくりがあるに違いない、と頭の片隅では疑っているのだが、意識の腰がくたっと折れた感じで見破ろうとする強い気持ちが立ちあがってこない。

気をしっかり持たねば、と自分に言い聞かせた途端、さらに不気味なものを目にした。後継者に届かないと思われた教祖の髪が、すうっと伸びたのだ。いや、伸びたかのように見えただけで、実際はごそっとひと握りほどの束になって抜けたのである。そしてその束は、後継者をまっすぐ目指し、何事かをつぶやいていたその美しい小さな口にずぼりと吸いこまれた。髪といっても五メートルほどもある長大なものだが、後継者はそれを蕎麦を頬張るようにずるずると啜りこんでゆく。他人の髪が束になって喉を通ってゆく……見ているこちらの胃の腑が裏がえるような気色悪い光景だった。そしてもちろん、抜けたのはひと束だけではなく、次から次に、ふた束三束と、四束五束と、教祖の頭から抜けては女の口に大量に吸いこまれてゆく。生白いほっそりとした喉首が、獲物を呑んだ大蛇のように太くなり、ぐびりぐびりと波打ちはじめた。教祖の厖大な髪は、重さにすれば何キロも、いや、ひょっとしたら一〇キロ以上もあるに違いなく、そんなものが痩せた女の体にどんどん呑みこまれてゆく。

この女は本当に人間だろうか、どこか闇のような世界からずるりと這い出てきた、人に非ざる存在なのではないか、そんな疑いが首をもたげたとき、妙なことに気づいた。半ば閉じられていた後継者の瞼が少しずつひらいてゆくのだ。しかも空っぽのはずの眼窩で何かがざわざわと蠢いており、それがどうやら髪の毛の塊らしいと気づくのにしばらくかかった。黒髪が毛糸玉のように丸まって、あたかも眼球のごとくぎょろぎょろとせわしく動いていたのだ。次の瞬間、縦横無尽にすじの入った、鈍い玉虫色に輝く、昆虫の複眼を思わせる目玉が、瞳も白眼もないというのに、どうしたわけかこちらをひたと見すえてきた気がし、背骨に震えが走った。

後継者の身に現れた変化はそれにとどまらなかった。つるりと輝かんばかりだった頭皮が灰色に曇ってきたかと思うと、みるみる髪の毛が生えてきたのだ。〝髪譲り〟とはこういうことか、と思った。一方、教祖に目をやると、頭のそこかしこで青白い頭皮が露わになっており、それが痛々しく広がってゆく。にもかかわらず教祖は調子を乱すことなく何事かをつぶやきつづけており、この儀式を今生の暇乞いと思いさだめたかのように、枯れ枝のような手で肘かけをぐっと握りしめ、鬼気迫る形相で座りつづけていた。

そして事態はいよいよ驚異の度を増してゆく。頭ならまだわからないではないが、なんと本来なら手足が生えるべきところからも、まるで心太のようにずずずずと毛が押し出されてきたのだ。両手両脚つまり四カ所から束になって毛髪が伸び、荒縄のようにねじれながらまとまって、タランチュラの脚を思わせる毛羽だった真っ黒な手足がぞわぞわとできあがってゆく。しかもその新たな四肢はそれぞれ三メートルはあろうかという異様な長さをそなえており、それでも肘や膝などの関節はあるから、後継者の姿はいまや人の体を持ったアメンボのようなのだ。

ついさっきまで無毛だった女が、教祖の頭髪を頬張りながら長い不気味な腕を曲げて肘かけをつかみ、とうとう上体を起こした。そしてそのまま黒い脚を踏んばり、生まれ立ての子鹿のように身を震わせながら立ちあがろうとする。あまりの気色悪さにそこかしこできゃあだのひいだのと悲鳴があがりはじめた。後継者は腰を浮かせながらこうべを巡らし、これが世界かと確かめるように、黒眼だけのざらついた眼球でゆっくりと場内を見わたす。

そうするあいだにも、後継者はまだ唸りながら教祖の髪を黒煙のように吸いこみつづけていた。が、教祖の髪はもはや残りわずかで、その顔にもとうとう苦悶の表情が浮かび、噴き出した汗が幾すじも頬を伝って顎からぽたりぽたりと落ちる。後継者がぐらつきながらぬうっと立ちあがったところで、あれほど豊かだった教祖の黒髪がとうとう底を突き、すっからかんのしゃれこうべのようになった小さな頭ががくりと膝の上に落ちた。教祖はいまや羽根を毟られた雛鳥のように無惨で弱々しい姿になりはてた。辛うじて息はあるようだが、その口はもう言葉ではなく涎を垂らし、白く濁った目は死んだ魚のよう、意識の有無もさだかではない。

教祖の髪を喰らいつくした後継者は、髪を束ねた四肢の力を借りていよいよ高だかと立ちあがり、私たちを昂然と見おろす。舞台上から女の顔まではおそらく四メートルほどの高さがあり、風にそよぐ高木のようにゆらありゆらありと揺れていた。

と、そのときどこからか突如として盛大な拍手が起こった。見まわすと、二階席を占める信者たちが揃って立ちあがり、身を乗り出さんばかりに手を叩いていた。暗くてその表情まではうかがえないが、新たな指導者の誕生に立ち会えた喜びに突き動かされ、自然と拍手が湧き起こったようだ。ということは、上位の信者である彼らはこの尋常とも思えない事態の到来を承知していたということになる。

一方、〝手伝い〟に過ぎない私の心は完全に竦みあがっていた。自分が何を見ているのか、たったいまなんの誕生を目撃したのか、まるでわからず、魂の底深いところから黒い大きい恐怖の塊が爆弾のように浮かびあがってくる。十万円を受けとるどころか逆に払ってでもここからただちに出ていきたい、そう思ったが、いきなり自分が動きだすと、場内の感情の堰が切れて一気に恐慌状態に雪崩れこみそうな気がした。でも逃げ出そうとしたのは私だけではなかったらしく、「え？」「なんで？」「どうして？」「嫌だ！」「動けない！」「立てない！」とそこらじゅうで緊迫した声があがりはじめた。

　一瞬で血の気が引いた。動けない？　立てない？　まさかと思い、私も立とうとした。が、本当に立てない。髪衣だ。髪衣がいつのまにか鉄板のように硬化し、私たちを座った格好のまま座席に押さえつけていたのである。髪で織った衣服がこんなに硬くなるはずがないと、渾身の力で立ちあがろうとするが、コンクリートでも流しこまれたみたいにどうしても立ちあがれない。首はどうにか回せたので、藤野のほうを見ると、みなと同じように顔を真っ赤にしてもがいており、信者でも髪衣にこんな企みが隠されているとは知らなかったのだとわかった。

　愕然としながらも、でもなぜ、と巨大な疑問が脳裏を駆けめぐっていた。なぜ私たちの自由を奪う必要がある？　恐怖に駆られてみな逃げ出すと予期していたからこそ髪衣を着せたのだろうが、そもそもなぜ私たちは恐怖に堪えてまでこんなものを見せられなければならないのか。

　でもすべては教団の計画通りに進んでいるようだった。二階席の上位信者たちは同じように髪衣を着ているにもかかわらず取り乱すことなく席に座っているし、祭囃子のような音楽も相変わらず疾走を続けていた。踊り子たちも後継者の足下でいよいよ取り憑かれたように踊り狂っている。教祖が力尽きたときに念仏のような声がいったん途絶えたが、ふたたび聞こえだした。後継者がまた何かを唱えはじめたのだ。賑やかな音楽がかかり通しである上に、そこらじゅうで女たちが悲鳴をあげたり嗚咽したり騒ぎたてたりしているというのに、なぜあんな控え目なつぶやきが耳に届くのかわからない。

　と、後継者が長い腕をゆっくりとあげ、一階席を指さし、知った顔でも探すようにじりじりと横にすべらせはじめた。その真っ黒な手がまたひときわ忌わしく、指一本一本がそれぞれ命を持つようにくねり、まるで巨大なクモヒトデのようだ。その指先が私のほうへひたひたと動いてきて、それだけでも充分のけぞるような気持ちなのだが、あろうことか突然ぴたりと止まった。なぜ私を？　そう胸の内で叫んだところで、指されたのが私ではないことに気づいた。よく見ると矛先が微妙に左にずれていて、どうやら隣の藤野に白羽の矢ならぬ黒毛の指が立ったようだ。

　藤野がひいっと身も世もない声を漏らし、両の目からはぽろりとひとすじの涙がこぼれた。もちろんすぐにでも逃げ出したかっただろうが、彼女もさっきから髪衣に阻まれて身動きが取れない。と思いきや、藤野がぶるぶると震えながらぎこちなく立ちあがりはじめたではないか。ひょっとして藤野の髪衣はそこまで堅牢ではないのだろうかと一瞬怪訝に思ったが、どうやら自分の意志ではなく、髪衣によって強制的に立ちあがらされているようだった。後継者は私たちのまとう髪衣を自在に操る力を持っているようで、座らせるも立たせるも意のままにできるらしい。

　藤野がすっかり立ちあがったところで、背後から強風に煽られるようにその髪が舞台に向かってざわざわとなびきはじめた。教祖の髪がたどった運命とまるで同じで、ごそりごそりと頭から抜けては宙を舞い、後継者の口に吸いこまれてゆく。藤野はみるみる頭髪を失い、マネキンのような禿げ頭にさせられたが、そこからさらに惨たらしい追い討ちが彼女の身に降りかかった。その禿げ頭からまた新たな髪が生えはじめたのだ。しかも後継者の得体の知れない力によって無理矢理に引きずり出されるような、異常としか言いようのない生え方なのである。実際、藤野の顔をうかがうと、もはや悲鳴をあげる気力さえ失われ、頬を痙攣させながら白眼を剝き、顎には涎が伝い、どうやら糞尿まで垂れ流しはじめたようだ。そして新たな髪は、生えては引き抜かれ生えては引き抜かれを飽くことなくくりかえし、藤野の顔はそのあいだに干し柿のようにどんどん萎びて無数の皺がよりはじめ、何百歳とも知れない枯れきった老婆の醜貌になってゆく。髪を生やすための生命力が尽きはてたところで、藤野はようやく解放され、がくりと座席に崩れ落ちたが、不思議なことにまだかすかに息があり、喉をひゅうひゅうと鳴らしていた。

こうして私たちは、なぜ自分がここに連れてこられたのかを知ることになった。藤野は最初の生け贄に過ぎず、次から次へと別の女が立たされ、抜け殻になるまで髪を搾りつくされては捨てられる、そんな阿鼻叫喚の地獄図絵がくりひろげられた。こんな絶望的な事態ですら二階席の上位信者たちにとっては予期していたことだったらしく、ときおり拍手や歓声がどっと湧き起こる。

そのあいだにも、後継者は髪を吸いこめば吸いこむほどますますおどろおどろしい姿に変貌してゆく。もはや四肢という言葉は適さず、肩や脚の付け根からは二本ずつ手足が伸びていよいよ巨大蜘蛛のような醜悪極まりない姿態と化し、背中からは四枚の黒い翼が舞台をおおわんばかりに広がった。顔の横にはまるで阿修羅のように左右に一つずつ新たな漆黒の顔が突き出し、三つに増えた口で次々に獲物を物色してゆく。四枚の翼が充分な大きさに成長したところで、後継者はいよいよゆっくりと羽ばたきはじめ、ふわりと宙に浮いたかと思うと、髪を吸いこみながら大蚊のように悠然と場内を旋回しはじめた。その瞬間、二階席でまたもや万雷の拍手が起こり、しばらくおさまらなかった。

そんな悪夢が何時間続いたかわからない。後継者はもはやかつて人間であった痕跡などどこにもないような禍々しい姿になりはてた。一〇メートルはあろうかという無数の長大な脚、場内に嵐を巻き起こす夜そのもののように巨大な翼、なまめかしい青白い肌は黒髪に深ぶかと埋もれ、その胴体はもはや潜水艦のごとき黒い塊だ。その土手っ腹に昆虫の気門のような穴がいくつも並び、そこに絶え間なく髪が吸いこまれてゆく。いまや二階席の信者たちも無事ではいられなかった。ただ私たちとは違い、彼らは我も我もと身を乗り出し、後継者の眼鏡にかなって髪を吸われはじめると、何やら喜悦の声らしきものをあはあはと漏らすのだ。狂っていた。何もかもが狂っていて、わずかばかりの正気を挽(ひ)き臼(うす)にかける巨大な絶望が渦巻いていた。いっそのことさっさと餌食(えじき)にしてくれと思いながら、泣き叫ぶのにも疲れはて、私はただぼんやりと虫のように縮こまった心で席に座りつづけることしかできなかった。

が、ふと目をあげたところでさらに妙なものを目にした。踊り子たちもすでに一人残らず髪を吸いつくされて倒れていたのだが、何者かが舞台上でゆらりと立ちあがったのだ。人間の影がその身を大地から引きはがしたかのような黒ぐろとした姿だった。足の先から頭のてっぺんまで艶のないラバースーツを着せられたように全身が真っ黒……。そこでようやく気づいた。椅子にくずおれていたはずの教祖の姿が消えているのだ。ということは、あの人型の影のようなものは教祖のなれの果てなのか？　目を凝(こ)らすと、どうやら教祖の全身をおおっているのもまた髪の毛であるらしいとわかってきた。しかもその髪はイトミミズのようにざわざわと蠢いて手足の先に広がりつつあり、まだ教祖の体をおおいつくす途上にあるようだ。髪衣だ、と気づいた。髪衣が体にぴたりと貼りつき、教祖の肉体を包みこんで何か別の存在へと変容させようとしているのだ。

いまや髪人間と化した教祖は、背を丸め、両腕を前にだらりと垂らし、生ける屍(しかばね)のようによろめきながら舞台上をさまよいはじめた。頭部はもちろん目も鼻も髪におおわれているが、呼吸のためか口だけはぽっかりと取り残されていて、息苦しげに喘（あえ）いでいるのが見てとれた。やがて教祖が顔をあげ、観客席の一点に目を据えた、いや、もう目はすっかり霊髪でふさがれているから、何かを感じとったかのように顔を向けたと言うべきだろう。そしてぬらぬらと赤く光る口を大きく開け、あに濁点がついたような獣じみた唸り声を漏らしはじめた。どうやらまだ私のように髪を残している者を発見し、その女に向かって吠えたようだ。すると、やがて教祖の口にも髪が吸いこまれはじめた。おぞましいことに、髪人間もまた後継者のように髪を吸いとる力を持っているのだ。

　教祖の不気味な再生は始まりに過ぎなかった。そこかしこで黒い人影がむくりむくりと立ちあがり、獲物を求めてそこらじゅうをさまよいはじめたのだ。そして藤野もまた隣で立ちあがり、第二の新たな生、最初の餌食として物欲しげに私を見おろした。が、私に目をつけた髪人間は藤野一人ではなく、六、七人が壁をつくるように取り囲んできた。いよいよか、と思った。頭上では後継者が巨大な暗黒となって飛びまわりながら四方八方から髪を吸いあげ、地上では髪人間たちが残された女を見つけては虱潰（しらみつぶ）しに髪を呑みつくしてゆく。甘ったるいお香の匂いに、女たちが垂れ流した糞尿や嘔吐（おうと）の悪臭が交じり、息を吸うたびに鼻孔が爛（ただ）れるようだ。狂乱の祭囃子の大渦のなかで、絶叫や悲鳴や慟哭（どうこく）や嗚咽や喜悦の声が浮かんでは消え、浮かんでは消えた。

　私はあらんかぎりの力で叫んだはずだが、叫んでも叫んでも叫びきれない夢を見ているようだった。髪人間たちが輪唱するように次々唸り声を漏らしはじめると、頭皮じゅうの毛穴がきりきりと悶（もだ）え、髪という髪が残らず逆立った。髪を鷲（わし）づかみにされて宙に吊りあげられるような荒々しい浮遊感が襲いきて、頭髪がずるずると引きずり出されてゆく。頭皮から引き抜かれてゆくというより、私という人間のもっと深いところからはらわたごと引きずり出されてゆくようだった。天も地もないような眩暈に揺さぶられ、もう自分が立っているのか座っているのか、それとも倒れているのかもわからない。井戸の底にでも落ちたようにいくつもの影が世界を黒ぐろと縁取っていた。その影が真っ赤な口を開けて私の髪を啜りあげ、心までが千々に引き裂かれてゆく。霞みゆく視線の先を、夜の深みに溜まった澱のような黒い塊がどよどよと羽ばたきながら横切る。

なんでこんなところにいるんだろう。何かが欲しかったはずなのに、それがなんなのかもう思い出せなかった。そこかしこから飛び立った夥しい髪が子宮を遡る黒いオタマジャクシの群れのように宙を泳ぎ、世界に君臨する暗黒に吸いこまれつづける。体が軋みながら浮きあがる。心が千切れながら浮きあがる。浮きあがってなんかいないのか？ 墜ちているのか？ わからない。もう何もわからない。ただ、遠のいてゆく意識に身を委ねながら、魂の底でつぶやく。人間には、こんな死もあるのかと……

＊

……隙間ない温もりにいだかれた心地よい眠り、そして完璧な目覚めだった。ひどい悪夢を延々と見つづけていたような気がしたが、いまやその不快は遠く霞み、もう少しも恐れを感じなかった。不安もなく怒りもなく、悲しみもなかった。心身のどこにも翳りはなく、完全に満たされていた。一切は日留女様から賜った恵みだ。日留女様の慈愛の結晶である霊髪が、全身を黒ぐろと輝かんばかりにおおいつくしており、私は終わりなき至福のうちに目覚めたのである。

身を起こすと、五六七二人を数える髪人たちが、列をなして続々と霊髪殿から出てゆくのが感じられた。彼らとともに私も行かねばならない。ともにこの地を出立し、戦わねばならない。彼らはみな仲間だ。私たちはみな日留女様の手となり足となって戦う兵士なのである。全身をおおう霊髪を通じて私たちは一つにつながっており、みなの奮い立つ使命感がひしひしと肌に伝わってきた。

　私たちは始まりの髪人に過ぎない。一人の髪人は百人の蒙昧なる人間を見つけて死んだ髪を奪い、そのかわりに神聖なる霊髪で優しく包みこむ。そうやって目を啓かせ、新たな仲間として迎えねばならない。そしていつか百人の髪人は一万人に、一万人は百万人に、百万人は一億の軍団にふくれあがるはずだ。

　私は立ちあがってみなの出征の行進に加わった。頭上を見あげると、この上なく麗しいお姿に成長された新たな日留女様が、勝利と慈しみの具現である髪翼を悠然と広げて旋回し、長き戦いに臨む私たちを激励、祝福する。誇らしい気持ちがマグマのように赫々と突きあげてきて、霊髪の下で温かい涙が頬を濡らした。すべては愛だ。愛がこの胸に滾々と溢れてくる。これは世界への愛、生命への愛、人類への愛だ。この汲めども尽きせぬ日留女様の愛を、私の愛を、私たちの愛を、世界じゅうの人びとに分けあたえずにいられようか。

　仲間とともに霊髪殿をあとにすると、東の空が白みはじめているのが感じられた。雲一つない紺碧の空、凛とした空気……なんと清々しい朝だろう。門出を迎える私たちのために用意された至高の夜明けだ。胸が朗々と高鳴り、煌めくような武者震いが背骨を這いあがる。

　そのとき、澄みわたった早暁の空にめりめりという凄まじい破壊音が響きわたった。振りかえると、霊髪殿の反りかえった屋根が引き裂かれ、日留女様が、その亀裂を押しひろげながら黒竜のごとき荘厳なお姿を世に現した。殻を破って孵化を果たした大髪人が、とうとう救いを待つこの濁世に躍り出たのだ。そしておもむろに羽ばたいたかと思うと、その巨軀がぐんと持ちあがり、みるみる高度をあげ、ゆったりと旋回しながら、いずれ手中に収まるであろう眠れる世界を、陶然たる面持ちで見わたした。

日留女様は、羽ばたきながら、世界の燦然（さんぜん）たる行く末を思い描き、その展望が霊髪を介して私たち一人ひとりにありありと分けあたえられた。私たちはこれより山をくだり、街に分けいり、目くるめく勢いで数を増やしてゆくだろう。恐れも疲れも知らぬ黒い軍団となって街から街へと渡り歩きながら、真の幸福を知らぬ憐れな衆生（しゅじょう）を一人残らず日留女様の恩寵（おんちょう）で包みこんでゆくだろう。そして霊髪が、世界じゅうにはびこる都市文明を次々とおおいつくし、息の根を止め、輝かしい心の時代の到来を告げるだろう。

　日留女様が天を揺さぶらんばかりに開戦の雄叫びをあげると、それに呼応し、大地が歓喜に打ち震えたようだった。私たちは一人残らず感極まり、いっせいに拳を突きあげ、一糸乱れぬ鬨（とき）の声を天に向かって叫びつづける。髪は神なり！　髪は神なり！　すると、日留女様から私たちにさらなる慈雨（じう）が降りそそがれた。私たちの背が盛りあがったかと思うと、次々に黒い美しい髪翼がむりむりと生えはじめたのだ。みな喜びに胸が張り裂けんばかりになり、巣立ちを迎えた雛鳥のようにしきりに翼を動かしはじめた。少し羽ばたいただけで、私たちは自分たちがすでに飛び方を知っていることを知った。

　誰かが言った。飛び立とう！　みながそれに答えた。そうだ、いまこそ飛び立とう！　静まりかえった水面（みなも）に落ちる革命の小石のように、一体の黒き姿が大地から浮かびあがった。波紋が広がるようにみながそれに続いた。刻一刻と青みを増してゆく暁（あかつき）の空に、けたたましい羽音を響かせながら、私たちはいっせいに飛び立った。私たちの群れは一匹の大蛇のように長々とうねりながら、伝説となるであろう最初の解放の街を目指し、猛然と突きすすんでゆく。私たちの誕生にようやく気づいたあどけない太陽が、猛（たけ）だけしく羽ばたく背を驚いたように照らしはじめた。冷たく張りつめた払暁（ふつぎょう）の風が霊髪の肌を洗い、引きしめてゆく。

私たちは幸せだった。一人残らず幸せだった。黎明の戦士に選ばれたという栄誉、始まりの戦いに加わるという至福、目を伏せて恥じらう処女のごとき世界、私たちはみな顔をおおう霊髪の下で頬笑みを抑えることができなかった。この頬笑みをどうやったら人びとに見せてやれるだろう。黒ぐろとした仮面の下で、私たちがみな満面の笑みを浮かべながら戦っていることをどうやったら教えてやれるだろう。みなが私の問いに答えた。答えは一つ！　世界も一つ！　すべてを霊髪でおおいつくすのだ！　戦え！　戦え！　この国を、この世界を、この地球を、この宇宙を、慈しみと救いの霊髪で真っ黒におおいつくす日まで！

裸婦と裸夫

このところ、通勤電車に『現代の裸婦展』なる中吊り広告がびらびらと幾重にもかかり、ちょっとうるさいぐらいだ。K市にある県立美術館で八月の末までやっているという。看板に偽りがなければ、入口から出口まで、少なくとも数十点はあるだろうが、一枚残らず裸婦、裸婦、裸婦……つまり女の裸ばかりがこれでもかと並んでいるわけだ。

美術館はどうだ冴えた企画だろうと鼻息を荒くしているようだが、さて、どんな連中が見にゆくのやら、と圭介は初め、首を傾げていた。あくまで芸術は芸術だろうから男のスケベ心に訴えるはずもあるまいし、かといって暇を持てあましたおばちゃん連中はもっと有名どころの集う俗っぽい企画じゃないと喜ぶまい。じゃあ若いカップルがデートがてらにどうだと考えてみても、ラブホの前哨戦にうってつけのようではあるけれど、互いの体を知らないうぶな男女には少々気まずそうだ。いずれにせよ、いちばんあり得ないのがうだつのあがらない三十男が一人きりで見にゆくというやつだ、と思った途端、いっそのこと逆に行ってやろうかという天の邪鬼な気持ちが胸に飛びこんできた。

何を隠そう圭介の子供のころの夢は漫画家で、高校では美術部に入り、モローやルドンに入れこんで浮世離れした幻想画を描き散らしていたのだ。いまとなっては絵のセンスや腕前なんかこれっぱかしも入り用でないお堅い会社に勤めているが、いまだに絵には一家言も二家言もある。それに実を言うと、浮世絵とクリムトが喧嘩したあとに仲直りしたような中吊りの奇抜な作品が気になっていたのだ。ネットでちょいと調べたところ、春日某という聞いたことのない日本人画家の絵で、恍惚の笑みを浮かべた無数の裸婦の群れが艶めかしく身をくねらせながら一体化し、まるで北斎の描く波のようにうねり、立ちあがり、逆巻いている。題名は『母なる海』とあり、広告に載っているのはごく一部で、実物はかなり大きなものらしい。広告に載るからにはこれが目玉の作品ということになるのだろうが、会社の行き帰りで中吊りを幾度も眺めるうちに、だんだんとこれ一枚だけでも見る価値はあるかもしれないという心持ちになってきた。美術館というのはそもそも一人で行くのが本道だという意識の高そうな面でもこしらえて、今度の休みにでもしれっと足を運んでみようか。

　圭介はM市のアパートで一人暮らしをしている。心配性の親がときおり食糧だの土産物だのを持ってきてくれるとき以外は、人をあげることもない。学生時代の数人の友人とはいまだに細ぼそと連絡を取りあっているが、みんな東京だの福岡だの広島だのに散らばってしまって、顔を合わせるのは年末の忘年会ぐらいだ。もともと浮かれて騒ぐのは柄じゃないし、ろくに酒も飲めないから、会社でも真面目くさったつまらないやつだと思われている。高校卒業以来、絵もまったく描いておらず、いつかお見合いでもさせられて、趣味は、などと聞かれようものなら答えに窮し、へんに響くししおどしの音に真っ白になった頭をぽこんとやられるはめになりそうだ。休日はテレビゲームをするか、動画配信サービスで映画だのドラマだのアニメだのを見るか、流行りのミステリを読み散らすかだが、そんな暇つぶしを趣味だと言うぐらいなら、仕事が趣味でして、などと昔気質を装うほうがまだ受けがいいに違いない。

　女のほうはもっと駄目で、人生で二回だけデートしたことがあるものの、どちらも無惨な結果に終わった。小学校低学年のころピアノを少し習っていたが、発表会のときにあまりに上がり症がひどいので、それが嫌でやめてしまった。大勢の前で何かをするのが苦手なのかと思いきや、観客は女一人で充分だった。好みの女を目の前にするとそのままテーブルを拭けそうなほど手汗が噴き出て、口のほうも終始しどろもどろ、ある程度、距離があると逆にじろじろ見てしまう。姓は〝挙動〟、名は〝不審〟、そう名乗ったも同然だ。一回目のデートを思い出すと心拍数があがって息が荒くなり、二回目のデートを思い出すと胸を掻きむしって天を裂かんばかりの奇声を発したくなる。じゃあ玄人女に慰めてもらうのはどうだという話になるけれど、一度、会社の先輩にホテヘルなるものに連れていってもらったとき、案の定、上がり症の発作が出て、エジプトのミイラみたいにかちこちになってベッドに横たわり、一方、下半身のほうはホタルイカみたいにちっちゃくてふにゃふにゃ、そのままあえなく時間終了となった。飲めない酒を飲むといつもこうなんだと顔を引きつらせて風俗嬢に言い訳したけれど、一万六千円を払って海のように深い憐れみのまなざしと痛切な思い出を得ただけだった。

　そんな圭介だから、休日に一人で出かけるなんてのはなかなか珍しいことだ。しかも美術館となると、一人で行った憶えがとんとない。県立美術館には、大昔、家族でゴッホ展に行ったことがあるが、ものすごい混みようにほとほとうんざりし、この収益を、時空を超えて生前のゴッホに送金してやりたいと思ったことしか憶えていない。しかし『現代の裸婦展』のことを思うと、棺桶みたいに窮屈な世界で少しばかり蓋が動いて明かりが射したような気がし、なんとはなしに気分が浮きたつ。これを機に美術館巡りという高尚な趣味を身につけ、人並みに人生を楽しむ第一歩とするのも悪くないとさえ思えてくるのだ。

　が、しかしいざ当日の朝となると、どうも体の具合がおかしい。そもそもの話、遠足の前夜でもあるまいに、えらく目が冴えて寝つきが悪かった。七月に入り、このところ室温が三十度を超えたっきりだから、寝るときも扇風機を点けっぱなしなのだが、どうもその風に肌がぞくぞくする。寒いという感覚とも違う気がするのだが、やはりぞくぞくとくすぐったく、皮膚がへんに敏感になっているようだ。止めると暑いし、点けるとぞくぞくするしで、しばらく扇風機の点けたり消したりをくりかえしていたが、いつのまにやら眠ってしまったようだ。しかし朝までぐっすりとはいかず、ときおり目を覚ましかけては、自分の手が体のそこかしこをぼりぼりと掻いているのを意識した。蚊にでも刺されたかと思うが、こうあちこち何カ所もやられたのでは、蚊のほうも満腹してこれ以上吸う意欲はあるまいと踏んで、そのまま煮えきらない眠りを貪った。そしてぐずぐずと朝が来て、駄目押しのように目覚ましが鳴り、しぶしぶ身を起こすはめになったのだ。

ずいぶん蚊にやられたなと思いながら手足をさすると、不思議とどこにも刺された痕はないのだが、肌のところどころがぴりぴりと軽く痺れるようだ。窓辺で陽にさらし、その痺れるところをまじまじと見るけれど、特に発疹ができているわけでもなく、つるりと綺麗なものだ。風邪を引いたときなど、変なところがひりひりしたりすることがあるが、そういうのとも全然違う。脚やら腰やら手の届くところを確認してみると、やはりいろんなところに痺れが散らばっている。いまのところは痛くも痒くもないが、何ぶん初めてのことで、どうにも嫌な感じだ。悪いものでも喰ったかときのうの記憶を探るけれど、心あたりがない。試しに熱を計ってみるが、朝であることを差し引いても、いつもより低いぐらいだ。何かのアレルギーでも発症したかと疑うが、ネットで調べたかぎりでは、それも違う気がする。美術館に行って趣味をつくろうなどと身の程知らずなことを考えるから、体のほうが反発しているのだろうか。

その後、具合がおかしいのは、皮膚の痺れにとどまらないことにだんだん気づいてきた。このところランニングにトランクスという丸裸の二歩手前の格好で寝ているのだが、それがなんとなく気になるのだ。肌着のくせにどうにもこうにも肌にフィットしないというか、とにかく普段より着心地が悪く感じられる。前後ろ、あるいは裏表逆だろうかなどと確認してみても、全然そんなことはない。一人暮らしなのだからいっそのこと素っ裸になってやろうかとも思うが、そっちの世界に行ってはいけないと囁(ささや)く声も聞こえてくる。きっとこれは皮膚の痺れと関係があるに違いない。肌が敏感になっていて、たとえランニングとトランクスだけでも衣服が触(ふ)れてくるのが煩(わずら)わしいのだろう。

しかしそれ以外は体に支障はない。頭痛がするわけでも倦怠感(けんたいかん)があるわけでもない。ということは予定どおり美術館に行けるわけだ。いまいち食欲がなかったが、きっと猛暑と寝不足のせいだろう。こんなにまずかったかなと首をひねりながら魚肉ソーセージとグラノーラを喰って、こんなに苦かったかなと顔をしかめながらコーヒーを飲んだ。たぶん舌も皮膚とつながっているから、味覚も狂っているのだろう。

あれこれ用事をすませて家を出たときには午前の十一時半ごろになっていた。美術館の最寄り駅で降りて、駅前でラーメンでも腹に入れて、『現代の裸婦展』に向かうつもりだった。

M駅で電車に乗った。美術館はK市の海沿いに広がる海浜(かいひん)公園のなかにあり、最寄りのK駅までは急行で十五分ぐらいだ。通勤時はまず座れないが、幸い空席がちらほらあり、太ったおばさんと太ったおじさんのあいだに生まれた湿度が高そうな隙間(すきま)にどうにか座ることができた。しかも腰をおろしてから気づいたことだが、正面には二十代半ばと思われる、いい感じの女子が座っているじゃないか。

圭介は人づきあいは苦手だが、子供のころから人をじろじろ見てしまうという悪い癖（くせ）がある。つまり双方向的な関係がからきしなせいで、片思いだの盗み見だの、一方的な関係を築いてしまいがちなのだ。小学校の卒業文集で、将来の夢の欄（らん）に〝一位・漫画家〟と書いて、それはそれで本気だったのだが、その次が思い浮かばず、そこでふと出てきたのが〝透明人間〟だ。漫画家は命を削る仕事だといまではわかっているからちっともなりたいとは思わないが、透明人間にはいまだになりたい。可愛い女子にかぎらず、電車で見かけた気になる人にこっそりついていって、その人がどんな暮らしを送っているのかこの目で確かめたい。そして「ああ、これもまた人間か……」としみじみつぶやきたいのだ。

　目の前の女子のいいところは、まず電車のなかで本を読んでいるところだ。いまどきの若者の大半は電車のなかでスマホをいじっているか、音楽を聴いているか、あるいはその二つを同時におこなっているかだ。かくいう圭介もスマホで〝GLIM SPANKY〟というロックユニットのデビューアルバムを聴いているところだ。というわけで、読書をする女子など絶滅危惧種にほかならず、そして滅びゆくものは美しいのである。書店のカバーがかかっているから何を読んでいるかはわからないが、内容は問わない。スマホもいじらず、音楽も聴かず、文庫本をひらく、その時点で彼女の反骨精神は本物であると証明されたも同然だ。実は圭介のリュックにもいま流行りの北欧ミステリの文庫本が入っているから、さりげなくそれを取り出し、自分もまた滅びゆく書物を儚（はかな）む好青年の末裔（まつえい）であることをアピールしようかとも思ったが、それでは彼女の観察がおろそかになると気づき、断念した。

　彼女の飾り気のない黒縁眼鏡もいい具合だ。女子の万年眼鏡は享楽（きょうらく）的な暮らしへの絶縁状と言ってよく、男がいない可能性が高い。逆に男がいる場合は、その関係は盤石（ばんじゃく）で、つけいる隙がないだろう。身持ちは堅いが、一度気をゆるすと一途を貫く、それが圭介の想像する眼鏡女子の生きざまだ。無雑作なポニーテールもかなりの高得点と言える。ポニーテールは男なら漏れなく好きなのだが、単独での攻撃力があまりにも高いために、振りかえったときの落差によるダメージもまた凄まじいものとなる。いかに男受けがいいからといって、おいそれとできる髪型ではないのだ。その点、目の前の彼女は申し分ない。色白で薄化粧、目元は涼しげで知性的、こんな子と一緒に美術館巡りなんかしようものなら、さぞかし輝かしい思い出になるだろう。

　そんな具合に想像を逞しくしていると、隣の車両のほうが何やら騒々しく、はて、となり、音楽を止めてイヤホンを外した。身を乗り出して左に目を向けると、「うおう!」だの「きゃあ!」だのと穏やかならぬ声がしきりに聞こえてくる。喧嘩が始まったとか、酔っぱらいが騒ぎだしたとか、そんなことだろうか、と様子をうかがっていると、ぎょっとするはめになった。隣の車両から男が一人、勢いよくドアを開けてこちらに飛びこんできたのだ。歳のころは四十かそこら、腕や脚は細っこいのに腹はぼてぼて、みっともない体つきで、ドアの前に仁王立ちしたまま、ひと暴れしてきたみたいに大きく肩で息をしている。表情がまたやばい感じで、目をくわっと見ひらき、呆気に取られる乗客を睨みまわしている。足どりがしっかりしているところを見ると、どうも酒に酔っているわけではないらしい。二の腕のあたりをぼりぼりと勢いよく掻きだしたが、痒いのはそこだけではないようで、体じゅうにミミズ腫れじみた掻き跡が散らばっている。

　しかしもし警察に男の特徴はと訊かれたなら、百人が百人、迷うことなくたったひと言で言いあらわすことができるだろう。裸にネクタイ、と。生っ白い素っ裸の上にだるだるにゆるんだ真っ赤なネクタイをしているのだ。女子が素っ裸に靴下だけ履いていたりするとえも言われぬエロスが醸し出されるのだが、中年男が裸にネクタイとなると、醸し出されるのは揺るぎない変態性のみであることに圭介は気づいた。しかし男はどうやらこの一世一代の晴れ舞台で欲情しているわけではないらしく、股間からぶらさがる小汚いものは見るも無惨にしょぼたれている。いずれにせよ、あの格好で隣の車両を闊歩していたのだとすると、もっと盛大に悲鳴があがってもよさそうなものだが、きっと人間驚きすぎると、満足に声も出ないのだろう。実際こっちの車両でも、みな唖然として凍りつくか、無言のまま慌てて男から距離を取るかだ。まさか家からこの格好で出てきたわけではあるまいが、肝腎の衣服が見あたらない以上、服を着るよう説得を試みる者もいない。なんだかもう〝電車で裸〟というだけで文明へのテロであり、生ける爆弾という感じだ。

「お前らァ！」と裸夫が声を張りあげた。「いつまでもそんな格好してんじゃねえよ！　これからはそんな時代じゃねえだろ！」

　裸夫の声はへんに甲高くて裏返り気味で、いよいよ正気を疑わせるに充分だが、内容のほうがよほどおかしい。そんな時代じゃなくなったら、いったいどんな時代がやってくるというのか。

「どいつもこいつも鈍いやつばっかりだァ！　ぼんやりしてんじゃねえぞ！」

　そう叫ぶやいなや腕を広げて走りだした。とうとう女たちの黄色い悲鳴と男たちの野太い驚愕の声があがった。裸夫は車両を駆けぬけざまにほいほいほいほいと奇妙な掛け声を発しながら、逃げまどう乗客たちに次々と触れてゆく。女を狙うのかと思いきや、老若男女の区別なく手当たりしだいにずんずんさわってゆくのだ。うわ、こっちに来る、と圭介は思ったが、狭い車内にはろくに逃げ場がなく、せいぜい座ったままのけぞるくらいだ。刃物を振りまわしているわけではないから、みなで取り押さえようと思えばできるはずだが、誰もこんな変質者に指一本触れたくない。

　と、そこで座っていた誰かが裸夫に足を引っかけたようだ。裸夫は「うお！」と声をあげながら勢いよくつんのめり、あろうことかこちらに頭から突っこんできた。圭介は座ったまま咄嗟に両足をあげ、両手と両臑で男の体を受け止める格好になった。裸夫にのしかかられた瞬間、曰く言いがたい寒気のようなものがざわりと全身を駆けぬけるのを感じ、思わず男の体を両足で蹴り飛ばすように突きはなした。裸夫は後ろに体勢を崩し、今度は向かいの眼鏡女子に背中から崩れかかる。まわりにいた連中はみな間一髪、難を逃れたが、眼鏡女子だけはまともに突っこまれて、大事な眼鏡を吹き飛ばされ、裸夫に座席に押しつけられた。しかも裸夫の頭か肩がみぞおちにでもぶち当たったらしく、体をくの字に曲げて悶え苦しんでいる。

　しまった、と圭介は内心で舌打ちした。本来、圭介は虫も殺せないような男なのだが、得体の知れない寒気と裸夫のぬめっとした肌の感触が気色悪くて反射的に突き飛ばしてしまったのだ。自分のしたことにうろたえつつも、慌てて立ちあがると、裸夫の肩のあたりをつかんで眼鏡女子の上から引きはがした。裸夫に触れた瞬間、またもやざわりときたが、その感触を無視して覗きこむように彼女の様子をうかがい、人見知りの自分をどうにか押しのけて、

「大丈夫ですか？」と声をかけた。

　一方、裸夫のほうはまったく元気を損なわなかったようだ。足を引っかけてきた乗客や蹴り飛ばした圭介に敵意を向けるでもなく、すぐさま立ちあがると、また大きく腕を広げて乗客にいちいちさわりながら車内を嵐のように駆けぬけてゆき、勢いはそのままにドアを開けて隣の車両に攻めこんでいった。

　途端に、なんだったんだ、いまのは、という気まずくゆるんだ空気がおりてきた。みな言葉もなく、ちらちらと視線を合わせては、苦笑いしたり、何もできなかったことを恥じて目を伏せたり、男に触れられたところを忌々しげに撫でさすったりした。

圭介は自分の足下に眼鏡が落ちているのを見つけると、すぐに拾いあげ、彼女のほうに差し出しながら、もう一度「大丈夫ですか？」と尋ねた。彼女はようやく痛みがやわらいできたようで、顔をしかめながら「あ、どうも……」とへたばったような声で言いながら眼鏡を受けとった。眼鏡を外した面差しもひと肌脱いだようなそこはかとない色気があったし、乱れ髪の下で眉根をよせた表情も憂いがあって綺麗だった。圭介はいつもの癖でつい彼女をじろじろ見てしまいながら、

「なんか、すいません。僕がさっきのやつを蹴っちゃったもんで……」とぺこぺこ頭をさげた。

「いえ、大丈夫です」と彼女は大きく溜息をつきながら眼鏡をかけた。「なんかもうびっくりしちゃって……」

彼女は圭介に腹を立ててはいないようだが、謝ってくる男にまるで興味がないのか、突如降りかかった災難にまだ動揺しているのか、ろくに顔もあげず、もう一度眼鏡を外して、しきりにつるの具合を確かめるふうだ。「すいません。眼鏡、曲がっちゃいましたか」と声をかけるも、彼女はしつこく眼鏡をいじりながら「いえ、しょっちゅう曲がってるんで……」と素っ気ない答えだ。

どうもこれを機にお近づきに、というわけにはいかないようだな、まあそうだよな、普通……などと胸の内で人生の不如意を飲みくだしながら、元の席に戻ろうとしたときだった。

「いやいやいや、ちょっとあんた、何してんの？」と緊迫した物言いが背後から聞こえてきた。

年輩の女性の声で、誰かを咎めるふうだ。圭介も何事かとそちらに目をやると、五、六メートル離れたあたりで、二十代前半と思しき背の高い男がTシャツを脱いで上半身裸になり、さらにベルトを外してジーンズを足首までずどんとおろしたところだった。まるでいまから風呂に入るかのような堂々たる脱ぎっぷりで、その後も一切の躊躇なく紺色のボクサーパンツをおろし、いともあっさりと陰部をさらしてくる。その表情も恥じらうどころか、よくもいままでこんなものを着ていら

れたなとでも言わんばかりに威勢がいい。

　ほかの乗客たちはざわざわとして新たなる裸夫、裸夫Bとでも呼ぼうか、とにかくその若者から距離を取りはじめた。みなの頭を貫いた考えはきっと一つだろう。まさかさっきの裸夫Aに伝染(うつ)されたのでは？　もしかしたら露出狂集団によるフラッシュモブみたいなものかもしれないが、なんとなく真相はもっとやばいもののような気がする。いかに淫猥(いんわい)な欲望を腹に抱えた露出狂といえども、こうまで人びとの視線に無頓着(むとんちゃく)ではいられまい。内に秘めた性癖などという弱々しいものではなく、もっとこう脱ぐことに対する確乎(かっこ)たる信念のようなものが必要だ。そしてそんな信念が実在するとしたら、もはや信念とは呼ばれず、きっと狂気と見なされるだろう。ちょうどいま、目の前で剝(む)き出しになったものが狂気としか見えないように。となると、信じがたい思いつきだが、脱がずにはおれないという狂気が、裸夫Aからこの裸夫Bに伝染ったのでは、ということになる。そういえば、裸夫Aは、何かを感染させるみたいにみなにさわりながら駆けぬけていったじゃないか！

　いや、待て。そんなことを言いだしたら、俺だってあいつにさわられた。しかも眼鏡女子からあいつを引きはがすとき、自分からしっかりさわりにいってしまった。鬼ごっこじゃあるまいし、そんなものがちょっとひと撫でされたくらいで感染するなら、いまごろ俺だって脱ぎはじめてなければおかしい。ほかの乗客だってずいぶんあいつにさわられたんだから、それこそ銭湯の脱衣所みたいに我も我もと裸になっているはずだろう。圭介はそんなことを思って、車内のあっちを見たりこっちを見たりしたが、当たり前と言おうか、裸夫B以外に脱ぎはじめた人はいないようだ。そうだ。そんなはずはないのだ。やれやれ、脱衣衝動が伝染するなんて馬鹿なことを考えたものだ。となると、これはもしかしたら動画再生数を稼ぐための捨て身の羞恥(しゅうち)パフォーマンスなのかもしれない。ほら、あの裸夫Bだって、きっと承認欲求をこじらせて、〝人間の剝き出し〟という最後のまばゆい輝きを放とうとしているだけなのだ。実際、裸夫Bはとうとうスニーカーと靴下を颯爽と脱ぎ捨て、いっそ清々しいぐらいに、裸夫として完成された姿を車内という公共空間に屹立させた。それにしても、なんと満足げな顔をしていることか！

「ああ、すっきりした！　着てられるかよ、こんなもん！」と裸夫Bが歓喜の声をあげた。「みんなも脱げ脱げ！　とうとう自然のままの姿に帰るときが来たんだよ！　どうせ脱ぐことになるんだから！」

なんかあいつ、気持ちよさそうだな、俺もいっそのこと……というひとつまみの思いが脳裏をよぎり、圭介はぎくりとした。なんでそんなこと思ったんだろう、と首を傾げたとき、からんというような音がし、ついそちらに目をやった。眼鏡が床に転がっていた。さっき拾ってあげた眼鏡女子の黒縁眼鏡じゃないか。なんだ、曲がりが直らないからやけになって捨てたのか？　と、彼女に視線を戻したところ、ぎょっとした。彼女が紺色のワンピースの襟のあたりをつかみ、勢いよく頭上に引っぱりあげていたのだ。そしてそのままずぼんと脱ぎきってしまうと、古い皮でも引っぺがしたみたいに床に投げ捨てた。場所が場所なら男どもが目を剝いて群がりそうな場面だが、男も女もみな慌てて彼女のまわりから離れはじめた。理由はどうあれ、男のなかには脱ぎたがるやつがいる。しかし女が脱ぐとなったらよほどのことだ。国が傾く。これは本物だ！　いまこの電車のなかで途轍もないことが起きている！

とそこで、

『まもなく、K駅……K駅に停まります。お出口は、右側です――』と車内アナウンスが流れたが、その声も思いなしかうわずっているようだ。

車掌がいるであろう最後尾の車両にもこの騒動が波及しているのかもしれない。どこか場違いに響いたそのアナウンスだったが、しかし無駄ではなかった。乗客たちが突如として降って湧いた異常事態に一様に顔を強張らせていたところ、次のK駅で降りればいいのだという単純きわまりない解決策が、みなの脳裏に一番星のように煌めいたのだ。

　一方、圭介は彼女の潔い脱ぎっぷりを眺めながら、なんて綺麗なんだろう、と呑気なことを考えていた。彼女の肌は石鹸みたいに白くてすべすべしており、太ってもいなければ痩せすぎてもなく、肉割れもなければダニに嚙まれた痕もない。ところどころに小さなホクロがあるが、それがまた肌の白さを際立たせ、健やかな生気を与えているようだ。そんなことを考えるあいだにも、彼女は背中に手を回してベージュのブラのホックを外し、えいやとばかりに脱ぎ捨てた。男どもはみな温もりの残るそれを拾って家宝にしたかったはずだが、脱衣衝動が間接的に伝染りそうな気がするのか、あるいは男が電車のなかでほかほかのブラジャーを手にしているという絵面に抵抗をおぼえるのか、誰一人手を伸ばさない。

　胸が露わになった。禁欲的な小物でもなく、だらしない大物でもない、日本乳房協会の会長が「これが正解です。日本にはこれ一つしかありません」と言って金庫から出してきたような至高の逸品だった。男どもはみなごくりと生唾を飲んだ。彼女はそんな好色な視線にいささかも怯むことなくすっくと立ちあがり、流れるような仕草でパンティを脱いだ。股間の翳りが露わになった。慎ましやかで、毛並みがよく、淑やかな翳りだった。女に恥毛はいらないと息巻くロリコンどもですら、これはこれで、と唸らざるを得ない見事な翳りだった。男どもはみなもう何を飲んだらいいかわからず、ただただ唖然としていた。彼女は百戦錬磨のヌードモデルのような堂々たる立ち姿で、乗客たちを昂然と見わたしていた。電車のなかに全裸の女がいるというのは、痴漢もののAVではありがちなことだが、実際に目の当たりにすると、しかもその女が裸という名の高級ドレスでもまとっているような顔をしていると、現実という強固な城壁に女の形に穴があき、そこから崩壊が始まるような気さえしてくる。

　電車が徐々に速度を落としはじめたところで、向こうの裸夫Ｂが、脱衣したことでいかに心身が軽くなったかを確かめるように四肢を振りまわしたり、大袈裟に深呼吸したりし、いまにも大きな動きを見せそうだ。それはそうと、裸夫Ｂは体のあちこちをしきりにぼりぼり掻いているが、それは裸夫Ａにも見られた仕草ではなかったか。何か脱衣衝動と痒みにつながりがあるのだろうか。そんなことを思うと、急に自分も体のそこかしこが仄かに痒いような気がしてきたが、その痒みに意識を集中させる前に、裸夫Ｂがとうとう本格的に活動を開始し、乗客が騒ぎはじめた。どうやら裸夫Ｂも元凶となった裸夫Ａと同様、スキンシップになんらかの意味があると思いこんでいるらしく、「ほらほら、みんなさっさと脱いじまえ！」とひと声あげてから両腕を広げてほかの乗客にべたべたとさわりはじめたのだ。実際に脱衣衝動が接触により伝染するものかどうかは不明だが、しかしもう二人も脱がせたという実績は無視できず、今度はみなわあわあきゃあきゃあと必死になって狭い車内を逃げまどう。そうするあいだにも、裸夫Ａが飛びこんできた隣の車両とのドアから、新たに六十がらみのおばさんの裸婦が侵入してきて戦列に加わり、もはや事態は収拾不可能、上を下への大騒ぎだ。眼鏡女子でなくなった美しい彼女もそれを見て奮起したらしく、急に腰を落とし、腕を広げ、戦闘態勢に入る。すぐそばにいたせいで真っ先に目が合ってしまった。え、おれ？　いくら見目麗しい裸婦とはいえ、まだそちら側の世界に飛びこむ心の準備ができておらず、圭介は後ずさりする。

　電車がプラットフォームにすべりこんでゆくが、なかなか停まらないのがもどかしい。早く停まれ、と胸の内で叫ぶが、子供のころから教えられているように、車は急に止まらない。彼女が舌なめずりしそうな様子でぐいぐいと詰めよってくる。もう駄目だ、と観念したとき、出し抜けに横から飛び出してきた五十がらみの禿（は）げたおっさんが彼女にがばりと抱きつき、からみあった状態でもろともに床に倒れた。おっさんは彼女の国宝級の裸体をひしと抱きすくめたまま、「俺が脱いだる！　俺が一緒に脱いだる！」と涎（よだれ）を垂らさんばかりの嫌らしい関西弁でくりかえしており、どうやらいまこの瞬間の快楽にすべてを委（ゆだ）ねる覚悟ができているらしい。ああ、いっそ俺もこうなれたら、という一抹（いちまつ）の羨望（せんぼう）の念が脳裏をよぎった気がしたが、おっさんのあまりの浅ましい姿に、俺は絶対に正気の手綱（たづな）を手ばなすまいと決意し、圭介はその場から離れたのだ。

　とうとう電車が停まり、ドアがひらいた。みなすでにドアの前に押しよせてきており、ひらいた瞬間に土砂崩れのようにプラットフォームに転げ出る。圭介もそのなかに交じっていたが、電車を出た途端にぐちゃっとまわりが崩れ、数人の乗客とともに将棋倒しになる。すぐさま身を起こしたが、周囲を見まわすと、電車のすべてのドアからいっせいに恐慌をきたした乗客が吐き出され、あちらこちらで転んだり暴れたり走ったり叫んだりと目の回るような大混乱が生じていることがわかった。何より驚いたのは、乗客たちのなかに、十人に一人ぐらいだろうか、老若男女の裸者が交じり、着衣者を猛然と追いかけまわしていることだ。結局、最初に出現した裸夫Aがものの見事に全車両縦断を果たし、脱衣衝動を電車じゅうに蔓延（まんえん）させることに成功したということなのだろうか。そもそもあの裸者一号はどこからやってきたのだろう。どこかの駅から裸で乗りこんできたのか、それとも突然、全裸神（ぜんらがみ）さまからの啓示に打たれ、この電車のなかで脱ぎだしたのだろうか。

　いや、そんなことを考えている場合ではない。とにかくいまはこの場から逃げねばならない。K駅は高架になっており、改札口は階下にある。階段は確か四カ所あるはずで、みな最寄りの階段を目指して走ってゆくが、裸者たちも猛然とそれを追いかけ、手当たりしだいにべたべたとさわってゆく。どうも裸者たちは誕生した瞬間からなんらかの本能に突き動かされるらしく、その一つが服を着た人間にさわって回るということのようだ。それによって脱衣衝動の拡大を狙っているようだが、圭介はすでに裸夫Aと二回も接触しているにもかかわらず、少なくとも現時点ではまだ脱ぎたいという気持ちが起こってこない。ほかの多くの乗客も同じように裸夫や裸婦と接触したはずだが、やはりほとんどはまだ服を着ている。となると、さわられることで脱衣衝動に感染するわけではなく、これはやはり露出狂集団の一斉蜂起（ほうき）ということなのだろうか。あの眼鏡女子もぱっと見、清純偏差値七十ぐらいありそうだったが、実は長らく露出願望を抑圧しつづけてきた女闘士みたいな存在で、ネット上でつながった同志とともにきょうという日に街にくりだして盛大に脱ぎ散らかすことにしたのだろうか。

　いや、よく見ろ。そんなはずない。圭介は走りながら素早く周囲に目を走らせる。向こうに小学校高学年ぐらいの男子の裸者がいるが、あんな若くして露出願望を発症するのはいかに変態にしたって早熟すぎる。自販機の横あたりでは、腰の曲がった八十過ぎの婆さんまで皺（しわ）くちゃの裸体をさらしているが、まさか老いらくの花をあんなおぞましい形で咲かそうなどとは企（たくら）むまい。そして何より向こうの階段のわきにいる駅員だ。いまの電車の車掌だったのだろうか、帰宅した亭主関白のサラリーマンみたいに歩きながら右へ左へ制服を脱ぎ散らかしている。こういった連中が露出狂集団の構成員だとはとうてい思えないし、ましてや昔流行ったとかいうストリーキングの復活祭を目の当たりにしているわけでもないだろう。結局、何が起きているかまるでわからないが、裸者の姿が見えなくなるまで逃げるに越したことはない。そう結論すると、圭介はほかの着衣者と押しあいへしあいしながらどやどやと階段を駆けおりるのだった。

K駅の改札を抜けてからすでに三時間が過ぎようとしていた。圭介はいま、国道を挟んで海浜公園の向かいに建つ、煉瓦調の三階建て商業ビルの屋上にいた。ここにはほかに十数人の着衣者が三十五度という猛暑に茹だりながら身をひそめていた。圭介のそばには、いい歳こいてくたくたの某アニメTシャツを着た五十がらみの小島という小男と、ホストみたいな髪型の同年代らしき高倉という男と、古着屋の店員だという金髪ショートカット女子の吉田などがおり、ときおり小声で話しながら、いまだ服をあきらめない文明世界からの救援を絶望的な心持ちで待っていた。

圭介は、脱衣衝動蔓延の震源地は自分が乗った電車だと勝手に思いこんでいたが、まるっきり見当違いだった。改札を出た途端、理性と秩序が支配しているはずの駅前でも電車内やプラットフォームで起きていた裸者による狼藉のかぎりがくりひろげられているのを目にしたのだ。いや、それどころではなかった。裸者の割合はむしろ、駅前のほうが高く、右を見ても左を見ても着衣者が無秩序に逃げまわり、地下街からもいくつもの悲鳴が重層的に聞こえてき、陸橋の上でも壮絶な追いかけっこがおこなわれ、あたかも掃いて捨てるほどあるゾンビ映画がとうとう一周回ってゾンビが逆に健康そうになって初心を忘れたかのようだった。圭介はあっちに逃げ、こっちに隠れと必死の逃避行の途上でこの商業ビルの前を走っていたとき、屋上から顔を出したアニメTシャツ小島が、こっちへあがってこい、というふうに手招きしてくれ、一時間ほど前に青息吐息でこの着衣者のオアシスたる屋上にあがってきたのだ。

このビルの一階は小洒落たカフェになっているが、すでに裸者の襲撃に遭ったのだろう、荒らされ放題で人っ子一人いなかった。二階三階は事務所がいくつか入っていたが、休日だからかやはり人の気配がなかった。屋上に出るドアノブにはつまみがついていて回せば開くはずだったが、押してもひらかず、ノックをしてようやく屋上に入れてもらえた。屋上に隠れていた連中が一階のカフェからテーブルを運びあげ、つっかい棒として鋼鉄製のドアに嚙ませ、反乱軍の生き残りみたいに立て籠もっていたのだ。屋上は三百平米ほどはあり、大人数でも充分な広さがあったが、このかんかん照りに陽射しを遮るものがまるでなく、無闇に暑かった。理屈で考えれば建物のなかに隠れたほうが暑さをしのげて楽なはずだったが、みな屋内に立て籠もるという考えを嫌がり、その末にここにたどり着いたようだ。なぜとは説明しがたいが、圭介もまた同じ気持ちで、たとえば下の階の事務所に隠れることを想像すると、それだけで息苦しいような気がするのだ。裸者に襲われたときに袋の鼠になるのを恐れているのかとも思ったが、この屋上だってドアを破られれば逃げ場がないのは同じことだから、そうではない。どこから湧きあがったか知れない生理的な感覚が働いて、着衣者たちにこの開放的な屋上という砦を選ばせたのだろうと考えるしかなかった。

しかし状況は悪化の一途をたどっていた。みな屋上からときおり顔を出して下界をうかがうのだが、刻一刻と裸者の割合が増え、いまではもう八割方が裸者という印象だ。しかもこの前代未聞の異常現象に見舞われているのはK駅周辺だけではない。スマホに次から次へと入ってくる情報を鵜吞みにするならば、まったくもって信じがたいことだが、日本じゅう、いや、世界じゅうのありとあらゆる都市で裸者による大決起が同時多発的に進行しているらしい。〃ヌード〃と〃パンデミック〃がつがって〃ヌーデミック〃なる造語までいち早く生み出され、そのほやほやの新語が世界を滅ぼす意想外の災禍の名となってネットじゅうを吹き荒れているのだ。

「昔、〃百匹目の猿〃っていう都市伝説みたいなのがあったな」とアニT小島が独特のせかせかとした口調で語りはじめた。「ある猿の群れのなかで、芋を洗って食べはじめたやつがいて、それを見たほかの猿が真似を始めて、そんなのが百匹を超えたところで世界じゅうの猿が芋を洗いはじめた、みたいな……」

小島はひどく脂ぎった眼鏡をかけた男で、げっそりと頬がこけた貧相な顔立ちをしているが、この状況でなぜか妙に表情が底光りしており、口ぶりも生き生きしていた。これまでの人生ですでに充分打ちのめされてきたから、いまさら身ぐるみ剝がれたところでさらに人生が悪くなるわけでもないと高をくくっているのかもしれない。

「どこかの集団で誰かが脱ぎはじめて、それを真似た者が百人に達して、一気に世界じゅうに広まったってことですか？」と圭介。

「でたらめだよ、でたらめ……。ライアル・ワトソンが変なこと言いはじめてさ、昔そういうのが流行ったんだよ。シンクロニシティって言うの？」と小島は生えぎわの後退した額から汗をたらたら流しながら言う。「でも、そうとでも考えなきゃ、説明がつかないよな、こりゃ……」

　小島はその後も圭介の知らない用語や人名を並べたてあれこれ仮説を捏ねあげていたが、その様子はどこか嬉々としており、すべての人間が裸一貫に立ちもどって一切の価値観がくつがえる大異変の時代に立ち会えたことに、歓喜にも似た興奮をおぼえているようだった。

「やっぱり免疫みたいなのがあると思うんすよね」とホストヘアーの高倉が口を挟んだ。「俺、スタジオでバンドの練習してたら、いきなり裸のおっさんが入ってきて、『服なんか着てる場合か』とかなんとか言いながら、メンバーにべたべたさわってきたんすよ。俺とベースのやつは大丈夫だったんすけど、しばらくしたらもう一人のギターとドラムのやつが脱ぎはじめて、うわあ、やべえって……。俺たちもけっこうあのおっさんにさわられましたけど、いまも別に脱ぎてえなってならないっすから、もしかしたら俺、あいつらに捕まっても大丈夫なんじゃないかって思うんすけどね……」

「潜伏期間みたいなのがあるんじゃないですかね」と圭介は恐るおそる言ってみる。「僕は電車に乗ってたんですけど、やつらにさわられてすぐに脱ぎだしたやつなんて二人しかいませんでしたよ。それなのに、いま、下をうろついてるやつはほとんど脱いじゃってますからね。もしかしたら一度さわられたやつは、遅かれ早かれ脱ぎたくなるのかも……」

「それだな。きっとそれだ……」と小島はもう白旗をあげたような口ぶりだ。「きみも電車のなかでさわられたんだろ？　俺も道歩いててさわられた。もう時間の問題だな。ここにいる我々も、結局みんな脱ぐことになるんじゃないか。まあ、それはそれでいいのかもしれん。きょうを境に、人類がすべてリセットされるんだ。きっと神様がそう考えたんだ。昔だったら大洪水を起こして世界をリセットしたけど、今回は趣向を変えて、人類八十億みな素っ裸……」

それはそうと、圭介の左側に座っている金髪女子の吉田が、さっきから体のあちこちをノミにでも集られたみたいにやたらにぼりぼり掻きまくっていて、そこらじゅうに爪による赤みが差している。これはまったく不穏な兆候で、裸者に特徴的な仕草であることをみな薄々感づいているのだ。

「ずいぶん掻くねえ」と圭介が言うと、

「そうなんですよ。なんだかきのうの夜からずっと痒くって……」と吉田。

どきりとした。圭介もまた昨夜寝ているあいだに体じゅうが痒くて何度も目を覚ましたのだ。そしてやはりこうしているいまもあちこち痒くて、どうしても掻いてしまう。痒いのとはまた別にところどころ軽く痺れている感じも朝から続いていて、どちらも根っこは同じような気がして心中穏やかでない。この痒みや痺れをたぐってゆくと、いずれ脱衣衝動という大物を引きあげることになるのではないか。そう案じつつ、この屋上に隠れる十数人の様子をそれとなくうかがうと、多かれ少なかれみな不自然なまでに体を掻いたりさすったりしている。これは尋常ではない。いま世界じゅうで猖獗を極めているらしいヌーデミックと、昨夜の謎の痒みは、きっと関わりがあるのだろう。

「そういえば、脱いだやつのなかにときどき変なのが交じってますね」と圭介はみなに訊いてみる。

「皮がべろって剝けたみたいになってて、その部分だけ変に白っぽくなってて……」

「ああ、いますね」と高倉。「俺、床にへたりこんで、なんだかブラジリアンワックスみたいに自分でべりべり剝がしてるやつを見かけましたよ。肘のあたりでしたけど、剝がしたところがなんかもう便器みたいに白くてつるつるしてて、うわ、やべえ、病気だって思いましたもん」

「わかったぞ！」と小島がひときわ声を低めて話しだした。「アメリカに十七年蟬とか十三年蟬とかいうのがいるだろ？　あるときいっせいに地上に出てきて大発生するやつ……。俺たち人間もあれとおんなじで、きょうを境にいっせいに脱皮しようとしてるんだ。俺たちはいま、羽化しつつあるんだよ！」

「そんなことより、あの人、変じゃないすか？」と吉田嬢が腕を搔きむしりながら小島の背後を指さす。

圭介は振りかえり、そちらを見た。二十代半ばと思しき白いポロシャツを着たがたいのいい若者が額に汗を煌めかせながらすっくと立ちあがり、何やら呆然とした面持ちでみなを見まわしていた。隣にいた六十がらみの男がその若者の腕をつかみ、「お前、座れよ。見つかるだろ！」とたしなめて引っぱったが、若者はその手を一瞥もせずあっさり振りはらい、脳天の蓋が飛んだみたいな声で「あれあれあれ、なんでこんなことしてるかな、俺……」などと言いだした。

やばい、とみな思ったはずだ。いよいよ来た、と。案の定、若者は満を持してみたいな勢いでポロシャツを脱ぎだした。体を鍛えているのだろう、かなりの筋肉質で、しかもほどよく日焼けしており、かっこいい脱ぎ方選手権の常連ですみたいな見事な脱ぎっぷりだった。こうなったらもう何人も彼を止められない。みな腰を浮かせ、若者のそばからそろりそろりと離れてゆく。この屋上をあきらめて、ほかの隠れ場所を探すべきなのかもしれないが、若者はちょうど塔屋のドアの前に立っていて、邪魔で近づけない。小島が口に手をあてて内緒話でもするみたいに「やっぱりそうだ。潜伏期間があるんだ」と言ってきた。

「俺、すごいこと思いつきました」と高倉が顔を明るませて言った。「いっそのこと、俺らも脱いじゃったらどうすかね。そしたら、あいつらも俺らのこと仲間だと思って、ほっといてくれるんじゃないですかね。木を隠すなら森のなかって言うでしょ？」

「じゃあまず自分から脱いだらいいじゃないですか」と吉田嬢はすげなく突きはなす。「あたしの裸は不細工なんで、絶対に嫌……」

　脱衣衝動に身を委ねきった若者は、あれよあれよというまに立派な素っ裸になり、冬場に熱い湯船にでも浸(つ)かったみたいな「うおえェエ……」と恍惚めいた呻(うめ)きをあげた。来る、とみな身がまえ、固唾(かたず)を呑んだ。例によって脱衣の押し売りが始まるのだ。と思いきや、そうはならなかった。若者は腰に手をあて、斜め上空を見あげると、空の青さが目に染みるみたいな面持ちで目を細め、「ああもうちくしょう！　時間がねえわ！」と独(ひと)り言を言った。「でもまあ俺にまかせとけ！」

　そして振りかえって引きしまった背中をこちらに見せつけると、ドアに嚙ませていたテーブルを投げ捨てるようにどかし、ドアを開けて屋上から出ていった。

　みなしばしのあいだ大きな絶句を屋上の中空に浮かべ、きょとんと間の抜けた顔を見あわせていた。恐るおそる下界をうかがうと、階段を駆けおりていったらしい若者が、わき目も振らずに駅前のほうにひたひたと裸足を鳴らして走ってゆくのが見えた。「時間がないってなんのこと？　俺にまかせとけって何を？」と吉田がもっともな疑問を口にしたが、もちろんみな啞然としてかぶりを振るばかりだった。

しかし結局のところ、着衣者たちは少しも助かってはいなかった。若者が隠れ家をあとにしたわずか十五分後には、ビルは夥しい裸者たちによって完全に包囲され、四面楚歌ならぬ四面裸歌とでも呼ぶべき窮地に陥ることになったのだ。裸者の群れのなかにさっきの若者がしれっと交じっているのをいち早く発見した高倉が「やっぱあいつだ！　あいつが仲間を連れてきたんだ！」と声を張りあげた。

　圭介は思わず嘆息を漏らし、場違いなまでに澄みわたる大空を振りあおいだ。世界が終焉を迎えようとするいま、天の涯そのまた涯まで脈々と黒雲がおおいつくし、地上でくりひろげられる惨劇を盛大に嘆くべきではないのだろうか。それなのに、まったく嘘のように綺麗な青空じゃないか。まるでこの黙示録的災厄の到来を天が赦しているかのように。

　圭介は屋上の端のコンクリートの立ちあがりに足をかけ、怖ごわ下界を見おろした。この世のものとは思えないおぞましくも面妖な光景が広がっていた。ビルの前の通りは、いまや裸、裸、裸の群れ……一糸まとわぬ老若男女で立錐の余地もなく埋めつくされていた。通りの右を見ても左を見ても二、三〇〇メートル先まで裸者がひしめいており、こうしているいまも続々と援軍が押しよせている。裸者たちはみなどこか陶然とした表情でこちらを見あげており、そこに攻撃性の険しさのようなものはさほど見てとれない。思えば、電車のなかで出くわした最初の裸者もそうだった。昂ぶりにいくらか顔を紅潮させてはいたが、そこには暴力沙汰を求める剣呑な気配は希薄だった。眼鏡を卒業した眼鏡女子も、いまにも圭介に飛びかからんとしていたが、どこか頑是ない子供から危ない玩具を取りあげようとするような気配もあったのだ。

　が、次の瞬間、群衆のなかにいた四十がらみのひときわ大柄な裸夫が、

「解放だ！　彼らを解放せよ！」と叫びながら握り拳を突きあげた。「新たなる時代の到来に、彼らだけ乗りおくれさせてはならない！　我々は決して仲間を見捨てない！　一致団結し、一刻も早く彼らを解放せねばならない！」

　それに呼応し、見わたすかぎりすべての裸者が、「解放だ！　彼らを解放せよ！」と同じように拳を突きあげた。「解放せよ！　解放せよ！」

　その大合唱は天をどよもし、大地を震わせ、圭介の背すじをざわざわと這いあがってきた。着衣者たちのなかにはすでに観念してへたりこんでいる者もいたが、みな飛び起き、地獄でも覗くように恐るおそる下界を見おろした。

　最初に鬨（とき）の声をあげた裸夫が、有言実行の斬りこみ隊長ということなのか、群衆を掻きわけて猛然と走りだした。何をする気だと身を乗り出すと、その裸夫がビルの外壁にべたりと貼りつくのが見えた。それに倣（なら）い、ほかの裸者たちも次から次へと壁に貼りつく。その体を足がかりに、また大勢の裸者が上へ上へと這いあがり、少しでも高いところに貼りつく。圭介は以前、動物番組で、密林に暮らすグンタイアリの恐るべき行軍を見たことがあった。単独では進めないような難所でも、グンタイアリは無数の蟻（あり）の体を結合させて橋や梯子（はしご）をつくり、群れが一丸となって乗りこえてゆくのだ。そうやって突きすすみながら手当たりしだいに獲物を捕らえては、喰らいつくしてゆくのである。いま、眼下にひしめく裸者たちはまさに同じことをしようとしていた。三階建てビルの屋上まで肉体の梯子をつくり、この街最後の着衣者の砦を征服しようというのだ。

　裸者の梯子は横幅が十メートルほどにも達し、その高さもみるみる増してくる。いや、それは梯子と言うよりも、むしろクフ王のピラミッドを建造する際につくられたと考えられている巨大スロープのようだ。このままでは大量の裸者が一気に屋上に乗りこんでくることになる。が、着衣者たちになすすべはなかった。屋上に岩でも転がっていれば投げ落とすところだが、そんなものはありはしない。熱湯でもあれば振りかけるところだが、そんなものもありはしない。小便ぐらいなら絞り出せそうだが、裸者たちは衣服や羞恥心とともに衛生観念をも脱ぎ捨てているように思われ、蛙の面に水ならぬ、裸者の面に小便となりそうだ。

着衣者たちはじりじりと後ずさりし、互いに顔を見あわせた。もう言葉がなかった。累々たる裸者のざわめきに取り囲まれた、ひと握りの息づまる沈黙……。みな服こそ着ていたものの、心は裸同然で、絶望、不安、恐怖、諦念、そういった感情が、いくつもの色を混ぜると灰色になるみたいに、みなの顔に一様に虚無的な無表情を浮かべさせていた。もし言葉の向こうに現れたその無表情にそれでもなお語るべき言葉があるとしたら、「終わりだな……」だったかもしれない。

実際、終わりだった。裸者たちが怒濤となってコンクリートのへりを乗りこえ、我も我もと屋上に雪崩れこんできた。その第一陣がひと塊になった着衣者を取り囲み、いまにも襲いかからんと身がまえる。裸者たちの大半が、体のどこかの皮膚が剝がれ、人間のものとは思えない青白いつるりとした肉を露わにしていた。圭介の目の前にいる三十がらみの茶髪の裸夫などは、顔の左半分が側頭部のほうまでそっくり剝がれていて、もはや人間の皮をかぶった別の何かだ。ほかの裸者に目をやると、やはり似たり寄ったりで、腕一本が丸ごと白くなっていたり、胴体の前面がそっくり剝き出しになっていたりし、遅かれ早かれ全身の皮膚が剝がれることになるのだろう。とどのつまり、裸者たちは、衣服のみならず、人間であることそのものを脱ぎ捨てつつあるのだ。

いや、この期に及んで、裸者たちは、などとは言うまい。こうしているいまも、圭介は左肘のあたりに猛烈な痒みを感じていた。もし思う存分掻きむしろうものなら、そこから皮膚がべろりと剝がれ、得体の知れない新たな肌が露出することになるのではないだろうか。結局のところ、服を脱ぐだの着るだのはちっぽけな問題だったのだ。こんな根本的な変化が人間の体に一朝一夕で起こるはずがない。きょうこの日のための下準備はずっと以前から秘かに進められており、脱衣衝動という形で満を持して爆発的に表面化しただけなのだろう。つまり、もう遅いのだ。体はそれを知っている。ここに残った着衣者たちは、心がそれに気づいていないだけで、皮膚の下ではすでにもう新たなる生が脈動しはじめているのである。もはや屋上は裸者たちでいっぱいだ。着衣者のまわりに辛うじてドーナツ状の空間が残されているが、それ以外は裸者で埋めつくされている。

「急げ！　時間がないぞ！　早くしないと、あれがやって来る！」

どこかで一人の裸者が声をあげ、それが号砲となったかのように、肌色と白の無数の肉体が渾然一体となっていっせいに押しよせてきた。何本もの腕が伸びてき、圭介の衣服のあちこちを引っつかむと、右へ左へ前へ後ろへと揉みくちゃに引きまわしながら、瞬く間にTシャツをびりびりに破いた。すぐさま一人の裸者が背後から首に腕を回し、別の裸者が脚に組みついてきて、圭介は仰向けに引きずり倒された。万事休すだ。

と、一人の若そうな裸婦が腹の上に馬乗りになってきて、耳元にかぶりつくように、

「怖がらないで……」と囁いてきた。「大丈夫だから。何もかも大丈夫だから……」

その裸婦が顔をあげると、圭介はあっと息を呑んだ。裸婦の顔は、額から右頬にかけて皮膚が剝がれ、輝かんばかりの白い肉が露わになっていたが、これはあの眼鏡を捨てた眼鏡女子じゃないか！　元眼鏡女子はゆったりとした巨大な微笑を浮かべ、圭介を見おろしていた。どこか慈しむようですらあるそのまなざしにさらされると、心の底に残っていた最後のひと掬いの抵抗力がたちまち蒸発してゆくようだった。やっぱり綺麗だ、この娘は、と圭介は思った。どうせ脱がされるなら、この娘に跨がられながらがいい。見まもられながらがいい。そのあいだにも、ほかの裸者たちの手

によってベルトを外され、ジーンズを脱がされ、靴を奪われ、靴下を引っこ抜かれ、圭介はあっと言う間に一糸まとわぬ生まれたままの姿になっていた。

しかしただ服を無理矢理脱がされたというだけで、本当にこの娘の、こいつらの仲間になったと言えるのだろうか。こいつらはみんな自分から脱いだ、心からの裸者だ。俺は違う。見た目は同じでも、俺の心はきっとまだ服を着てるんだ。いや、そうだろうか。さっき右の靴下を脱がされた瞬間、紛う方なき丸裸になった瞬間、体がふわりと軽くなった気がしなかったろうか？　こいつらが言う〝解放〟という言葉どおり、全世界に対してひらかれたような解放感のかけらのようなものをおぼえなかったろうか？　本当はずっとこうしたかったのだと思わなかったろうか？　もっと早く脱ぐべきだったと思わなかったろうか？

「来たぞ！」と誰かが声を張りあげた。「とうとうあれが来た！」

いったいなんだろう、さっきもあれが来るとかなんとか言っていたな、そう考えた瞬間、腹の上にいた彼女が立ちあがり、目を細め、遥か彼方を望むような顔つきになった。彼女だけではない。着衣者たちに群がっていたすべての裸者が、一人残らず立ちあがり、みな同じ方向に顔を向けていた。その表情はどれもかすかな緊張を帯びていたが、しかしどこかうっとりとした気配もあり、何が来るにせよ、裸者たちはあれとやらを恐れているわけではないようだ。

圭介も立ちあがった。小島、高倉、吉田……ほかの着衣者たちもみなすっかり丸裸にされて転がっていたが、同じように立ちあがった。顔を見あわせ、束の間、気まずい視線が交わされたかに思われたが、しかしいまやどこを見ても布きれ一枚身につけている者はおらず、裸を恥じるというよりはむしろ、いつまでも衣服に執着していたことに後ろめたさを感じているような気がした。

みな何を見ているのだろう。圭介はひしめく裸者たちを掻きわけ掻きわけ、みなが眺めているほうへ進んでいった。屋上のへりにたどり着くと、みなの視線の先へ目をやったが、思いもよらぬ光景が広がっているわけではなかった。ビルの前を国道が横切り、その向こうにはところどころに椰子の木の生える真夏の海浜公園が横たわっていた。右手にはきょうの目的地であるはずだった県立美術館がうずくまり、外壁に張られた『現代の裸婦展』の垂れ幕が風にはためいていた。しかしみなの視線はもっと遠かった。空を見ているのだろうか。それとも海だろうか。

　空はやはりへんに青く、澄みわたっていた。とうの昔に失われてしまった青空を、記憶のなかで磨きあげ、尊く美しく思い起こしているかのようだった。綿飴から引きちぎったような小さな雲がいくつか水平線の上に浮かび、その下に穏やかな群青色の海が広がっていた。平らな海面が夏の陽射しを照りかえし、ありもしない最上の日々のように白くまばゆく輝いている。通勤電車で毎日のようにK駅を通りすぎていたけれど、この街から望む海はこんなに綺麗だったのか、と圭介は裸者の群れのなかで場違いな感慨に耽った。それにしてもこの景色のなかにいったい何があるというのだろう。いつのまにかすぐ隣に立っていた彼女が、彼の心を読んだかのように、美しい手ですっと遠くを指さし、

「水平線を見て……」と言った。

　圭介は目を凝らした。右の端から左の端まで、水平線のあたりが一直線に青が濃くなっているように見えた。が、だからなんだと言うのか。光の当たり具合で海がそんなふうに見える日もあるだろう。しかし、違う、と頭のなかで鋭く囁くものがあった。あれは光の当たり具合なんかじゃない。あれは確乎たる実体を持った何かだ。しかも見わたすかぎりの水平線を支配するほどの巨大な何か……。その何かはいまだ彼方にあっていかにも行儀がよく、泰然としていたが、その静けさは、誇示する必要など微塵もないほどの巨大な力を孕んでいるようだった。急に動悸がしてき、こめかみ

が脈打ちだした。じっと見ていると、その青い線が少しずつ太くなってゆくのがわかる。まるでこちらに粛々と近づいてくるかのように。押しよせてくるかのように。

「なんだろう、あれは……」と圭介が言うと、

「新しい世界だよ」と彼女が答えた。「あたしたちはみんな、新しい世界で生きてゆくの。この新しい姿で……」

　その言葉が合図であったかのように、立ちつくしていた裸者たちがはたと彼方から目を離し、ふたたび動きはじめた。猿の毛づくろいのように、みなそばにいる者の体に手を伸ばし、人間の名残である皮膚をつまんでは剝がしてゆく。みな剝がされるたびに小さな呻きをあげるが、痛みに耐えているというよりはむしろ、喜悦の響きを帯びているようだ。彼女もまた圭介の左腕に手を伸ばしてきた。えっと思い、左肘を見ると、すでに手の平ほどの大きさで皮膚が剝がれ、青白いつややかな肉が覗いていた。どうやら服を脱がされたときに揉みくちゃにされたせいで、勝手に剝がれていたらしい。そこに触れてみた瞬間、全身にかすかな快楽の波紋が広がったような気がし、続いてにわかに人間の皮膚がまとわりついているという息苦しいような不快感が湧き起こってきた。やっぱりそうなのだ。俺ももはや裸者なのだ。

　彼女の指が圭介の皮膚を優しく剝がしはじめた。新たな肌に風が当たるのはなんとも心地よく、ひと剝がしごとに自分が世界に向かってひらかれてゆくのがわかった。圭介は彼女の顔にそろそろと手を伸ばしてゆき、形のいい鼻すじに浮いている皮膚をそっとつまんだ。

「いくよ」と尋ねると、彼女はどことなく艶っぽい笑みを浮かべ、

「脱がして」と言った。「全部脱がして……」

世界じゅうの多くの都市と同じように、Ｋ市の街はやがて天を突く大波に呑みこまれ、海に沈んだ。多くの建物や構造物や乗り物が波の暴威によりなすすべもなく破壊され、大小様ざまな瓦礫となって遥か山手に押し流されながら、海の尖兵となって街も自然も分け隔てなく揺さぶり、打ち壊し、押しつぶしていった。圭介たちが屋上に陣取っていた三階建てビルは、辛うじて全壊を免れたが、いまや陽射しも届かぬ海底深くにあり、数知れぬ文明の墓標の一つとなって永劫の眠りに就いていた。

＊

大海進の怒濤によって少なくない裸者が命を落としたが、それでも多くの者が生き残った。破壊と暴虐のかぎりを尽くした海は何週間ものあいだ濁りつづけたままだったが、やがて大いなる怒りが静まってきたかのように、その濁りも晴れてきた。三カ月も経つと、人類が築きあげた世界じゅうの街々は、早くも種々雑多の海の命の住処となり、色とりどりの賑わいを呈しつつあった。

そのなかに裸者たちの姿もあった。銛のようなものを手に獲物を求めて泳ぐ者たちもいれば、つがいとなって戯れるように泳ぐ恋人たちもいた。大小数人の家族のように睦まじく泳ぐ者たちもいれば、何を思いわずらう様子もなく一人きりで悠然と泳ぐ者もいた。また、海底の廃墟への出入りをくりかえしては、文明の遺物を運び出す裸者たちの姿が、あちらこちらで見られた。裸者たちは人間だったころのことを少しも忘れてはおらず、自分たちが創りあげた文明や歴史をあらためて学びなおし、少しでも多く記憶に刻み、いつとも知れぬ遥かな未来へと語り継いでゆかねばならないことを知っていた。

そんななか、ひと組の男女が、指先をからめるようによりそいながら、かつての海岸線にほど近い三階建ての大きな建物に泳ぎ入ってゆく。その建物はかつて県立美術館と呼ばれていたものだ。前庭にはかつて現代的な鉄製の彫刻作品がいくつも設置されていたのだが、多くが大波によって根こそぎにされ、巨大な人間の顔面を模したもの一つだけが、フジツボや海藻におおわれつつあるひしゃげた表情で廃れゆく芸術の運命を嘆きつづけていた。一階の入口部分はガラス張りになっていたはずだが、もはやガラスは一枚も残っておらず、滅び去った来館者を永遠に待ちわびるかのように暗い虚しい大口をぽっかりと開けはなっていた。

一階のロビーに入ると、もう陽射しは一切届かず、濃密な暗闇が広がるばかりだ。しかしそのなかで、不意に二つの光が灯った。二人の裸者の肉体が、夜光虫にも似た青白い光を放ちはじめたのだ。その光は弱々しかったが、二人の周囲を淡く照らし出すことができた。大海進によって大量の土砂が流れこみ、朽ちゆく様ざまながらくたが散乱しているのが、二人の目に映った。突然の光に驚いた魚や蟹などが踵を返したり物陰に隠れたりし、暗がりから二人の探索行を見まもった。

朧な白光をまとう二人の姿は、火種を孕む水色の蠟燭のようであり、その美しさには隠り世からさまよい出たような静けさがあった。体毛は一切なく、その肌は磁器のようになめらかだ。手足の指には水搔きが張られ、泳ぐための筋肉が全身にうねっている。にもかかわらず、二人の知性や知覚は人間だったころから少しも衰えていないどころか、ますます鋭敏になり、近づくだけで互いの心を触れあわせ、言葉を交わすことができた。

エレベーターの横に階段を見つけると、二人は顔を見あわせてうなずきあい、二階へ泳ぎのぼっていった。打ちっぱなしのコンクリートの壁に、『現代の裸婦展』と書かれたパネルがまだ残されていた。その下に右向きの矢印も描かれており、確かに右手に入口らしきものがある。二人はそこから展示室に入っていった。白いクロスがぶよぶよに浮いた壁には作品名やアーティスト名などが記されたプレートがまだところどころに残っていたが、肝腎の作品そのものは、押しよせた水流のせいだろう、ことごとく剝がされ、表になり裏になり、朽ち果てながら床に散らばっていた。二人はときおりそれを拾いあげては、みずからが発する光を頼りに、芸術家たちの夢の跡とも言うべきいくつもの裸婦を眺めた。

二人は二階を見終えると三階にあがり、やがてひときわ大きな展示室にたどり着いた。いちばん目につくところに、一枚の巨大な絵画が掛かっていた。この建物に入って以来、大海進を経てなお壁にとどまっている作品を見るのは初めてだった。二人は息を呑み、思わず顔を見あわせると、恐るおそるその絵に近づいていった。ほかの作品は一つ残らず剝がれ落ちてしまったというのに、なぜかその絵だけは、束の間の眠りが訪れただけだというふうに、壁にしっかりと大きな背を貼りつけ、海に沈んだ巨人さながらに悠然と瞑目しているようだった。二人は作品紹介のプレートを読んだ。作品名は『母なる海』、アーティスト名は春日五郎とある。大きさは3・49m×7・77m、制作年は二〇〇一年、画材は油絵具、ベニヤ板……。

二人は肌の発する光を精いっぱい強めると、その絵に顔を近づけ、舐めるように鑑賞しはじめた。リアリズムと装飾性が分かちがたく混在しており、無数の夢が波の形を取って渾沌のなかでひしめき、のたうっているようだ。三カ月ものあいだ海に沈んでいたせいだろう、ところどころに絵具の浮きや剝離が見られたが、この暗々たる廃墟の懐にあっては、その色彩は目の底に染みるような鮮やかさだった。

電車の中吊り広告に載せられていたのは、この絵のまんなかあたりのごく一部に過ぎなかった。数十人はいるであろう裸婦が溶けあいからまりあいながら一つの逆巻く大波をなしていたが、そのすぐ左には多くの裸夫が渾然一体となった別の大波が描かれ、まるで愛を求めるように裸婦の大波にいまにもおおいかぶさらんとしていた。さらに左には多種多様な魚類が形づくる大波があり、その上には色とりどりの無数の鳥類からなる大波があった。ほかにも鯨やイルカ、牛や豚、象やライオン、亀や蛇……生きとし生けるものすべてが豊饒(ほうじょう)な波となって木製パネルの上を所狭しとうねり、立ちあがり、舞いあがらんとしていた。

やがて裸婦と裸夫の大波の右側に、人間の赤ん坊たちが嬉々として戯れる小波を見つけ、二人は思わず顔を見あわせた。赤ん坊たちはみな、自分たちの前にひらかれた果てしない未来を前に、輝かんばかりの笑みを湛(たた)えている。それを眺める二人の顔にも、知らず識(し)らずのうちに笑みが湧きあがってきた。

二人はどちらからともなく手を伸ばし、指をからめると、互いに引きよせあった。背に腕を回し、脚をからめ、唇を求めあう。二人の放つ光はいっそう明るさを増し、営みを見まもる『母なる海』を照らし出した。体を重ねながら、命だ、と二人は思った。この絵は海の肖像であり、また命の讃歌でもある。大海進により多くの命が海の藻屑(もくず)となって消えた。数千年をかけて築きあげた文明も、瞬く間に潰(つい)え去った。魂の結晶とも言える多くの叡智(えいち)が失われ、達成と暴虐、喜悦と悲哀の歴史もまた忘却の淵(ふち)に沈みつつある。

しかしまた始めるのだ。新たな命を、新たな文明をここから生み出すのだ。新たな知恵を、新たな歴史をここから紡(つむ)ぎ出すのだ。二人は一つになり、歓喜と欲望に打ち震えながら、愛を囁きあいながら、希望を語りながら、広びろとした展示室をいっぱいに使い、暗闇のなかのささやかな灯火(ともしび)となって、いつまでも踊るように泳ぎつづけた。

初出一覧

食書　「小説新潮」二〇一三年九月号
耳もぐり　「小説新潮」二〇一一年九月号
喪色記　「小説新潮」二〇二二年八月号
（「灰色の獣たち」を改題）
柔らかなところへ帰る　「小説新潮」二〇一四年三月号
農場　「小説新潮」二〇一四年十一月号
髪禍　「小説新潮」二〇一七年六月号
裸婦と裸夫　「小説新潮」二〇二一年十二月号

装画＋ブックデザイン　鈴木成一デザイン室

小田雅久仁（おだ・まさくに）

一九七四年宮城県生まれ。関西大学法学部政治学科卒業。二〇〇九年『増大派に告ぐ』で第二一回日本ファンタジーノベル大賞を受賞し、作家デビュー。二〇一三年、受賞後第一作の『本にだって雄と雌があります』で第三回Twitter文学賞国内編第一位。二〇二一年に九年ぶりとなる単行本『残月記』を刊行し、二〇二二年本屋大賞ノミネート、第四三回吉川英治文学新人賞と第四三回日本ＳＦ大賞のＷ受賞を果たす。

禍（わざわい）

著者　小田雅久仁（おだまさくに）

発行　二〇二三年　七 月 一〇日
五刷　二〇二四年 一〇月三〇日

発行者　佐藤隆信
発行所　株式会社新潮社
〒一六二-八七一一 東京都新宿区矢来町七一
電話 編集部 〇三-三二六六-五四一一
読者係 〇三-三二六六-五一一一
https://www.shinchosha.co.jp

組版　新潮社デジタル編集支援室
印刷所　錦明印刷株式会社
製本所　加藤製本株式会社

ISBN978-4-10-319723-2 C0093